書下ろし

狐《きつね》夜《や》叉《しや》

浮かれ鳶《とんび》の事件帖④

原田孔平

祥伝社文庫

目次

吉原
浅草寺
和泉屋
長命寺
渋江村
向島
花川戸
吾妻橋
蔵前
源森川
横十間川
本多家
北割下水
柳橋
両国橋
柳原
回向院
亀沢町
竪川
和泉屋別宅
中川
大川
亀戸村
横川
日本橋橋町
小名木川
永代橋
深川

「狐夜叉」の舞台

北
東
南
西
入谷
神田佐久間町
田宮道場
下谷広小路
根津権現
不忍池
湯島天神
万年堂
伝通院
神田明神下
小石川養生所
雑司ヶ谷
神楽坂
神田川
控次郎の長屋
おかめ
昌平橋
和泉橋
新シ橋
海老忠
江戸城
日本橋
八丁堀
片岡家
南町奉行所
赤坂御門
溜池
六本木
増上寺
広尾原

地図作成／三潮社

深川《ふかがわ》悪御家人《わる》

一

「初物を食べれば、寿命が七十五日延びる」

誰が言い出したのかはわからないが、根も葉もないこの言葉を江戸っ子達は信じ込み、市中に出回り始める、いわゆる「走り」の時期ともなると、争うようにして初物を買い求めた。

筍《たけのこ》、真桑瓜《まくわうり》、なすび、松茸《まつたけ》など、初物と呼ばれるものは数多いが、毎年青葉の頃に売りに出る初鰹《はつがつお》ほど江戸っ子を夢中にさせたものはないだろう。

黒潮《くろしお》に乗って北上する鰹は、三陸《さんりく》沖辺りで引き返し、脂《あぶら》の乗った戻り鰹となって江戸近海に戻ってくるのだが、「こってり」とした脂を嫌う江戸っ子には、「さっぱり」とした初鰹の方が好みに合ったようだ。まずは、将軍様に献上され、その次は裕福な者達、そして一般庶民の食卓へと回ってくるのだが、その回ってくる順の早さを競い合う江戸っ子達の意気地が、滑稽《こっけい》さを伴う夏の風物詩ともなった。

そのくらい江戸っ子というのは不可解極《ふかかいきわ》まりない。昼過ぎになって買い求めれば、半値どころか、十分の一の値段になるというのに、清水《きよみず》の舞台から飛び降りるが如《ごと》く高値のついた朝方に買い求めた。彼らに言わせると、鰹の鮮度が落ちないうちに、だそうだが、上り鰹である初鰹は獲《と》れる量も少なく、型も揃《そろ》わないものなのだ。猛烈な速さで回遊し、しかも群れの小さな鰹を網で獲るとなると、余程の幸運に恵まれない限り大漁など無理な話だ。そこでほとんどの船頭が一本ずつ釣るのだが、数、型の両方を揃えるには、かなりの時間を要することになる。いくら市場の人間が鮮度を確認したところで、未《いま》だ刺身文化が定着していないこの時代では、腹を下《くだ》す者もいたはずだ。つまり江戸っ子達が午前中に買い求めるのは、安全性以上に、他の者より少しでも早く初物を手に入れることで、自らの優越感を満たし、江戸っ子としての心意気を見せたいだけのことなのだ。

居酒屋「おかめ」の主《あるじ》政五郎《まさごろう》が、小船町《こぶなちょう》にある行きつけの船宿「海老忠《えびちゅう》」にやって来たのは、すでに陽《ひ》が高くなり始めた頃のことだ。

昨日のうちに、海老忠の親爺から、

「倅《せがれ》の善助《ぜんすけ》が網子の手伝いに出たので、鰹の二、三本は持って帰るはずだ」

との連絡を受けた為だ。

開け放たれた腰高障子《こしだかしょうじ》の陰から朝五郎《ちょうごろう》が顔を覗《のぞ》かせると、

「遅いじゃねえですか。倅の奴は世話になった政五郎親分に、いの一番に差し上げてえと、張り切って持ち帰ったんですぜ。それを今頃になってやって来られたんじゃ、他の客に取られちまって、大して型の良いのは残っていませんぜ」

のっけから親爺の口調には、多少の腹立たしさが混じっていた。

「そいつはすまなかったな。だがな、俺んとこに来る客は、皆金を持たねえ者ばかりだ。そんな俺が真っ先にやって来て、大将の大事な常連さんをそっちのけで魚を選ぶわけにはいかねえや」

「またそれだ。遠慮ってえ奴も大概《てえげえ》にしてもらわねえと、こちとらだって気分を損《そこ》ねますぜ。悪《わる》だった倅《せがれ》が、何とかまっとうな人間に立ち返《く》ってくれたのも、親分さんの骨折りがあったからだ。少しは倅の気持ちを汲んでやってくだせえ」

どうやら親爺の不満は、政五郎に残り物の鰹を渡さなければならないことにあるらしく、言い終えた表情が無念さを滲《にじ》ませていた。

「善助の気持ちなら、端《はな》っから有り難えと受け止めているぜ。それになあ、あいつが堅気《かたぎ》になったのは、おときさんという良い女房を貰《もら》ったせいだ。俺なんかの力じゃねえよ」

答えた政五郎の目が親爺の肩越しに、桟橋《さんばし》を小走りに駆け寄ってくる善助の姿を捉《とら》えた。手にしているのは鰹のようだ。だが、親爺は気づかないのか、話を切ろうとはしない。

「確かに、おときは善助に尽くしてくれているさ。だがなあ、一歩間違えたら、遠島《えんとう》にもなりかねなかった善助の無実の罪を晴らしてくれたのは政五郎親分だ。悪仲間に裏切られても口を割らなかった馬鹿な倅の無実を、親分さんは丹念に調べ上げて明らかにしてくれた。そのお人に、一番の鰹を渡せない倅や俺の身にもなってくれよ」

するとその言葉が聞こえたのか、善助は政五郎に向かって、手にした鰹を高々と振り上げて見せた。政五郎の視線が自分から離れたことに気付いた親爺が振り返る。

「あらよお、善助。おめえ、一番の鰹を取っておいたのか」

型の良い初鰹を目にしたことで、親爺は先程までの鬱屈《うっくつ》した気分が吹き飛んだように笑顔を見せた。

その隙に政五郎は懐から紙に包んだ金を取り出した。中には一分金が入っている。だが、

「そんなものはいらねえよ」

善助は端から受け取るつもりがないらしく、中身を見るまでもなく断りを入れた。政五郎は引き下がらない。

「おめえの気持ちはちゃんと伝わっていらあな。けどなあ、俺だって物の値位は心得ているんだ。この鰹は、おめえが網子として稼いだ分だ。それを貰いっぱなしにしたんじゃあ、江戸っ子としての分が立たねえ。おめえの気持ちを有り難く受け取った上で、この金を生まれてくる子供の産衣《うぶぎ》代として、収めてやっちゃあくれねえか」

政五郎の物言いは、聞きようによっては、意地を張っているようにも聞こえる。だが、善助は政五郎の眼差《まなざ》しが、昔の自分を諭《さと》してくれた時と同じ優しさを湛《たた》えていることに気付くと、観念したように、政五郎が差し出した紙包みを受け

取った。面目を保った政五郎は、話を変えるべく鰹の腹を指で突っつきながら言った。

「良い鰹じゃねえか。眼も澄んでいるし、腹の張りも指を押し返すほどだ」

「そりゃあそうだ。網元から教わった活〆《いきじめ》の方法を用いたからな。親分さん、今日一杯は味が落ちねえよ」

善助は、得意そうに胸を張った。

船宿の中が笑いに包まれ、善助を見る親爺の目にも、まっとうになってくれた倅を喜ぶ父親の情が感じられるようになった。その表情が変わったのは、桟橋を揺らしながら近寄って来る武士の一団に気付いた時だ。

武士達は、どう見ても船宿とは縁がない身形《みなり》をしていた。

羽織袴姿の者もいれば、着流しの者もいる。その一団が、肩をそびやかしながら桟橋を渡り終え、船宿に入ってきた。一瞬にして船宿の中が緊張に包まれた。

──何しに来やがったんだ

親爺だけではない。船宿で働く船頭達までもが、男達の一挙一動に注目した。それほど、質《たち》の悪い連中なのだ。

この辺りに住むものなら、誰もが彼らの正体を知っていた。幕府最下層の御家人であり、町奉行所の支配が及ばぬやくざ顔負けの悪《わる》だ。下手に逆らえば、後々まで付きまとって嫌がらせに及ぶ。そんな連中が徒党を組んで現われたものだから、船宿の者達が恐れるのは至極当然と言えた。

親爺は、不安げに尋《たず》ねた。

「お武家様方、何用でございましょうか」

だが、御家人達は辺りを睥睨《へいげい》するばかりで答えようとはしない。

「あのう、私共が何か不調法をいたしましたでしょうか」

親爺が重ねて尋ねるに及び、ようやく兄貴格と思われる男が口を開いた。

「ほほう、どうやら貴様は自身が不調法を働いたとわかっておるようだな」

「とんでもございません。お武家様方にお目にかかるのは今日が初めてでございますし、常々お客様がお気を悪くなさらないよう心掛けております。ですが、私共が知らないところで、何か不都合があったのではないかと思ったもので」

話しているうちに度胸が据わってきたのか、親爺は御家人に近寄ると愛想笑いをしてみせた。

ところが、

「臭いぞ、無礼者」

男は、いきなり親爺を突き飛ばすと、自身の羽織に鼻を突き付け、さも臭いがついたかのように嗅ぎ回った。

流石《さすが》に親爺も顔色を変えた。船宿だけに魚臭いのは承知しているが、倅や使用人の見ている前で突き飛ばされたとあっては、黙っているわけにはいかない。頭に血が上った親爺は、手近な得物を探した。その目が、盥《たらい》の上に置かれた出刃包丁《でばぼうちょう》を捉《とら》えた。調理の苦手な釣り客の為に、腸《はらわた》と鱗《うろこ》を取り除いてやる為のものだが、親父は一目散に駆け寄ると、出刃を摑《つか》み取ろうとした。その手を政五郎が摑んだ。

「親爺、熱くなっちゃあいけねえよ。相手はお武家、それも御直参だ。出刃なんぞ摑んだら最後、無礼打ちにされても文句は言えねえ。ここは、おいらが出しゃばらせてもらうぜ」

政五郎はそう言って親爺を諭すと、同じくいきり立った表情を見せている善助をも目で制し、その上で御家人達に向き直った。

「あっしは、以前目明しをしておりやした。ですから、お武家様方が御直参であることは、そのお召し物を見ればわかりやす。先程来、皆様方が申される通り、此処は船宿でござんすから、魚の臭いがするのも当然のことと思いやす。ですが、本来皆様方が足をお運びになるような場所でないにもかかわらず、こうやってお出向きになられたからには、それなりの理由があってのことでございやしょう。できやしたら、こちらが犯した不調法という奴をお聞かせくだせえ」

まもなく齢五十に達しようという政五郎だが、その気力は些《いささ》かも衰えていない。

土間に座し、両手を膝に置いている姿からは、丁寧《ていねい》な物言いとは裏腹に凄《すご》みさえ感じられた。

その迫力に気圧《けお》されたか、御家人は一瞬出掛かった言葉を飲み込んでしまった。

それでも周囲の目が自分に向けられていることに気付くや、急に尊大《そんだい》ぶった態度になり、仲間の一人を呼び寄せた。

「この男は、以前客としてこの船宿に来たことがあるのだ。そうだな柳《やなぎ》。そして今日も客としてこの宿に来た。直参のこの男がだ。生憎《あいにく》、船には乗らなかったが、客であることに変わりはない。なのに、この宿では客に鰹を配っておきながら、直参であるこの男には声も掛けなかった。これでは我らが憤るのも無理はあるまい。この店は天下の直参を愚弄《ぐろう》したのだ。その方、主に代わって詫《わ》びると申すのなら、筋を通して釈明せい」

呆れるばかりの横車だが、要は初鰹を寄こせということだ。

「わかりやした。お客様に気付かなかったのは、こちらの手落ちでございやす。ですが、未だここに一匹残っておりやすから、これをお持ちになって、お気を宥《なだ》めて下せえやし」

善助にはすまないが、この場を収める為、政五郎は鰹を諦めることにした。船宿の者達は、自分の仕置きに納得しないだろうが、それでも性悪な御家人達に付きまとわれるよりは増しと、政五郎はそう考えたのだ。

善助の好意を無にしてしまったことに腹立たしさを覚えながらも、政五郎は鰹を手拭で包んだ。ところが、俄《にわ》かに入り口付近が騒がしくなったと感じた途端、

「きゃっ」という女の悲鳴が上がった。次いで、

「やめて、やめてください」

と抵抗する女の声が聞こえた。声の主は、善助の女房おときであった。

見ると、御家人達の一人がおときの身体に手を回し、あろうことか襟元から手を差し入れている。それほどおときというのは肉感的で色白の肌をしていたからだが、女房に悪さをされた善助の怒りは収まらない。

「何をしやがるんだ、この野郎」

相手が御家人であることも忘れ、飛びかかろうとした。それを政五郎はすんでのところで止めた。

「やめるんだ、善助。腹も立つだろうが、ここは俺に任せろ」

目明し特有の射すくめるような目で善助を押さえ込むと、ゆっくりと御家人達に向き直った。怒りの為か、頰の辺りをぶるぶると震わせていたが、先程までとは比べ物にならないほど目に闘志を漲《みなぎ》らせていた。

「その鰹を持ってお帰り下せえ。いくら御直参とはいえ、他人の女房に手を出したとなりゃあ、お咎《とが》めは免れませんぜ。しかもそちらさんの中にゃあ、御家紋入りの羽織を着ておられる方もいらっしゃる。事を荒立てねえためにも、今後は互いに二度と顔を合わせねえほうがいいと思いますぜ」

一気にまくしたてると、政五郎は手拭でくるんだ鰹を武士に手渡した。

御家人達はぐうの音も出ない。人の女房にちょっかいを出すという愚かしさもさることながら、家紋まで指摘されては引き下がらぬわけには行かなくなった。

御家人達は一人、また一人と船宿を後にしていった。そんな中、兄貴格の御家人だけが幾度となく振り返っては、政五郎を睨《にら》みつけていた。

それから数日が過ぎた。

日本橋《にほんばし》の魚市場から魚を仕入れて来た政五郎は、湯島横町《ゆしまよこちょう》にある自分の店《たな》に帰るべく神田川《かんだ》にかかる昌平橋《しょうへい》を目指して歩いていた。

いつもなら店の看板料理である蛸《たこ》しか仕入れないのだが、この日は天秤棒の前後に浅い桶の入ったもっこを吊るし、蛸の他に、鰺《あじ》、鰈《かれい》といった魚を運んでいた。

いくら気のおけぬ常連達といえども、たまには気の利いたものを出してやらなくては、嫌みの一つも言われかねない。そこで、店の看板料理である蛸の他に、今が旬の鰈を選んだ。鰺の方は、半端に残ってしまったから安くすると言われて買ってしまったのだが、思いの外幅広で脂も乗っているようだ。

――こいつはきっと取り合いになるだろうぜ

こんがりと焼けた鰺を前にした常連達の顔を思い浮かべながら橋を渡り始めたので、政五郎はついつい向こう岸に居る武士達に気付くのが遅れてしまった。

武士が三人、等間隔となり、行く手を阻むように立ちはだかっていた。いずれも険のある目つきで此方を睨みつけている。

政五郎は、武士達の狙いが自分であることに気付いた。二人の顔は見忘れたが、中央にいる武士の顔だけははっきりと覚えていた。海老忠を去る際、最後まで自分を睨みつけていた男だ。

相手の意図を察した政五郎が、横をすり抜けようと試みた。だが、武士は身体《からだ》をぶつけるようにして行く手を遮《さえぎ》った。

「旦那、先日の件はもうけりがついたじゃござんせんか。通してやっておくんなさい」

「そうはいかぬ。貴様の様な不遜《ふそん》な下郎を捨ておいたのでは、腹の虫が収まらぬからな」

「懲《こ》りねえお人だ。朝っぱらとはいえ、ここは天下の往来じゃあねえですか。ご無体な真似をしては、ご身分に差し支えますぜ」

政五郎は、殊更《ことさら》声を落として言った。

意気地のない者なら、通りすがりの人間に助けを求めるべく声を荒らげる所だが、意気《いき》と鯔背《いなせ》が売り物の江戸っ子政五郎に、そんなみっともない真似はできなかった。人目のないところでも、筋は通さなくてはならない。

政五郎は魚が入ったもっこを静かに地面に下ろすと、天秤棒ごと通りの脇に寄せた。天秤棒を置いたのは、闘う意思がないことを伝える為であったが、兄貴格の男には通じなかった。

「先日の勢いは何処《どこ》へ行った。賢《さか》しら顔で我々に歯向かった時の威勢は何処へやった。それ、その天秤棒を取って、打ち掛かっては来ぬのか」

「とんでもございやせん。御直参の方々に歯向かうつもりなど、端っから思っちゃあおりやせん」

「小賢《こざか》しい奴だ。天秤棒を手にすれば無礼打ちにされると知っておったか。だがな、貴様の様な下郎が天下の直参に楯突いた罪は重いぞ」

政五郎は自分の迂闊《うかつ》さに気付いた。相手は性悪の御家人達だ。家紋を指摘したくらいで、素直に引き下がる相手ではなかったのだ。

「旦那方、こんな朝っぱらから、大挙して出向いてこられるとは、あっしのしたことによっぽど御腹立ちとお見受けいたしやす。どうぞ好きなようにしておくんなさい」

政五郎は覚悟を決めた。抵抗さえしなければ、命までは取るまい。何もこんな連中相手に命を懸ける必要はないと思ったからだが、御家人達の恨みは想像以上に根深く、三人がかりで雨あられと鉄拳を浴びせられた政五郎は、その場に倒れ込み気を失ってしまった。

「ごとん」

　仕入れ物を置く物音にしては少々乱雑だ、と感じた娘のお光《みつ》が板場を覗き込むと、何故か顔を背けたまま、土間に座り込む政五郎の姿があった。

　異変を感じたお光が声を掛けたが、どこか動きが頼りない。

「おとっつあん、どうかしたの」

　もう一度呼び掛けたところで、頬骨の辺りが腫《は》れ上がっていることに気付いたお光が、政五郎の前に回って顔を確かめた。そして思わず息を呑んだ。政五郎の顔は見るも無残に腫れ上がり、瞼《まぶた》も塞《ふさ》がりかけていた。

「おっかさん、早く来て。おとっつあんが大変だよ」

　悲鳴にも似た声でお光は二階に向かって、叫んだ。

　どたどたと、派手な足音を立てた女房と姉娘のお夕《ゆう》が降りてきた。

「お前さん、顔中血だらけじゃないか。お光、早く焼　酎《しょうちゅう》を持っておいで。お夕は、二階から晒《さらし》を持ってくるんだよ」

　腫れ上がった亭主の顔を見ただけで、女将《おかみ》は誰かに殴《なぐ》られたのだと悟った。

「でけえ声を出すんじゃねえよ。こんな傷、大《てえ》したことはねえ」

政五郎は強がって見せたが、立ち上がろうとしたところで、膝《ひざ》から崩れた。

「お前さん」

すかさず女将が抱き留める。永いこと連れ添ってきただけに、たとえ相手が女房子供でも、弱みを見せたがらない亭主の気性を知り尽くしていた。

「それだけ強がっていられるんなら大丈夫さ。お前達、ここはいいから二階に上がって布団を敷いておくれ」

ことさら憎まれ口を利くことで、女将は娘達の心配を軽減すると、ついでに二人を二階へと追い払った。その後で、今一度亭主に詰め寄った。

「誰にやられたのさ。言ってごらんよ。お前さんがそう簡単にやられるはずはない。大方相手は一人じゃないだろう」

女将は睨《ね》めつけながら訊いた。

それでも政五郎が口を噤《つぐ》んでいると、

「お前さん、黙っていたんじゃあ、用心のしようがないじゃないか。この傷はちょっとやそっとのことでつけられたものじゃない。よっぽどお前さんに恨みを抱いていなきゃあ、ここまでひどい仕打ちはしないはずだよ。お前さん、うちには年ごろの娘が二人もいるんだよ」

　女将は娘を口実に、口を割らせようとした。

「わかったよ。奴らがおめえや娘達を狙わねえとも限らねえからな。お加代《かよ》、おめえは以前俺がお縄にした者だと思っているのだろうが、そうじゃあねえ。もっと質の悪い連中だ」

「お咎めを受けた奴等よりさらに質が悪いのかい」

「ああ、深川界隈じゃあ悪御家人と呼ばれている連中さ。先日、海老忠で俺に言い負かされたことを根に持って、待ち伏せしていやがったのさ。下手に逆らえば、無礼打ちにされるだけじゃあ済まねえ。それこそ、なんだかんだ理屈をつけて、海老忠や市場の人間を強請《ゆす》ろうとするに決まっているんだ」

「畜生、なんて奴等なんだい。深川の御家人が性悪だってことは、あたしでも知っていたけど、そこまで執念深いなんて……。でも、お前さん、どうしよう。まさか娘達に危害が及んだりしないよねえ」

「ああ、俺さえ手出しをしなけりゃあ、そのうちに奴らも馬鹿らしくなってやめるはずだ。それよりもお加代、何があっても先生には知らせちゃあならねえぜ」

　政五郎は、突然思い出したように言った。その口調の激しさに、思わず女将が鼻白《はなじろ》む。

「わかっているよ、それくらい。先生がいなかったら、お光は人さらいに連れて行かれ、あたし達のもとには帰ってこなかったんだもの。その先生に迷惑がかかるようなこと、口が裂けたって言うもんかい」

「そうだ。決して知らせちゃあならねえ。先生のことだ、俺が悪どもにやられたと聞けば、黙っちゃあいねえからな。以前とは違って、今はお沙世《さよ》ちゃんが一緒に暮らしているんだからな」

「でも、もうじき月の後半になるよ。お沙世ちゃんが万年堂《まんねんどう》に行ってしまえば、先生は店にやってくるんじゃないのかい。お前さんの傷を見れば、先生はすぐに気付いてしまうよ」

「大丈夫だ。俺は板場から顔を出さねえ。万が一顔を見られでもした時にゃあ、虫歯で頬が腫《は》れているって言やあ済むことだからな」

女房を気遣い、政五郎は冗談交じりに言ったが、お加代の不安を取り除くには至らなかった。

二

神田明神の近くにある貧乏長屋。

その長屋の木戸を潜って、左手にある棟の二番目に政五郎が〝先生〟と呼ぶ、本多控次郎《ほんだこうじろう》が娘の沙世と暮らしていた。とはいっても、親子が一緒に暮らし始めたのは、ほんの数か月ほど前からのことなのだ。

それまでは、一人娘の沙世は亡き妻お袖《そで》の実家、薬種問屋の万年堂に引き取られていたのだが、或る雪の降る晩、店の奉公人達の不用意な会話を耳にした沙世が、行き場を失い控次郎の長屋に逃げ戻って来た。それも、親子だというのに、沙世は控次郎の立場を気遣い、家の中にも入れぬまますっと外で待っていたのだ。

以来、沙世の悲しみと寂しさを思い知らされた控次郎は、世話になった舅《しゅうと》の長作《ちょうさく》に対する不義理を感じつつも、沙世を手元に置くべきだと考えた。

だが、祖父母である万年堂夫婦に対する罪悪感は、控次郎のみならず沙世もまた等しく感じていた。夢にまで見た父との暮らしも、これまで自分を慈《いつく》しんでくれた祖父母の悲しみを思うと、素直に喜ぶ気にはなれなかったからだ。

そんな二人の悩みをいち早く察し、孫に去られた万年堂夫婦の寂しさをも気遣ったのが、控次郎の実弟で、南町奉行所与力の家に婿《むこ》入りした片岡《かたおか》七五三之介《しめのすけ》であった。兄思いの七五三之介は、他人には人一倍気遣いを見せる兄が、自分のこととなると一切の弁明を放棄し、誤解されることも厭わぬ気性であることを熟知していた。

そこで、万年堂の主人長作とも面識のある七五三之介は、控次郎が芸者を家に引き入れたと主張する長作の誤解を解いた上で、人の難儀を見過ごせぬ控次郎の性分にも触れた。

「御主人、兄はそういう男なのです。それが良いかどうかは人によって受け取り方も異なりましょうが、少なくとも義姉《あね》上は、そんな兄を愛おしく思われていたのです。度々長屋を訪れる私に、義姉上はその都度幸せそうなお顔を見せてくれました。ですから御主人、この万年堂と兄は、切っても切れない間柄なのです。今は亡き義姉上の為にも、些細なことで縁遠くなるなどあってはならないのです。今一度、沙世を薬種問屋万年堂の跡継ぎとして考えてみる気にはなりませんか」

その後で、七五三之介は月の前半を控次郎のもとで、後半を万年堂で暮らしたらどうかと提案した。

長作夫婦は涙を浮かべ、何度も七五三之介に礼を言った。

後日、了解も取らずに勝手な真似をしましたと謝る七五三之介に、控次郎は黙って頷いたが、その目は沙世同様安堵の表情を湛《たた》えていた。

六つ半（午前七時）。直心影《じきしんかげ》流田宮《たみや》道場の師範代である控次郎が、佐久間町《さくまちょう》にある道場へ向かおうとしたところで、おかめの末娘お光に呼び止められた。

ところが、いつもなら控次郎の顔を見れば、嬉しそうに駆け寄ってくるはずのお光が表情を曇らせ、立ち止まっている。

「どうしたんだい、お光坊」

控次郎の方から近寄り、理由を訊いたが、

「…………」

お光は口を開くことを躊躇《ためら》っている。

この娘がこのような態度をとることは珍しい。控次郎は、即座に只ならぬことが起きたと受け止めた。

「言いにくいようだな。だったら、お光坊から聞いたとは決して言わねえ。それでどうだい」

相手が喋りやすいように誘導すると、果たしてお光は周囲を見回しながら口を開いた。

「ごめんなさい。本当は、先生に喋っちゃいけないって言われていたの。もし、先生を巻き込んだりしたら、お沙世ちゃんにも害が及ぶかもしれないからって。でも、連日傷だらけになって帰ってくるおとっつあんを助けてくれるのは、先生しかいないの。お願い、先生。おとっつあんを助けて」

「お光坊、今なんて言った。とっつあんが連日傷だらけになって帰ってくると言ったか」

「そうだよ。だって、相手は質の悪い御家人連中なのよ。だから下手に逆らったりすれば、釣り宿や市場の人に迷惑が掛かるからって。おとっつあんは、そのうち相手の方が馬鹿らしくなってやめるだろうからって言ってたけど、もう三日も続いているんだよ。このままだと、おとっつあん、本当に死んでしまう」

最後は自分が発した言葉に感極まったのか、お光は泣き出してしまった。

そのお光を宥《なだ》めながら、控次郎は腐れ切った御家人連中を敵に回すことが、どんなに危険なことであるかを感じていた。

お光が言ったように、自分が御家人連中に手を出せば、相手は報復として沙世を襲うかもしれない。下手をすれば、本多の家にまで火の手が及ぶことも考えられた。

それくらい御家人というのは、厄介《やっかい》な連中なのだ。

直参と言えば聞こえは良いが、内情は「百俵泣き暮らし」と陰口をたたかれるほど、貧しい生活を余儀なくされていた。それでも百俵貰えれば良い方で、中には二十俵三人扶持の者もいたというから、当然真っ直ぐに育つはずはない。不満が募り募って、悪さをするようになり、いつしか深川の悪御家人と呼ばれるほど、世間から白い目を向けられるようになってしまったのだ。

「お光坊、とっつあんはいざとなりゃあ強《つえ》えんだ。だから、まっとうな人間に迷惑が及ばねえように耐えているんだ。おめえは、とっつあんが毎日痛めつけられていると言ったが、とっつあんは闘っているんだ。腐れ御家人どもに負けて堪《たま》るかと、傷だらけになっても連日市場に出かけているんだ。だからとっつあんを信じて、悪御家人どもが諦めるまで見守ってやんな。なあに、元々が根性のある奴等じゃねえ。きっとすぐに音《ね》を上げるさ」

このような言い方では、慰めにもならないと知りつつも、今の控次郎には、他に言葉が見つからなかった。

道場で門弟達に稽古をつけている間も、控次郎は政五郎のことが気になっていた。あの負けず嫌いの頑固者が家族に口止めした以上、自分が出張《でば》って行ったところで、受け入れる筈もない。かといって、政五郎の意地が連中に通用するかとなると甚《はなは》だ疑問であった。

——何か打つ手はねえものかな

と、あれこれ考えながら稽古をつけていたから、順番を待っている門人達にも、控次郎の様子がいつもとは違うことに気付かれてしまった。

「控次郎先生、何処かお悪いのではないですか」

門人の一人が遠慮がちに訊いてきた。師範代としての立場を気遣い、体調を理由にしてくれたが、控次郎にしてみれば、稽古に身が入っていないことを指摘されたも同然であった。常々、稽古の時は集中しろと言ってきただけに、この言葉には恥じ入る外はなかった。

控次郎が頭を掻《か》き掻き弁解する。

「すまねえ。実は娘を送り届けに行くのを忘れていたんだ」

本当は、沙世を万年堂に送り届けるのは自分ではなく、七五三之介の義姉である百合絵《ゆりえ》なのだ。とはいえ事情を話すわけにもゆかず、心苦しさを感じながらも控次郎はこう取り繕った。

なのに、門人達は口を揃えて、早くお嬢さんを送ってやってくださいと、控次郎を送り出してくれた。まさに汗顔の至りという奴だ。

「ありがとうよ。ついでに先生には内緒にしてくれな。もし知られでもしたら、おいらは師範代の職を失っちまうことになる。くれぐれも心を入れ替えて、二度とこんなへまはしねえようにするから、一つ頼むぜ」

片手で拝む控次郎を見て、門人達は嬉しそうに笑った。

この道場が控次郎で持っていることを、誰もが知っているのだ。道場主の石雲《せきうん》をも凌《しの》ぐ力量を兼ね備えていながら、洒脱で優しい人柄の控次郎は、門人達の誰からも好かれていたのだ。

道場を後にした控次郎は、門人達に言った通り、沙世が通う算法塾目指して歩いて行った。平右衛門町《へいえもんちょう》にある上原如水《うえはらじょすい》という高名な数学者が教えている塾だが、佐久間町にある道場からだと、神田明神裏の長屋とは反対の方角になる。

いつもなら控次郎が沙世を塾に送り届けた後で道場へと向かうのだが、今朝《けさ》は、七五三之介の義姉である百合絵が長屋まで沙世を迎えに来て、塾に送り届けた後、再び控次郎と一緒に沙世を万年堂へと送り届ける手筈になっていた。その間、百合絵は八丁堀にある組屋敷に戻ることになるのだが、そうまでしても沙世の面倒を見たがるのは、偏《ひとえ》に控次郎への思慕《しぼ》によるものであった。

初めから好きだったわけではない。百合絵が妹の佐奈絵《さなえ》共々ならず者に絡まれていた所を、控次郎と七五三之介に救われたのが縁の始まりだったが、気が強い上に高慢ちきな百合絵は、自分に全く関心を示さない控次郎に腹を立てていたくらいであった。それが何時しか控次郎の優しさに惹《ひ》かれるようになり、今では進んで沙世の送り迎えを買って出るようになっていた。

如水の塾は、神田川沿いの道を浅草《あさくさ》橋とは反対方向に折れ、江戸通りに入って二つ目の通りを右に曲がった所にある。

かつては控次郎の兄嗣正《つぐまさ》も師事したことがある如水の塾は、平右衛門町にある屋敷だけでは塾生を収容しきれず、通りを挟んだ向かい側の商家を買い取って、珠算と算法を教えていた。

沙世の年齢から言えば、未だ珠算を学ぶ段階なのだが、如水はこれ以上沙世に珠算を習わせる必要は無いと塾の掃除ばかりをさせていた。それがいつの間にか屋敷に通うようになったのは、如水の娘である美佐江《みさえ》が、いくらなんでも、可哀想すぎると父親の如水に意見をしたせいであった。それゆえ、十歳になるまでの間、沙世は美佐江に炊事や裁縫を教わっていた。

その如水の屋敷がある方角を見詰め、控次郎は胸の中で沙世に呼び掛けた。

――良かったな。その屋敷にゃあ、おいらが味わわせてやれなかった温《ぬく》もりって奴が、一杯詰まっているからな

楽しそうにしているであろう沙世の顔を思い浮かべながらも、控次郎は如水の屋敷には向かわず、両国《りょうごく》橋に向けて進路を取った。

それは、先程控次郎自身が門人達に言った言葉が発端となった。「先生には内緒でな」という一言が、控次郎に一計を思いつかせていた。両国橋の広場で易を観ている仲間とならば、政五郎には内緒で事を解決できると控次郎は思ったのだ。

暮れ六つ（午後六時）になり、木戸が閉められると、長屋は外部から完全に遮断される。時折、子供の泣く声や亭主に向かって発せられる女房の罵声《ばせい》が聞こえるが、それも宵闇が辺りを包み込む頃になるとすっかり収まり、無音の世界となる。

貧乏長屋に行燈《あんどん》の灯は贅沢品《ぜいたく》だ。明るくなれば起き、暗くなったら寝る。それが庶民の暮らしぶりだ。

にも拘らず、控次郎は行燈を灯したまま、訪ねてくる筈の客を待っていた。ひそやかな足取りが感じられ、やがて「とんとん」と腰高障子を叩く音がした。

控次郎が突っ張りを外すと、

「控次郎さん、向かいの易者だが、もうお休みかな。結構な酒が手に入ったので、良かったら一緒に酌み交わしませんかかな」

という声と共に、易者が顔を覗かせた。

暗くて顔は確認しづらいが、それでもわずかな行燈の灯りが易者の髪の白さと口の辺りに蓄えた白髭を伝えた。

畳の間には上がらず、徳利を抱えた易者が框《かまち》に腰を掛けると、控次郎も湯呑《ゆのみ》を二つ提げて、それぞれ易者と自分の前に置いた。

「悪いな。折角の酒だってえのに、うちにゃあ肴《さかな》なんてえものはねえんだ」

「わかっていますよ。お沙世ちゃんが居られる時には、控次郎殿は酒を召し上がらない。実を言うと、さほどの酒ではないのです。まあ、控次郎殿が『おかめ』で飲まれている酒よりは、幾分増しといったところですかな」

易者は馴れ馴れしい口調で切り出した。しかも白髪だらけの老人だというのに、声も透き通り、若者のように張りがある。

「悪かったな。どうせおいらは安酒しか飲んじゃいねえよ。それよりも、蛍《ほたる》丸《まる》。昼間頼んでおいた天狗《てんぐ》の面は手に入ったかい」

もとより、酒が目当てではない控次郎が用件を迫ると、その性急振りがおかしかったのか、蛍丸と呼ばれた易者は、嬉しそうに笑った。

「控次郎殿は余程天狗がお好きと見える。ですが、江戸で天狗というのは少々不自然ではありませんか。第一、喧嘩をするのに天狗の鼻は邪魔でしょう。そこで狐のお面を手に入れてきました。狐ならば、稲荷社が多い江戸にはうってつけですから」

そう言うと、蛍丸は風呂敷包にくるまった狐の面を二頭《かしら》差し出し、そのうちの一頭を控次郎に手渡した。

「二頭ってことは、おめえも加わるってことかい」

「当然です。私がいなかったら、誰が相手に向かって話しかけるのですか。いくらお面をかぶったところで、控次郎殿のやくざな物言いでは、すぐに正体が見破られるではありませんか」

「違《ちげ》えねえ」

これには控次郎も苦笑するしかなかった。

朝もや烟《けぶ》る神田川沿いの道を、この日も小者に政五郎が市場へ出かけたことを見張らせていた御家人達は、肩を怒らせながらやってきた。

流石《さすが》に四日も続くと、痛めつける方も拳が痛くなる。そこでこの日は自分達に代わって制裁を加える仲間を引き連れていた。

総勢六人の御家人達が、湯島横町へと続く広場に持ち場を構えると、今や遅しと政五郎の帰りを待ち受けた。

やがて、待ちくたびれた男が昌平橋まで足を運び、様子を見に行き始めた時、

「こーん」

奇妙な声が聞こえ、男達は顔を見合わせた。

「今、何か声がしなかったか」

「俺にも聞こえたぞ。何やら狐の鳴き声のような」

と口々に囁《ささや》き合い、周囲を見渡し始めた。

「まさか狐」

二度目の鳴き声に反応した男がそちらに目を向けた時、家々の物陰から白い何者かが飛び出してきて、何やら楽しげにぴょんぴょんと跳ね回り出した。人間とは思えぬ跳躍力に誰もが驚きの目を向けた。

「こーん」

今度はすぐ後ろで鳴き声がした。

思わず男達が振り返る。その目に、真っ赤な口を開き、全身白装束に身を包んだ狐の姿が飛び込んだ。刀を抜き合わせる間もなかった。眼を大きく見開き、恐怖に怯《おび》える男の肩目がけ、狐の手にした錫杖《しやくじよう》が唸《うな》りを上げて振り下ろされた。

「ぐわっ」

肩の骨が打ち砕かれる鈍い音と共に、激痛に耐え切れぬ男が悲鳴を上げて転げ回る中、狐は次の獲物を求めて飛び跳ねた。

それにしても高い。人の背丈を優に超える高さを、身体を丸めながら回転する狐に、御家人達は度肝を抜かれ、刀は抜いたものの、一人として闘おうとする者はいなかった。

そんな男達に、錫杖を手にしたもう一匹の狐が襲い掛かった。

「ぐわっ」

「ぎゃっ」

錫杖の唸《うな》る音と、男達の悲鳴が交錯する。狐が通り過ぎた後には、腕を折られ、顔面を血で染めながら倒れ込む男達の姿だけが残った。

そんな中、兄貴格の男だけが、激痛に身をよじりながら顔を上げた。

「貴様ら、天下の直参にこのような真似をして、無事でいられると思うのか」

悔しさに声を震わせて言ったが、二匹の狐はまるで意に介する様子がない。

ついには、一匹の狐が倒れた御家人達の周りを目まぐるしく動き回り、

「こーん」

と一鳴きした後で、男の前に屈みこんだ。

狐は男の顎を持ち上げると、不気味な声で一言「我は狐夜叉《きつねやしや》なり」と告げた。

昌平橋を渡り終えた政五郎は、この日もまた御家人達に襲撃されることを覚悟しながら湯島横町へと入った。だが、いつもなら待ち伏せしている場所についても、連中の姿はなかった。

政五郎は周囲を見渡した末、店へと戻って行った。

裏口の戸が閉まると、その音を反対側の路地で聞いていた着流し姿の控次郎が、ゆっくりと姿を現わした。そして、同じく白装束を脱ぎ捨てて易者姿となった蛍丸を伴い歩きだした。

「連中、かなり怯えていやがったな。それにしても、『狐夜叉』とは言い得て妙だったぜ。確かにおめえが飛び回る姿は人間業じゃあねえ。俺も狐の化身かと錯覚するほどだったぜ」

人に聞かれる心配のない神田明神脇の裏通りに来たところで、控次郎が言った。

稲荷社には、人間に祟《たた》る夜叉も祀《まつ》られていることを、この時代の人間は誰もが知っていた。控次郎は、蛍丸が狐の面を用いたことを称賛《しようさん》するとともに、自分と一緒に戦ってくれたことに対して礼を述べた。

ところが、

「まだ始まったばかりです。控次郎殿、悪御家人に泣かされているのは、政五郎さんばかりではありません。どうせなら、狐夜叉にもう一働きしてもらって、深川一帯の悪御家人を一掃してしまいましょう。もしここで止めたりすれば、連中はきっと政五郎さんを疑い、仕返しにくるはずですから」

と蛍丸は進言してきた。

確かにその通りだ。悪御家人に泣かされている人間は大勢いる。ここで止めれば、連中は政五郎が人を頼んで報復を試みたと考える筈であった。

「だがなあ、いくらとっつあんを救う為とはいえ、ここまでおめえを引き込んじまったことを、俺は済まねえと思っているんだ。それに、考えて見りゃあ、面の手配から奴らの見張りまで、皆おめえに任せっきりじゃねえか。俺は昔っから荒事が好きなもんでよ、ついそっちの方ばかり夢中になっちまうんだ」

「そのお気遣いは無用です。控次郎殿は、仇《かたき》を前にして後れを取った私に代わって、父の仇を討ってくれました。その控次郎殿をお助けするのは当然のことです。それに近頃では、私も荒事というのが好きになってきたのです」

自分の身を気遣ってくれる控次郎に、蛍丸は冗談を交えながら答えた。

本所、深川一帯の盛り場は、まさに無法地帯と呼ぶにふさわしい場所となっていた。御家人達はやくざ顔負けの悪辣《あくらつ》さで、みかじめ料代わりに無銭飲食を働き、岡場所に乗り込んでは、付けで女を抱いた。白昼婦女子に戯《ざ》れるなど日常茶飯事だ。しかも悪御家人達は決して一人では行動せず、集団で悪事を働く為、取り締まるはずの役人も彼らを恐れ、見て見ぬ振りをした。下手に逆らえば、こっぴどく痛めつけられた上に、その後も執拗《しつよう》に嫌がらせを受けた為、被害に遭《あ》った人々も泣き寝入りするしかなかった。

そんな悪御家人達を狐が襲った。全身白装束の狐が二匹、どこからか現われては悪御家人達を打ち据え、風のように去って行った。

極悪非道の悪御家人達が、連日にわたり完膚なきまでに叩きのめされる光景に、苦しめられていた庶民は喝采《かっさい》を上げ、手を叩いて喜び合った。

そしてついに、神出鬼没の狐の出現は、夜叉の祟りとして瓦版に取り上げられることとなった。

三

寛政《かんせい》元年（一七八九）、時の老中松平定信《まつだいらさだのぶ》が振るった大鉈《おおなた》が、栄華を貪《むさぼ》ってい
た札差《ふださし》達を直撃した。棄捐《きえん》令だ。
元々は旗本御家人の使い走りとして蔵米《くらまい》を受け取るだけの札差が、札旦那《ふだだんな》と呼
ばれる旗本達に金を貸すようになったことで立場が逆転し、ついには、奥印金《おくいんきん》や
月踊《つきおど》りと呼ばれる阿漕《あこぎ》な商いをするようになった。
いずれも年利一割八分と決められた法定利子を超える利息を得る手段として考
えられたもので、奥印金は手元不如意《ふにょい》を口実に別の金貸しから金を借り、自分は
その保証人となって二重の利子を取る。無論、別の金貸しなどはどこにも存在し
ない。またこの時代の金利計算が月単位であったことから、何かと理由を付けて
は、月の後半に金を貸し、二か月分の利子を取る。これが月踊りである。
札差達は、このような阿漕な手段で稼いだ金を、湯水のごとく使いまくった。
窮乏する旗本・御家人達を嘲笑《あざわら》うかのごとく遊興三昧を繰り返し、ついには自
分の女房を御新造と呼ばせるまでになった。結果、十数名が株を召し上げられ、

難を逃れた札差達も、六年以上にわたる借金は過重利息と相殺《そうさい》、六年以内に借りいれたものについては、従来の三分の一となる金利六分に軽減された。

だが、一旦は旗本・御家人の窮状を救った棄捐令も、多額の借金を抱えるまでになった彼らの実情を改善するには至らなかった。贅沢に慣れた旗本・御家人達は、借金をしてでも、今までの暮らしぶりを変えようとはしなかったからだ。

その後、幕府の政策に反発した札差達が一斉に貸し渋りをしだすと、金廻りが悪くなった旗本・御家人達は以前にもまして暮らし向きに窮することとなった。

天王町《てんのうちょう》、森田町《もりたちょう》、片町《かたまち》の三地区の札差の中にあって、唯一その堅実な商い振りが町奉行所、町年寄からも評価されている札差がいた。難民に対し定期的に施《ほどこ》し米をするなど、その善行ぶりはつとに知られていたが、貸し渋りを行う仲間が多い中、ここだけは旗本・御家人に金を融通し続けていた。

株仲間発足時から森田町に店を構える和泉屋《いずみや》という札差だ。

以前は他の札差同様、奥印金・月踊りなどの阿漕な商いをしていたが、先代が死に、倅の利助《りすけ》が跡を継いでからは一貫して正規な利子での商いをするようになった。年の頃は三十半ば。札差とは思えぬ優男《やさおとこ》然とした風貌《ふうぼう》をしていて、滅多《めった》に感情を表に出すことが無かった。

その利助が、今朝は珍しく浮かぬ顔をしていた。

「旦那様、このような瓦版の与太《よた》記事など、気に為さることはございません。第一、そこに取り上げられた悪御家人というのが、うちの札旦那などとは、どこにも書かれていないではありませんか」

瓦版を手にしたまま、ずっと考え込んでいる利助の心情を推し量ったか、支配役の久造《きゆうぞう》が茶を差し出しながら言った。

かすかに音を立てながら茶を啜《すす》った利助がそれに答える。

「私がそんなことで悩んでいると思いましたか。久造、瓦版というのはねえ、買う人が喜びそうな記事を書くものなんです。この瓦版では、悪御家人を徹底的に懲らしめた夜叉の出現を、あたかも救世主のように書き立てています。つまり庶民にとって、御家人達がいかに迷惑な存在であるかが記されているのです」

「ご無礼いたしました。まさか、そのようなことをお考えとは思わずに、いらぬ差し出口をしてしまいました」

「そんなことはありません。お前は他の奉公人とは違います。私が先代から、意味のない学問に精を出すうつけ者と詰《なじ》られていた時も、お前だけは私を信じていてくれましたからね。そこで久造、今から私が言うことをよく聞いてください」

「はい」

「いいですか。私どもは、札旦那である旗本・御家人の方々とは切っても切れぬ間柄です。それゆえ、札旦那がお困りならばと、うちはお金を融通し続けてきました。ですが、これほど世間が目の敵《かたき》にしているとなると、うちも責任を感じずにはいられなくなります。今までうちは、札旦那の借金が少しでも軽くなればと、金の用立てはすべて月初めにしてまでお金を貸し続けていましたが、どうやらその考えは甘すぎたようです」

「まさか、融通しないということでございますか。旦那様、うちは札差でございますよ。急に金を貸さないなどと言えば、札旦那から苦情が出るのは必定《ひつじょう》でございましょう」

「何も貸さないとは言っておりません。先方が入用とする金子《きんす》の使い道を聞いた上で、その返済が暮らし向きを悪化させぬ額に抑えろということです。久造、札旦那たちの借財は年々増えて行く一方ではありませんか。それはつまり、うちが安易に金を貸し続けたことで、札旦那たちを贅沢に慣れさせてしまったことにあるのです」

「旦那様の申されることは逐一御尤もだとは思いますが、御家人の中には内情を知られたくない方も、はたまた気性の荒い方もおられます。そういった方々が、札差とはいえ、町人にとやかく言われるのを黙って聞いているとは思いませんが」

「その場合には、他の札差同様、金をお貸ししなければよいのです」

いつになく強い姿勢を崩さぬ利助に、久造は困惑し、言葉に詰まってしまった。穏やかな物言いに終始する主が、一旦決めたことには、頑として譲らぬことを久造自身が知っていたからだ。

体面《たいめん》を汚され猛《たけ》り狂いそうな札旦那の顔を思い描きながらも、久造は主の言葉に従うしかないと思っていた。そこへ、

「かといって、対談方《たいだんかた》などは用いるつもりはありませんよ。あくまでも札旦那には、礼を尽くさねばなりませんからね」

利助の念押しが来た。因《ちな》みに対談方というのは、札差を脅して金を借りる宿師に対抗して、札差側が雇う用心棒兼取り立て屋のことをいう。小遣い稼ぎに旗本の次男坊、三男坊といった輩が引き受ける宿師に比べ、対談方というのは腕の立つ者が多かった。

久造は頷き、利助の言葉を噛《か》みしめた。そして、利助が放った対談方という言葉から、不届きな札旦那が現われた時の対処法を思いついた。

「かしこまりました。私におまかせくださいませ」

久造は、自信たっぷりに言った。


森田町から天王町、そして神田川沿いを右に曲がった久造は、左衛門河岸《さえもんがし》を抜けて新橋を渡った。延べ竿を肩に担ぎ、左手で魚籠《びく》を提げながらも、何処か落ち着かない姿が俄《にわか》釣り人を思わせた。

柳原《やなぎわら》土手を郡代屋敷と反対方向に少し行ったところで、目指す釣り人を見つけた。着流し姿の武士だが、刀を帯びていない。年の頃は四十前後といったところか。久造は、歩を進めると躊躇《ためら》うことなく武士の傍らに近寄って行った。

「生方《うぶかた》様、釣れておりますでしょうか」

声を掛けられた武士は、一瞬相手の素性を模索する仕草を見せた後で、こだわりのない笑顔で答えた。

「お前は確か和泉屋の手代であったな。お前のように仕事熱心な男が釣りをするとは珍しいな」

「はい。そろそろ道楽の一つでも覚えたいと思いまして、生まれて初めて釣り竿を手にしてみました」

久造は用意していた言葉を口にした。

なるべくなら相手の出方がわかるまで此方の用向きを悟られたくなかったからだが、生方という武士は、相手の思惑など気にする風もなく、久造に向かって、さらっと言ってのけた。

「私に何の用だ」

「えっ、何の用かと申されますと」

「隠さずとも良い。お前は今朝方からわしの屋敷を見張っていたではないか」

久造は驚いた。だが、そこは札差の支配役を務める男だけに、したたかさも持ち合わせている。不要な釣り竿と魚籠を地面に置くと、直ぐに態度を改めた。

「偽りを申しましたこと、お許しくださいませ。流石《さすが》は槍の名手と誉れも高い生方喜八《きはち》様。仰せの通り、今朝方貴方様のお屋敷を窺い、お出かけになるのを確かめていたのでございます。実は、是非とも貴方様にお頼みしたい案件を抱えてまいったのでございます」

「左様か。だが、それは前もって聞いておらぬこと。今のわしには家族の者が食うだけの獲物を確保するという仕事が残っておる。出直すが良い」

久造の頼みなど、まるで興味が無いといった口振りだ。

「お待ちいたします。貴方様が魚を存分に釣り上げるまで、手前はここでお待ちいたしますので、何とかお聞き届け願えませんでしょうか」

考え抜いた手筈が不首尾《ふしゅび》に終わった以上、久造には縋《すが》りつくより外に手段はなかった。

いかに釣りをしたことがない久造でも、こんな仕掛けで魚を釣ろうなどとは、思いもしなかった。
餌《えさ》が無いのだ。にもかかわらず、生方は尺（約三十センチ）程もあろうかという魚を次々に釣り上げて行った。生方が竿を振るう度、白い腹を見せた魚が宙を舞った。久造は呆気《あつけ》に取られ、暫《しば》しその光景に目を奪われていたが、程なくして空中で針から外れた魚が久造の足元に転がってきた。それを摑もうとした時、
――臭い
強烈な悪臭が久造を襲った。岸に上げられた魚が転げまわることで、自らの臭さを必要以上に撒き散らした。思わず顔を顰《しか》める久造を楽し気に眺めた上で、生

方は魚の正体を告げた。

「鯔《ぼら》という魚だ。この時期、海から川を目指し群れを成して上ってくる。多い時には川一面鯔で埋まるほどだ。今はさほどではないが、川の中をよく見れば、泳いでいるのが見えるだろう。確かにお前が顔を顰めた如く臭い魚だが、煮つけにすれば格別な旨さなのだ。今日は沙魚《はぜ》を狙いに来たのだが、生憎《あいにく》食いが悪い。それで仕方なくこの仕掛けに切り替えたのだ」

生方は、糸の先に結んだ鉄製の小さな錨を手に取って見せた。これを鯔の向こう側に放り投げ、曳いてくれれば餌が無くてもかかるという訳だ。

「それにしても臭うございますね」

「その通りだ。だから誰も鯔など食おうとはせぬし、釣りもせぬ。貧乏御家人の他にはな」

生方は自虐《じぎゃく》的な物言いで、自らの境遇を詰った。

久造に案内され、生方が和泉屋に出向くと、店の中にいた奉公人は皆鼻をつまみ、その臭さに顔を顰めた。久造は、先程までの自分が手代と同様、鯔を嫌がったにも拘わらず、奉公人には「大切にお預かりするように」と言い渡し、生方を奥座敷に居る利助のもとへと誘った。

　利助は、すでに端座していた。

　背筋を伸ばし、両手を膝の上に置いたまま、生方が座るのを待った。

「お初にお目にかかります。私が和泉屋利助でございます。生方様のことは、これなる久造から聞き及んでおります」

　札差とは思えぬ礼節を心掛けた言葉で利助が挨拶《あいさつ》する。

　対する生方も、直参の誇りを忘れず軽く会釈を返す。その生方が隈なく部屋を見渡した後で、感嘆の声を漏らした。

「噂《うわさ》は真《まこと》のようだ。難民に施し米をしているとは聞いたが、部屋の調度品を見る限り、それと頷《うなず》ける」

「そう言われると、お恥ずかしい限りです。私が未だ妻帯しておりませぬゆえ、調度品と呼べるものは簞笥《たんす》と文机《ふづくえ》、そして煙草を吸われるお客様用に置いてある長火鉢くらいのものでございます」

　利助は緊張していた。それは久造から、生方喜八が槍を取っては天下無双、幕府御家人の間でも一際崇《あが》められる人物であると聞かされていたことにもよるが、それ以上に、利助自身が未だかつて他人に頼みごとをした経験がないせいでもあった。それゆえ、利助としては切り出す頃合いを窺っていたわけだが、一方の生方にしてみればさほどの関心事ではない。いつまでも用向きを口にしない利助に、面倒くさくなったか退出を口にした。

「済まぬが、わしは早々に魚を持って帰らねばならぬのだ。腸《はらわた》を取っておらぬので、長居をしてはせっかくの魚が傷んでしまうのでな」

そう言って立ち上がろうとしたから、利助は慌てた。

「お待ちくださいませ。魚の方は私共が処理いたします。久造、すぐに魚松《うおまつ》さんへ行って、御主人の松太郎《まつたろう》さんか倅の杉作《すぎさく》さんに家へ来てくれるよう頼んでおくれ」

「はい。ただ今すぐに」

滅多に見せぬ利助の慌て振りは、忠義者の久造をも慌てさせた。

自分が生方を連れてきたこともあり、久造はこのまま部屋を出るべきか、はたまた生方を宥《なだ》めるのが先かと、気の毒なくらい狼狽《うろた》えた。

その様子が余程可笑《おか》しかったらしい。

生方は槍の名手とは思えぬ人懐っこい笑顔を見せると、

「よい、よい。ならば、わしが調理してやろう」

自分が調理すると言い出した。

「えっ、生方様が御自身で。それはなりません。いくら何でもお武家様にそのような真似はさせられません。久造、ついでに煮売り屋のお兼《かね》さんの所に寄って、娘のお節《せつ》さんに来てもらうよう頼んでもらっておくれ」

「は、はい。娘さんの方ですね」

身振り手振りを交えながら必死で指図する利助に、生方も思わず噴き出した。

「和泉屋、お主は実に面白い男だ。わしはこれまで、札差などというものは業突《ごうつく》張《ば》り揃いと思っていた。だが、お主は魚屋の倅や煮売り家の娘の名まで知っておる。これでは、力になれるかどうかはわからぬが、お主の頼みとやらを一応聞いてやらねばという気になるではないか」

そう言うと、生方は足を胡坐《あぐら》に組み替え、どっしりと座り直した。

ほどなくして、久造が魚屋の倅杉作と煮売り家の娘お節を連れ帰り、二人が利助に挨拶する段になると、生方はより興味深げな目で利助の応対を観察するようになった。

「杉作さんもお節さんもお忙しいでしょうに、無理を言った私の所へよく来てくれましたね。礼を言いますよ」

「とんでもねえ。他でもねえ和泉屋さんの頼みだからと、親父に追い飛ばされたくらいです」

「あたしもです。旦那さんのお蔭で、うちは繁盛するようになったんだから、気を入れて調理をして来いと、おっかさんに言われました」

「何を言われますか。私の方こそ魚松さんやお兼さんには、何時も助けていただいているのです。そんな風に言われては、こちらが恐縮いたします」

よほど利助の言葉が嬉しかったのか、二人は高揚した顔で、台所へと向かって行った。


香しい味噌《みそ》の匂いと共に、皿に盛られた鰡が箱膳に載せられ、利助と生方、そして久造の前に置かれた。

初めて食す鰡を、利助は興味津々といった目で見入ると、箸《はし》をつけ、その後で感嘆の声を上げた。

「旨《うま》い。いえ、今まで味わったことが無いほど美味でございます。白身が味噌の中で踊っているかのようです。生方様、これはお世辞抜きで美味《おい》しい魚でございます」

「そうなのだ。鰡は旨い魚だ。だが、見た目も悪い上に、身体から発する臭みが江戸者には嫌われる。こんな物を食っているのは、江戸中探したところで、我々貧乏御家人くらいのものだろう」

生方は悪びれる風もなく言った。

利助は、札旦那としての生方が一度として借金をしに来たことが無いことを、久造から聞き及んでいた。七十俵五人扶持という薄禄の御家人が、家族全員で暮らして行くには、余程質素な生活を心掛けねばならないはずだ。にも拘わらず、卑屈《ひくつ》さを微塵《みじん》も感じさせぬ伸びやかな生方に、利助はまばゆいほどの感動を覚えた。

「生方様は誠に外連味《けれんみ》の無いお方でございますね。私は本日、貴方様にお願い事をするためにお招きしたのでございますが、貴方様を見ているうちに、手前勝手な自分が恥ずかしく思えてきました。ですからお願い事は致しません。その代わりと言っては何ですが、私のような札差風情《ふぜい》でも、知己《ちき》としてお付き合いさせていただくわけにはまいりませんでしょうか」

「それは願ってもないことだ。わしもお主《ぬし》のような衒《てら》いのない人物には一度として会ったことが無い。是非とも好《よしみ》を結びたいと思うようになった。とはいえ、貧乏御家人には何かとすべきことが多いのだ。今日のように魚を獲《と》ったり、山菜を採りに行ったりせねばならん。次にいつ訪ねてくるかは約束できぬが、それでもよいか」

「よろしゅうございますとも」

嬉しそうに目を輝かせて答える利助を、生方は好まし気に見ていた。

四

ここ数日、初夏とは思えぬ蒸し暑い日が続いていた。

四月もとうに中頃を過ぎた江戸の町は、蚊帳《かや》売りの声が夏本番の準備を急《せ》かせていた。

居酒屋おかめも御多分に漏れない。店の裏手では、主人の政五郎が店の内外に置く蚊遣りの手入れをしていた。

機嫌は良くない。未だ悪御家人達から受けた青痣《あざ》が残っている為、板場に籠りっきりのせいもあったが、それ以上に政五郎を鬱屈《うっくつ》した気分にさせていたのは、女房子供からの反発にあった。無論その原因を作ったのが自分であり、家族への言い方が少々しつこすぎたことは政五郎もわかっていた。だが、政五郎にしてみれば、どうしても腑に落ちないことがあり、それが解明されない限りは居ても立ってもいられなかったのだ。

自分を付け狙っていた御家人達がぱったりと姿を見せなくなった時には、政五郎も妙だなとは感じていた。だが、その時は、所詮《しょせん》金目当ての悪御家人達ゆえ、金にもならぬ無駄な労力を惜しみだしたのだろう、という気持ちの方が強かった。

ところが、後になって瓦版で悪御家人を成敗した狐夜叉の存在が取り上げられた。偶然にしては出来過ぎていた。

――どう考えても先生の他にはいねえ

政五郎には、そうとしか考えられなかった。

だが、家族の者には、絶対に控次郎には知らせるなと口止めしていたし、家族もまた恩人の控次郎に災いが降りかかると知って、喋ったりするはずがないこともわかっていた。

ならば、いったい誰が悪御家人のことを控次郎に話したのか。もしかして現場を目撃した者がいるのではないかとも考えたが、自分では殴られている間も、控次郎に知られぬよう、周囲に気を配ったつもりでいた。

そこで今一度、家族の誰かが悪御家人のことを控次郎に喋ってはいないかと訊いてしまったのだ。家族の者が皆首を横に振り、不満そうな目で自分を見ているというのに、政五郎は念まで押してしまった。

「本当におめえ達は喋っていねえんだな」

父親としての威厳《いげん》を見せるため、睨みまで利かせてみたのだが、却《かえ》って娘達を怯えさせるだけで、結果は同じであった。その上女房には、

「お前さん、そこまで疑うのかい。いくら目明しの癖が抜けないといっても、そりゃああんまりというものだよ。それじゃあ、あたし達が恩知らずだと言っているようなもんじゃないか。お前さんが、やっとお沙世ちゃんと暮らせるようになった先生に迷惑をかけたくないという、その気持ちがわかったからあたし達も口を噤んでいたんじゃないか。それを何だい」

と涙ながらに。恨み言を言われてしまった。

「おいおい、何も泣くことはねえじゃねえか」

「うるさいよ。あたしは今自分が情けなくて仕方がないんだ。何だって、こんな

すっとこどっこいと一緒になっちまったのかってね」

「すっとこどっこいだと。確かにそうかもしれねえが、何もそこまで言うことはねえだろう。俺はなあ、そう都合よく夜叉が現われるとは、どうしても思えねえから、つい言っちまったんだ」

「まだ、言っているのかい。だったら今一度、そのちっこい目をおっぴろげて瓦版を読んでごらんよ。夜叉は一丈（約三メートル）も飛んだって書いてあるじゃないか。人間がそんなに飛べるかい」

「そりゃあ、瓦版が売れるようにと、大袈裟《おおげさ》に書いたからじゃねえのか」

　自分では気づかないほど、政五郎の語調は弱々しくなった。そこを嘘泣きまでして娘達を庇《かば》った女房が見逃すはずがなかった。

「どうしてもあたし達が信じられないって言うのなら、お前さん、出て行ってもいいんだよ。だけどね、夜叉は二匹いたって書いてあるじゃないか。だったら、残りの一匹は誰だって言うのさ」

　手痛い理屈が返って来た。

　お加代の言い分は、まさに政五郎が夜叉を控次郎と決めつける上で、どうしても解明できない謎であったからだ。

「言われて見りゃあ、確かにそうだ。先生だったら、仲間を連れたりしねえや。すまねえな。痛めつけられたせいで、少しばかり頭がいかれちまったみてえだ」

と詫びることで、その場はからくも難を逃れた政五郎であったが、依然として夜叉が控次郎であるという疑いは消せなかった。


蚊遣りの手入れを終え、ついでに店先に釣しのぶを掛けようと板場に戻った政五郎が、今一度裏口から外に出た時、目の前に控次郎の顔が覆いかぶさった。

「とっつあん、近頃店に顔を出さねえと思ったら、その痣《あざ》が原因かい」

しげしげと覗き込む顔がどこか楽しげだ。

「痣？　これですかい。へえ、ちょっと転んじまったもんで」

「転んで出来た痣じゃねえなあ。大方、喧嘩《けんか》でもしたんだろうが、もういい歳だぜ。ちいっとばかり気に入らねえ相手でも、我慢しなくちゃあいけねえよ」

控次郎の言い様は、怪我をさせた相手がわかっているようにも聞こえるが、その和《なご》やかな表情は、いつもと変わらぬままであった。

「先生、見られちまったら仕方がありませんや。今、店を開けやすから飲んで行って下せえ」

ならばと、政五郎も覚悟を決めた。

おかめの店内には、太い丸太を半分に割った卓が四つある。そのうち三つの卓には縁台が椅子代わりに置かれていて、残りの一卓だけが縁台ではなく樽が置かれていた。その樽も普段は三つしかない。四つ目の樽は控次郎が来た時に出されるのだ。

お光が店の奥から樽を転がしながら運んで来て、その上に座布団を敷いた。

それほど、控次郎は特別な客なのだ。

常連客も心得たもので、この卓には誰も座ろうとしない。控次郎の顔を見ると嬉しそうに挨拶するが、後からその卓に座る人間を気遣い、他の卓に移って行くのが暗黙の決まり事となっていた。

暮れ六つ過ぎになって、ようやくその席に座る人間がやって来た。

三つ紋付きの黒羽織を内側に折り曲げて裾を帯に挟む、いわゆる巻羽織に着流しという独特の姿。髪は出来るだけ生え際が目立たぬよう剃り上げ、髷《まげ》を散らさぬ小銀杏《こいちょう》。一目で定廻り同心とわかる男の名は高木双八《たかぎそうはち》。田宮道場では控次郎の弟子に当たる。同心にしては気さくな性分で、師範代の控次郎にも遠慮がない。

「いけませんなあ、お沙世ちゃんがいないのをいいことに、毎晩飲みにやってくるとは。先輩には罪悪感というものがないのですか」

「罪悪の塊《かたまり》が言う言葉かい」

「よくもまあ人聞きの悪いことを声高らかに言えますね。先輩、ただでさえ我々同心は世間からそういった目で見られているんですよ。たまには周囲の目という奴を気にしてください」

「でもなあ、周囲は皆知っているんじゃねえのかい」

「先輩、今の私はねえ、参勤でやってきた大名の家臣が、ようやく江戸の生活に慣れ、不満を抱えた御家人達とのいざこざまで取り締まらなくてはならないんですよ。そんな私が一日の疲れを癒す為、おかめにやってくるというのに、先輩なら、労《いたわ》ってくれるのが普通でしょう」

「考えたこともなかったが、言われてみればそうかもしれねえな。年がら年中怠《なま》けてばかりいた奴が、心を入れ替えて働きだしたんだ。労ってやるのが道理ってもんだ。双八、まずは一献《いっこん》」

と差し出すのを、

「不味《まず》そうな酒だなあ」

と、高木はお光が持ってきた盃《さかずき》で受けると、酒に罪はないとばかりに飲み干した。

「高木の旦那。お酒をお持ちしますか。それとも」

二人のやり取りを聞いていたお光が、にこやかに注文を訊く。

「おう、それともの方だ。今日は忙しくてな、飯を食う暇《ひま》がなかったんだ。まずは茶漬けが先だ。お光、沢庵はいらねえから梅干を多くしてくれ、ってとっつあんに言ってくれ」

「種はどうします」

「もちろん取るんじゃねえよ。食べ終わった後の種をかち割り、中に入っている観音様を食うのが俺の楽しみなんだ」

「はーい」

思わず噴き出しそうになったお光が、慌てて板場へ駆け込んで行った。

酔いの回った常連客が大声で思い思いの話をし始めた頃。

勢いよく暖簾《のれん》を掻き分け、遊び人風の男が入ってきた。播州屋《ばんしゅうや》という地本問屋《じほんどいや》の手代で辰蔵《たつぞう》という若い衆だ。

稼業柄浮世絵師との付き合いも多く、芝居の興行元にも顔が利く。当然芸者衆や色町の女にも接する機会が増えるから、町方も知らない情報を仕入れてくる。

そんな辰蔵は、定廻り同心の高木にとっても貴重な情報源だ。

「こんな時間まで遊んでいやがったのかい。全くいい身分だぜ。御家人でさえ二日働いて一日休む三日勤めだというのに、てめえときたら一日働いて二日は休んでいるじゃあねえか」

「高木の旦那、仕事振りについては、お互い言わねえ方がよろしいんじゃござんせんか」

「馬鹿野郎、てめえと一緒にするんじゃねえや。奉行所は一年中休みがねえことくらいおめえだって知っているだろう」

「へへ、そうでした。おっしゃる通り、奉行所は年中休み無しでありんす。ですがね、お役人の中には、端唄《はうた》や長唄、おまけに三味線《しゃみせん》まで玄人《くろうと》はだしの芸達者が数多くいらっしゃるそうで。その方達は、一体いつ、どこで覚えてきなさるんで」

「知らねえよ。だがな、俺をそのお方達と一緒にするんじゃねえぜ。あっ、そういやあ、おめえ先程乙松《おとまつ》と一緒に歩いていたな。辰、いくら姉弟だからって人目に付きやすい場所を一緒に歩くんじゃねえぞ。柳橋《やなぎばし》随一の売れっ妓乙松の看板を泥で汚すことになるからよ」

「お生憎さま。わちきの外にも、もう一人連れが一緒にいたんですよ。お梅《うめ》という半玉がね」

「半玉はいいんだよ、却って箔《はく》が付くからな。それよりも、乙松は泥縄《どろなわ》を引きずったまま、どこへ向かったんだい」

「けっ、泥縄ときましたかい。はいはい、泥縄でしたら、向かう先がてめえの柄に合わなかったから、お別れいたしやした。姉ちゃんとは、すぐそこの稲荷……」

言いかけたところで、辰蔵は慌てて口を覆ってしまった。

なおも追及すべく高木が目を剝《む》いた瞬間、それまで二人の会話を黙って聞いていた女将が横やりを入れてきた。

「もう、何時まで埒《らち》もない話をしているんですか。うちは居酒屋ですよ。注文もしないで喋りまくる辰蔵さんも辰蔵さんだけど、とりあえず茶漬けと言ったきり、その後は先生のお酒を飲み続ける旦那もどうかと思いますよ」

いつもは愛想のよい女将が珍しく、注文を急《せ》かすような言い方をした。しかも勢いに気圧《けお》され、慌てて「酒」と答える辰蔵を、女将は「しょうがない人ね」とばかりに睨めつけた。

女将はいち早く気づいていたのだ。辰蔵が言いかけて止めた稲荷が、控次郎の長屋から程近い「妻恋稲荷」であることを。

控次郎がその稲荷に行ったかどうかは知らないが、女だけに女将も時々は稲荷にお参りすることがある。そして何度かお参りしている乙松を目撃していた。

板場の暖簾を掻き分けながら、女将は控次郎に目をやった。

こちらに背を向けたまま飲んでいたから、表情はわからない。だが、未だに亡き妻お袖を想い続けている控次郎に、妻恋稲荷の名は聞き逃せるはずがない。

――あの二人ときたら、本当に馬鹿なんだから
自分の一睨みによって、やっと自分達が犯した失態に気付き、身体を小さくさせている高木と辰蔵に向かって、女将は胸の中で毒づいた。

妻恋稲荷。その所在地は神田明神の北側にあり、神田明神下にある控次郎の長屋からは程近い。

妻を恋うる命名が、どこか儚《はかな》げに感じられるらしく、伴侶を亡くした男女のみ

ならず、若い娘達が訪れる稲荷として人気を集めていた。

しかも、明神下から妻恋坂を上る道の片側は、武家屋敷が並んでいる為、比較的治安も良く、女性が一人でお参りするのに適した稲荷と言えた。それでも、まもなく新月を迎えようとする今の時期、七つ半（午後五時）を過ぎると参拝する人の数もまばらになった。

だが、人目を気にする者にとっては、却《かえ》って都合がよい。乙松は半玉のお梅を連れて夕闇迫る妻恋坂を上って行った。月に一度、お座敷の無い日を選んでお参りに来るのは、白粉《おしろい》っ気のない真《ま》っ新《さら》な自分で故人に対面する為であった。

乙松はすれ違う人と目を合わせぬよう、下を向きながら歩いて行く。

いくら町屋風の形をしていても、稼業柄、人の目については、もしや逢引かと、あらぬ誤解を受けるからだ。

突然、前にいたお梅が何かに気付き、小さく声を上げた。

「姐《ねえ》さん、あの女の人、またお参りに来たみたいですよ」

その声に反応した乙松の眼に、坂を下ってくる武家娘の姿が映し出された。

清楚《せいそ》な顔立ちだが、心なしか寂しさが漂う。身形も質素で、下級武士か浪人者の娘を思わせた。お梅の言ではないが、この娘が度々お参りに来ていることは乙松にもわかった。月に一度しか来ない自分達が、幾度か顔を合わせていることがその証《あかし》であった。

先に階段を上がったお梅は、稲荷社を護る狐の石像の前まで来ると、いつものように持参した油揚げを狐の足元に供えた。そして、そのまま拝殿に向かうことなく、辰巳《たつみ》の方角に目をやっている乙松が振り返るのをじっと待った。

お梅は、過去に一度だけ、乙松が拝殿に礼拝しない理由を尋ねたことがあった。

「わざわざお稲荷さんにやって来たというのに、どうして拝殿に向かって手を合わせないのですか。あのお侍さんのこと、お願いしてみればいいじゃないですか」

すると、乙松はふっと笑った後で、急に真顔になりお梅にその理由を伝えた。

「馬鹿だねえ。あたし達は色恋を稼業にしているんだよ。そんな女の願い事をお稲荷さんが聞いてくれるわけがないじゃないか」

お梅には、その時の乙松の寂しそうな顔が目に焼き付いて離れなかった。それゆえ、乙松が辰巳の方角を眺める理由については尋ねようとはしなかった。

だが、仮にお梅がその理由を知ったとしても、乙松の気持ちまでは理解することができなかっただろう。

乙松が妻恋稲荷まで足を運び、そこから辰巳の方角を眺める理由。それは控次郎の亡き妻で、一度も会ったことが無いお袖への誓いによるものであった。

乙松は、赤子の沙世を抱えて乳貰いに走り回っていた控次郎に同情し、自分でも知らぬ間に控次郎に惹かれるようになった。だが、それをお袖の父親に誤解されたことで、控次郎が沙世を手放したと知らされた時、乙松は打ちのめされ控次郎のもとを去った。そして、いつしかこの妻恋稲荷から、控次郎の住む長屋を見詰め、自分と同じく、会いたくても会えなくなったお袖を想うようになった。

「お袖さん、ごめんよ。あたしは先生からお沙世ちゃんを取り上げてしまった。あんたが命と引き換えに、この世に送り出したお沙世ちゃんをね。どんなに謝った所で許されることじゃないけれど、それでもこれだけは信じておくれ。あたしは、あんたと同じで、遠く離れていても先生とお沙世ちゃんを見守るから」

筋を通すことで、悲しい恋に終始符を打つ。それが、乙松が控次郎のもとから去った時の、江戸者としての心意気であった。

五

線香の煙が緩やかに立ち上る中、控次郎はお袖の位牌《いはい》に手を合わせた。

明日になれば、沙世が家に戻ってくるという晩のことだ。

——お袖、また沙世と三人の暮らしが始まるんだぜ
たったそれだけの言葉を言う為に、控次郎は小半時の間、ずっと位牌に手を合わせ続けた。口を開けば、詫びの言葉が衝《つ》いて出る。以前はともかく、半月でも一緒に暮らせるようになった今、お袖が詫びの言葉など喜ぶはずがないとわかっていても、控次郎は言わずにはいられなかった。

短くなった線香の脇に新たな線香を添え、再び目を閉じる。

脳裏に懐かしいお袖の顔がぼんやりと映し出され、その後、柳原土手で控次郎に向けられた笑顔に変わり、そして沙世に与える乳が出ないと嘆く悲しみの表情へと変わった。どの顔も控次郎には限りなく愛しいものばかりだ。時が経つのを忘れ、控次郎は瞑想に耽《ふけ》った。

突然、控次郎の切れ長の目が見開かれ、少し遅れて微《かす》かな足音が伝え聞こえて

きた。

「控次郎殿、夜分畏れ入る。向かいの易者でござるよ」

易者、すなわち蛍丸はそう告げた。

この男が自分からやって来るのは、よほどの事態が起きた時だ。

控次郎は蛍丸を家の中に招き入れると、早速用向きを訊いた。

果たして、蛍丸がもたらした情報は、予想に違《たが》わず、好ましからざるものであった。

「七節《ななふし》が知らせてまいりました。先日の御家人達が、再び政五郎さんを狙って押しかけてくるそうです」

「やはりな。あのくらい性根がひん曲がっちまうと、少しぐらいの叩きじゃあ治りゃあしねえ。どうせ今度は人数を頼んでやって来るんじゃねえかい」

「お察しの通りです。それもかなりの腕利きが交じっています。大神嶮心《おおがみけんしん》と言い、深川元町《もとまち》にある御徒組の中でも随一の遣い手です。そしてこの男こそ悪御家人共を束ねる総元締めなのです」

「そうかい。だったら、そいつを片付けねえ訳にはいかねえな。蛍丸、そいつの流派はわかっているのかい」

「本所荒井町《あらいちょう》にある小野《おの》派一刀《いっとう》流高岡《たかおか》道場で免許を受けたとか」

「高岡道場か。あそこは稽古が荒っぽいことで有名だ。防具無しで突きを入れることも禁じられてはいない。その道場で免許を受けたとなると、ちいっとばかし厄介《やっかい》だぜ」

本所荒井町は、控次郎が生まれ育った南割下水《みなみわりげすい》から程近い。地理的な面を考慮すれば、控次郎も高岡道場に通うはずであったが、父の元治《もとはる》はそれを良しとしなかった。道場としての質は高いが品格に欠ける、というのがその理由であった。

「厄介ですか。ならば、その大神とやらは、私が引き受けましょうか」

「その必要はねえ。言い出しっぺの俺がやらなくてどうする」

「どうせ、そう言うだろうと思っていましたよ。でしたら、私は残りをすべて引き受けます」

「そいつも断るぜ。相手が何人いるかは知らねえが、折半《せっぱん》と行こうじゃねえか」

「そうなんですか。どことなく意地になっているようにも聞こえますが」

「おめえ、近頃性格が変わって来たんじゃあねえか。以前は俺と同じで、気配りの有る素直な人間だと思っていたんだが」

「それは何方かの影響を受けたせいだと思いますよ。まあ、それはともかく、連中を始末するというのなら、なにも連中がやってくるのを待つ必要はありません。私は、連中の出鼻を挫《くじ》く為にも、またこちらが政五郎さんの仲間だと思われない為にも、籾蔵《もみぐら》辺りで迎え撃つのが妥当だと考えているのですが」

「新大橋《しんおおはし》の手前か。なるほど、そこならば必ず奴らが通る」

と控次郎は言ったが、内心では敵の襲撃を察知し、尚且つその敵を待ち受ける場所まで調べ上げていた蛍丸の諜報力に感嘆していた。

蛍丸が去ると、控次郎は刀架から刀を外し、その目釘を改めた。

明日の相手は錫杖で戦う訳にはいかない。小野派一刀流の突きを躱《かわ》すには、刀の鍔《つば》が最終の防御となる場合もあるからだ。

愛刀は、しっくりと手に馴染んだ。その感触をさらに確かめる為、控次郎は、土間に降り立ち、二度ほど素振りをくれた。寸分の乱れもない。

控次郎が刀を鞘に納めた時、目の隅にお袖の位牌が映った。

まるで控次郎を諌《いさ》めるがごとく、位牌は、行燈の灯りが及ばぬ暗がりだというのに、しっかりとその存在を知らしめていた。

控次郎は自嘲した。

つい先程まで、また三人での暮らしが始まることをお袖に誓ったばかりだというのに、自分は他人の為に命を張ろうとしている。
——おめえは呆れているよな
やはり、お袖に詫びずにはいられない控次郎であった。

新大橋は隅田川《すみだ》(大川)に架けられた橋の中で、千住大橋《せんじゆ》、両国橋に次いで古い橋だが、元々は荒川の支流であったことから、千住大橋より下流を隅田川と呼んだ為、吾妻橋《あずま》、永代橋《えいたい》を加えた四橋の中では二番目に古い橋である。

ことさら「新」という字がつけられたのは、それまで上流にあった両国橋を大橋と呼んでいた為、二つの橋を区別する必要があったからである。

新大橋のすぐ下流が、小名木川《おなぎ》との合流点になることから、この流域一帯は幕府の流通を担う上で極めて重要な場所でもあった。

その小名木川が大川と交わる最後の橋、万年橋と籾蔵の中間地点で、控次郎と蛍丸は大神軬心率いる御家人集団を待ち受けた。

ともに菅笠で顔を隠し、着流し姿で御家人を装っているのは、豆腐売りや蜆売りといった棒手振りを近づけない為のものだ。狙い通り、二人に気付いた棒手振りは、次々と他の道へと進路を変えて行くが、一人だけこちらに向かって駆けてくる棒手振りがいた。納豆売りに扮した七節だ。

七節は御家人達が組屋敷を出たことを告げると、前後に吊るした籠の中から狐の面を取り出し、代わりに二人が着ていた着物と菅笠を籠にしまい込んだ。

さらには、

「あまり長引かせてはなりません。狐夜叉が現われたと知れれば、その正体を突き止めんと、後を追ってくる者達がいるはずです。以前とは違い、狐夜叉が世間から注目を集めていることをお忘れなく」

と、七節は江戸者がいかに厄介な生き物であるかを告げた。蛍丸が頷く。

「そのつもりでいるが、万が一、人目に付くようなら控次郎殿だけは屋根船で連れ去ってくれ。私一人ならば、いくらでも行方をくらませるからな」

蛍丸は、まるで控次郎が御荷物であるかのごとく言った。

「悪かったな。確かにおめえのように逃げ足が速い訳じゃねえや。片がついたら俺は屋根船を使わせてもらうぜ」

「手筈はつけてあります。着替えのお着物は仲間が屋根船に積んでおきますから、猪牙《ちょき》舟に乗り換えるまでに着替えてください」

「そうなのかい。随分と面倒くせえなあ」

「手配する側は、さらに面倒くさいことを知っておいてください。おっと、控次郎殿、連中が来たようですよ」

「そうみてえだなあ」

口振りとは裏腹に、控次郎の目には闘志が漲《みなぎ》っていた。


御徒組組屋敷の総門を少人数に分かれて抜け出した御家人達は、組屋敷から大川沿いに出る深川元町までの一本道を、距離を置きながら進んでいた。朝早くに大挙して組屋敷を出ては組頭に見咎められる。そこで、一同が合流するのは新大橋から両国橋の間と決めていた。

先導するのは、湯島横町で夜叉に痛めつけられた六人だが、いずれも多かれ少なかれ手傷を負っていた。目指す政五郎のもとまで案内させるのなら一人いれば事足りるはずだが、大神は狐夜叉を誘き出す為、敢《あ》えて六人を案内役として使った。

仲間の醜態が瓦版に面白おかしく書き立てられて以来、大神の怒りは無様な仲間達よりも、狐夜叉に向けられていた。ところが、肝心の狐夜叉がこの所姿を見せなくなった。そこで、狐夜叉が現われるきっかけとなった六人を今一度差し向けることで狐夜叉を誘き出そうと考えたのだ。

まさか、向こうから襲撃を仕掛けてくるとは、思ってもいない。大神は先導する六人からは半町ほど遅れ、取り巻き三人と共に悠然と歩を進めた。

先を行く六人が角を右へ曲がったと見えた瞬間、驚愕《きょうがく》を告げる叫び声と共に、剣戟《けんげき》の響きが伝わってきた。

「すわ、何事ぞ」

思わず顔を見合わせた大神一党が、そちらに向かって駆け寄ろうとした時、何者かに追い立てられ、後退する仲間の姿が見えた。

大神は慌てて走り出したが、一足遅く、頭から血を流した二人の仲間は、うめき声を発しながら地面に倒れ込んでしまった。

その背後では、白装束の狐がぴょんぴょんと跳ね回っていたが、その動きたるや、とても人間の動きとは思えない。両手を交互に動かし、捕らえた獲物を甚振《いたぶ》るような仕草は、まさに狐の化身だ。

流石の大神も速度を弛《ゆる》めた。こちらをじっと見つめるばかりで動こうとしない狐に不気味さを覚えたようだ。

大神は地面に倒れ込んだ仲間の身体をよけながら狐に近寄ると、指示を送るべく取り巻き三人を振り返った。だが、後にいた三人は地面に張り付いているかのごとく動こうともしない。

「何をしている。狐夜叉の退路を断つのだ」

大神の檄にかろうじて反応したものの、三人の腰は完全に引けていた。

「不甲斐無い奴らめ。そんなことだから瓦版で虚仮《こけ》にされるのだ。貴様ら、よく見ておけ。わしが狐夜叉を血祭りにあげるところを」

言い放つや、大神は戦うのに邪魔な羽織を脱ぎ捨て、豪剣を引き抜いた。

腰を落としつつ、大神はゆっくりと上段に振りかぶると、かっと目を見開き、狐を睨みつけた。大神の放つ強烈な殺気が狐目がけて浴びせられた時、

「こーん」

大神の出鼻を挫《くじ》く鳴き声とともに、五尺三寸（約百六十センチ）の大神を眼下に見下ろす大狐が現われ、もう一匹の狐を庇《かば》うように立ちはだかった。

大神同様、ゆっくりと刀を抜いた大狐は、正眼《せいがん》に構えると、剣先を相手の胸元に置いた。長い腕が、間合いを惑わせる。

大神が一歩退《ひ》いた。呼吸を整え、再び間合いを測る。

無表情の面を睨みつけたまま、じりじりと距離を詰めていった。

一方、大狐の控次郎も冷静に大神の出方を窺っていた。自分より明らかに小柄だが、その重厚な構えからして、容易ならぬ使い手であることが見て取れた。

大神がまた一歩間合いを詰めてきた。振り被った右腕にかすかな力が加わった。

――来る。突きだ
控次郎がそう感じた途端、裂帛《れっぱく》の気合いもろとも、大神の身体が弾《はじ》け飛んだ。予想をはるかに超える鋭い突きが控次郎に襲い掛かる。わずかな遅れが剣先で払うはずの敵の豪剣を手元に引き付けることとなった。咄嗟《とっさ》に鍔元で受けることが出来たのは、最悪の事態を想定していた賜《たまもの》といえた。

肝を冷やした控次郎だが、それでも相手の打ち込む速さは見切っていた。

「それが精一杯か」

大神に向かって挑発を浴びせると、再度の突きを誘った。これは効いた。小野派一刀流免許の肩書だけで組屋敷内の御家人連中を従わせていた大神だけに、敵からの侮《あなど》りなど容認できるものではない。

「ぬかせ」

激高した勢いのまま勝負に出た大神の剣を、今度は剣先で払いながすと、がら空きとなった胴に力任せの峰打ちを食らわせた。前のめりになった大神の身体が頭から大地に突っ込んだ。

「ふうっ」

一息吐きだした控次郎が、戦いもせずに逃げ出した御家人達を見送った所で、先程の七節の言葉を思い出した。ぐずぐずしているわけにはいかない。離れた所から、こちらを見ている棒手振り達を尻目に、控次郎は船着き場に着けてある屋根船に乗り移った。

六

燭台を提げた久造が、障子越しに声を掛けてから利助のいる居間へ入ってきた。

まだ外は明るいが、仕事以外の時には常に部屋で書を読んでいる利助の為、久造はいつも早めに運んでくることにしていた。

「もうそんな刻限になったのかい」

目が疲れたらしく、指で瞼《まぶた》の上を押さえながら、利助は言った。

「申し訳ございません。まさか昔の書をお読みになられているとは思いませんでしたので、いつも通りの時刻に持参してしまいました」

文机の上に置かれた、一見殴り書きとも思える下手糞な字から、それが利助に陽明学を教えた師範の手によるものであることを、久造は見て取った。

「お前は気に入らないでしょうが、少しばかり確かめたいことがありましたのでね。ですが、今読み返してみると、師範が江戸所払いになった理由も、それなりにわかるような気がします」

「私の様な者が言うのもなんですが、あのお方は一度激《げき》すると、所構わず持論をぶちまけずにはいられない性分でございました。旦那様は慕っておられましたが、大旦那様には、その辺りが危険に思えたらしく、あの雇われ師範は、そのうちに学舎を潰すばかりか、うちの店にも害を及ぼすと言っておられました」

「親父は、学問とは無縁の人でしたからねえ。それに、事実、師範は学舎を潰してしまわれました。だけどねえ、久造。私はあのお方に出会って、初めて自分が何を為すべきかを学んだんですよ」

「もちろん、そのことは重々承知しております。当時は私も随分と心配していましたから。ですが、今の旦那様の為さりようを見ていると、私にも陽明学という学問の良さがわかる気がいたします。余所《よそ》の札差が金を湯水のごとく使いまくり、御米蔵の仕事も怠ける中、旦那様だけは贅沢一つせず、真面目に札差としての業務を遂行なさっております。近頃では店の者は勿論のこと、町奉行所の覚えもめでたく、わたくしも鼻が高うございます」

いくら自分に忠実であるとはいえ、あからさまにお世辞を言われては面はゆい。

利助は苦笑すると、

「そう言えば、今日は生方様がお見えになりませんでしたねえ」

決まって三日ごとに顔を出す生方が来ないことを、今頃になって思い出したかのように言った。久造は、それを寂しげな気持ちで聞いた。

御徒組の御家人は江戸城中之口《なかのくち》に詰め、三日勤めの警備をする。その三日に当たる休みの日を利助がいかに待ち望んでいたかをわかっていたからだ。

とはいえ、久造も生身の人間だ。利助がいかに生方を好ましく思おうとも、度が過ぎれば妬心が湧く。

「今日は、傘張りのお仕事をこなさなければと仰《おつしや》っていましたよ」

「そうですか。傘張りの内職をね」

「やはり御家人の暮らし振りというのは、大変なのでございましょう。確か生方様も七十俵五人扶持でございますから」

ことさらそう付け加えたところで、やっと久造も自分の妬心に気付いた。慌てて、言い繕《つくろ》う。

「余計なことを申し上げました。常日頃、生方様ご本人が七十俵五人扶持を口にされておりましたゆえ、ついつい口が滑ってしまいました」

「構いませんよ。私は生方様のご自分を飾らない所が気に入っているのです。次の御休みを期待しましょう」

何らこだわりを見せずに利助は言ったが、久造にはそれが一層の寂しさとなって伝わった。

主は自分の気持ちなど気にも留めていない。先代が学問ばかりしている利助を見限ろうとした時も、自分は主と先代の仲を懸命に取り持ったというのに、今は、生方が姿を見せなかったことにのみ心を囚われている。自分ほど、旦那様のことを思っている人間はいないのだと、久造は言ってやりたかった。

だが、

「旦那様、あまり根をお詰めになりませぬように」

そう言い残しただけで、久造は部屋を出て行った。

それから三日後の朝、久造に案内されて生方が部屋に入ってきた。利助は喜びを隠そうともせず、立ち上がって出迎えた。

「ようこそいらっしゃいました。お勤め明けで、お疲れでございましょうに、朝早くからお越しいただき、恐縮でございます」

「なんの、拙者にとって和泉屋殿のご高説を拝聴することは、何事にも代えがたい喜びなのだ。槍一筋に生きて来た武辺者ゆえ、呑み込みの悪さは重々承知しているが、その分、こうして朝早くから押しかけてまいったのだ。ご教示のほど、よろしくお願い申し上げる」

教えを乞いに来たという割には、微塵《みじん》も卑屈さを感じさせぬ堂々たる態度だ。

利助は自ら運んだ文机の前に生方を座らせた。

二人は、生方が尋ねることに利助が答えるという形で、一日の大半を費やした。

歳は生方の方が五つほど上だが、生方は利助を師と仰ぎ、これまで自分が成し得なかった学問の習得に励むようになった。

利助に対する呼び方も、以前の様に「和泉屋」という呼び捨てではなく、「和泉屋殿」と呼ぶようになっていた。

そんな二人の蜜月な関係は、久造に羨ましさを通り越し、妬ましさをも呼び起こさせたが、それでもこの実直な補佐役は、利助の満ち足りた表情を見ると、まるで自分のことのように喜んだ。


「陽明学と朱子学との違いを端的に示せば、どのようになりますかな」

疑念が生じると、直ちに解決しなくては気が済まない生方が尋ねる。

「元を正せば、陽明学も朱子学から分かれたものと言えますが、朱子学との決定的な違いは、自らが修めた学問を実践するかどうかにあるのです。私が教えを受けた師範は、『事を為すにおいて、一瞬たりとも自身を振り返ってはならぬ』と申されました。ですから、そういった面から申すならば、私がしている施し米などは、全く意味をなさぬものと言えるでしょう」

利助は自らが行っている「施し米」を例に挙げて説明した。

「いやいや、そのようなことはない。和泉屋殿が行われている施し米で、難民達がどれほど救われておることか」

「されど、私は一度として、施し米に全財産を傾けたりはしておりません。もし師範が私のやりようを知ったならば、何を学んだのだとお嘆《なげ》きになるでしょう」

「陽明学とは、それほど徹底したものなのか。なれど、全財産を失ってしまえば、二度と難民達は施しを受けることが出来なくなるではないか」

「そうですねえ。私が困っている方達に施しを始めた時も、今生方様が言われたように考えていたと思いますよ。お金が有り余っているから、少しぐらいならばという安易な気持ちで、施しなどと思い上がった真似をしてしまったのです。施しを受けた方達は、私に向かって幾度もお辞儀をし、感謝の意を表します。ですが、次の月になれば再び施しを受けに現われます。つまり私がしていることは、貧しさの原因を追求しようとはせず、いたずらに難民達の働く意欲を削《そ》いでいるだけなのです。私は師範が江戸を去られる時に、私宛に残してくださった書面を何度も読み返しておきながら、つい最近まで、その真意を読み取れずにいたのです。私がいっそのこと全財産を使い果たしてしまった方が良いと申し上げたのは、そういうことなのでございます」

「しかし、それは無理だろう。炊き出しによって和泉屋殿が潰れるとしたら、江戸中の者に振舞わねばならんからな」

「仰せの通りにございます。毎月の施し位でこの和泉屋が潰れることはありません。それゆえ、私は意味をなさぬものと申し上げました」

「わかった。要するにこういうことだな。安易な施しは、却って彼らの貧しさを助長させるだけだとな。金銭的にも精神的にも」

生方は利助が自虐的ともとれる言い方をした背景には、施しをしない者達からの、心ない中傷があったのだろうと受け止めた。それゆえ、早い所この話は打ち切った方が良いと考え、自分なりに結論付けてしまった。

だが、利助には未だ告げるべき言葉が残っていた。

「生方様は、彼らが難民になった理由がおわかりですか」

先程までとは比較にならない険しい表情で利助は言った。何気にその場の空気を変えようと考えていた生方は、思わず言葉に詰まってしまった。

利助はそれを見逃さなかった。

自説を語るのは今しかないとばかりに喋り始めた。

「難民のほとんどは、国を追われた農民です。真面目に働いたにも拘わらず、度重なる飢饉や不作の為、江戸へ逃れて来た者達なのです。彼らは一度として贅沢をしたことがありません。生きるためにひたすら米を作り、その年を乗り切って来たのです。おそらく生方様は、江戸近隣のお百姓衆しかご存じないでしょう。奥州《おうしゆう》の百姓衆は、江戸の百姓衆の一割程度の値段でしか買い上げて貰えません。平年並みの収穫があれば、その年は何とか食べて行けますが、一度不作となれば、飢え死にを覚悟しなくてはならないのです」

聞いている生方が、思わず利助の顔をまじまじと見つめるほど、その表情は真剣味を帯びていた。生方は暫《しば》し自分の中で利助の言葉を反芻《はんすう》していたが、それでも口を衝いて出た言葉は、所詮《しよせん》他人事《ひとごと》としか思えぬ薄っぺらな論理であった。

「奥州の百姓がかくも悲惨な状況にあるとは知らなかったが、貧しいのは必ずしも彼らだけではあるまい。我ら御家人とて、食うや食わずの暮らしをしているのだ。気の毒だとは思うが、これが今の世の中なのだ」

「世の中のせいだと言われるのですか。いいえ、私はそうは思いません。生方様は、お役目柄、江戸城中の口に詰めておられるはず。そこには御張紙値段《おはりがみねだん》というものが張り出されております。御旗本や御家人の方々が米を金に換える時の基準となる額でございます。ですが、享保《きようほう》の頃に米の価格が下落した際には、御張紙値段は三割方高く表示されていたはずです。にも拘わらず、米の価格が高騰している現在、その価格がそのままになっているのは、すべからく政《まつりごと》を行う方の責任ではございませんか」

御張紙値段とは、勘定方が評価したその年の上、中、下三段階の米の平均相場をいう。あくまでも旗本・御家人が御蔵米を金に換える為の相場であり、市中で取引される値段ではない。

「和泉屋殿、それを口にしてはならぬ。拙者は直参なのだ。御公儀に対する誹謗《ひぼう》中傷《ちゅうしょう》を聞き逃すことは出来ぬ」

「ならば、この場で私をお斬りになってください。さもなくば、御公儀に訴え出て私を捕らえさせてくださいませ。和泉屋利助、町人ではございますが、間違ったことを正すのに、些《いささ》かの躊躇《ためら》いもみせませぬ」

「お主は正気か。正すとはどういうことだ。いや、お主は何をしようというのだ」

まるで得体の知れぬ化け物でも見るような目で、生方は利助を凝視した。

「私は自らが正しいと思うことをするだけです。生方様、貴方様は船が危険な方向に進むとわかっていても、その船頭に船を操らせますか」

「…………」

「御公儀を誹謗するつもりはございません。されど、今の政は御老中方のお話し合いによって決められているのです。御譜代の大名で構成される老中方に、貧しい者達の暮らしぶりがわかるはずもございません」

利助の高揚は増すばかりだ。

生方は両手を前に出すと、利助に向かって暫しの休息を要求した。そして、

「ふう」

と大きく息を漏らすと、これまでの正座の姿勢を改め、徐《おもむろ》に胡坐《あぐら》に組み替えた。

「聞こう。お主が思う所を余さず語るが良い。だが、次第によってはお主を斬り捨てるやもしれぬ。和泉屋、その覚悟はあるか」

「覚悟があるかとは、随分と見損なわれたものでございますな。私は今の自分の気持ちを、この方ならばと信じてお話ししているのでございます。聞き終えた後で怪《け》しからぬとお思いならば、すっぱりとお斬り下さいませ」

「相わかった。では申してみよ」

これまでとは違い、高飛車な口調になった生方は、自身の言動を一致させるた

めに、脇に置いてあった刀をたぐり寄せて言った。

だが、利助に動じる気配はない。

「先程も申しましたが、船を操れぬ船頭に舵取りは任せられません。つまり政《まつりごと》を行う方々を替えるのです」

「如何《いか》にして」

「民を思い、志ある者をその要職に就けるのです。当節は旗本株でも売買が可能になっております。さらには、借金により火の車となった大名家をも養子縁組により、事実上買い取ることが出来るのです。ですが、それだけでは政を行うことは出来ません。何よりも力が必要となるのです。そこで一万七千にも及ぶ御家人集団を統率し、手始めに不要な旗本を排斥《はいせき》します。生方様、私は貴方様なら、御家人を掌握する力があると踏んでいるのです。とはいえ、これ以上のことは申し上げても無駄でございましょう。貴方様のご決断によっては、首が飛んでしまうのですから、細々とした献策は申しますまい」

言い終えた利助は静かに目を閉じた。

七

佐久間町にある直心影流田宮道場。

面、籠手を付け、袋状の鹿皮《しかがわ》で割れ竹を包んだ竹刀が、寸止めの稽古による木刀とは比べ物にならない激しさを感じさせる。すでに、稽古着は汗にまみれ、門人達の表情にも疲労の色が見え始めていたが、動きを止めようとする者は一人もいなかった。

この日、道場主の田宮石雲はかつての弟弟子を見舞いに、房州洲崎へ出かけていた為、今ではたった一人の師範代となった本多控次郎が留守を預かっていた。

この頃にしては珍しい五尺八寸（約百七十六センチ）の長身で、他の者より頭一つ分飛び抜けていた。指導力に優れ、面倒見の良い性格は、門人達の誰からも好かれていた。

元は貧乏旗本の次男として生まれたのだが、剣の道に生きるべく、勘当覚悟で屋敷を飛び出し、今は市井に身を置いていた。その軽妙洒脱な人柄と、誰に対しても物おじしない自由気ままな性格を称し、仲間達は「浮かれ鳶《とんび》」と呼ぶようになったが、話題の中心には常に控次郎がいたことから、その呼び名も親しみを込めて付けられたものといえた。

だが、傍目《はため》には苦労知らずと見える控次郎にも、人には言えぬ辛い日々を送っていた時期もあった。

妻と死別し、たった一人の娘沙世を舅に取り上げられ、月に一度しか会うことが許されなくなった。そして、その寂しさから逃れるため、控次郎は居酒屋に通い夜毎憂《よごとう》さを晴らしていたのだ。今では月の半分を娘と一緒に暮らせるようになったが、幼い娘に寂しさを与えてしまったことに対する罪の意識は、未だ控次郎の中で、消すことが出来ない傷として残っていた。

師の石雲はそんな控次郎をずっと見守り続けていた。子供の頃から強情で、人に弱みを見せない。その癖人には優しく、曲がったことが大嫌いな性格。娘しかいない石雲には、他のどの塾生よりも思い入れの強い弟子であった。

房州に旅立つ前、石雲は控次郎を呼びよせて言った。

「以前にも伝えていたが、この道場をお前に譲る時が来たようだ。娘御が戻った今なら、お前も無茶な真似はすまい。わしも近頃は持病の通風がひどくなってきたゆえ、弟子の招きに応じて、温暖な気候の房州に移り住もうと考えている。

彼の地は神君家康公の麾下《きか》にあって勇猛の誉れも高い本多平八郎忠勝《へいはちろうただかつ》殿所縁《ゆかり》の地でもあり、剣に一生を捧げて来たわしが余生を送るには、申し分のないところなのだ。此度は、弟弟子の見舞いを兼ねて様子を見に行ってくるが、それまでに心を決めておいて欲しい」

と、石雲は控次郎に申し渡し、一月後の帰還を約して旅に出ていた。

控次郎としては、未だその覚悟は出来ていなかったが、兄弟子で一番手の師範代矢島《やじま》が仕官をしてしまったこともあり、これも宿命なのかもしれぬと、思うようになった。

控次郎が習い始めた頃には門弟数も百人足らずの田宮道場であったが、控次郎が師範代になってからは次第に増え続け、今では門弟数四百を超える大道場となっていた。その理由を、師の石雲は控次郎の的確な指導法によるものだと認めていた。

習い始めの門人達が稽古を終え、中堅どころの門人達への稽古をつけ始めたばかりという時に、玄関を慌ただしく駆け上がる物音が聞こえてきた。

「大変です。道場破りがやってきました。十数名はいます」

そう叫びながら道場に入って来たのは、すでに稽古を終えた十六、七の佐々木《ささき》という門人だ。下谷《したや》にある御徒組御家人の子弟である佐々木は、帰宅途中で殺気立った集団と出会い、その中に見知った顔が交じっていたことから、慌てて道場に立ち戻ってきたという。

「高岡道場の者達に違いありません。瓦版に取り上げられ、面目を失った奴らが、とうとう、この道場に乗り込んできたのです」

血相を変えて注進する佐々木につられ、道場内にいる門人達も色めき立った。

瓦版には、夜叉に後れを取った御家人は小野派一刀流としか書かれていなかったが、何でも知りたがる庶民は、瓦版屋を問い詰め、その御家人が高岡道場の者達であることを突き止めていた。その結果、評判ががた落ちとなった高岡道場の有志達が、江戸市中の道場を荒らし回り、その強さを誇示しようと考えたのだ。

荒っぽい稽古で定評のある高岡道場の者達が、ついにこの道場にも乗り込んできたとあって、道場内はざわめきで包まれた。そんな中、

「幸太郎《こうたろう》、わざわざ知らせに戻って来てくれたのかい、ありがとうよ」

控次郎ののんびりとした物言いが、門人達の動揺を振り払った。これまで、あまたの道場破りを退けて来た無敵の師範代が、大したことではねえぜと、言って

いる気がしたからだ。

門人達は我に返った。

——そうだ。先生が居られなくとも、控次郎先生がいる
絶対的な信頼が門人達の表情を安堵のそれに変えた。

程なくして、玄関から「頼もう」と道場破りの声が掛かると、落ち着きを取り戻した門人の一人が目で控次郎に頷き、取次に走った。

荒々しく廊下を踏み鳴らす足音に続き、門人に案内された道場破りがぞろぞろと道場内に入って来た。控次郎はその中に先日立ち合ったばかりの男がいることに気付いた。尊大な態度を崩さず、道場内を睥睨《へいげい》しながら、薄《うす》ら笑いを浮かべている。

敢《あ》えてその男を無視した控次郎が、先頭に居る男に向かって言った。

「稽古をお望みのようですが、当道場では面、籠手《こて》を着けた上で、竹刀《しない》で立ち合うことになっております。それでよろしゅうござるか」

師範代としての品格を保ち、礼儀正しい物言いを心掛けた。

それを道場破り達は一斉に嘲笑《あざわら》った。

「聞いたか。面と籠手を着けるばかりか、竹刀で立ち合うそうだ。女子供ではあ

るまいし、武士たるものがそのような軟弱な真似が出来るか、のう御同輩」

「左様、まさに畳水練と言えようぞ。武士ならば、木刀を用いるのが真の稽古というものだ」

と、戦う前から勝利を確信したかのように喚《わめ》き散らした。それも道場の内外に響き渡るほどの大声を出したのだが、彼らには、それなりの理由があった。

高岡道場の名誉を回復するには、その強さを知らしめるだけでなく、強さを証言してくれる人間が必要なのだ。それゆえ、彼らの視線は、道場の連子窓《れんじまど》から中を覗く野次馬達に向けられていた。

無論、そんなことは、控次郎にはお見通しだ。

「木刀の稽古とは随分と勇ましいですな。ですが、本気で木刀を振り回せば、ほとんどの者が二度と木刀を握れなくなるはず。下手をすれば、死んでしまうこともあり得ますからな。おや、それにしては随分と多くの方々がお見えになっておられますな。ははあ、さては寸止めの稽古を為されているということですか。ならば、ご忠告申し上げる。鈍《なまくら》な打ち込み稽古しかしたことのない方々に、当道場の稽古は些か厳しゅうごさる」

丁寧な口調を心掛けているつもりでも、言っていることは喧嘩を吹っかけているのと同じだ。

男達の目が、みるみる吊り上がって行った。

「ほざいたな。ならば木刀で立ち合え」

鳥小屋の鶏よろしく一斉に喚いたが、これまで幾多の道場破りと戦ってきた控次郎には、こういった連中に対する対応が確立されていた。

「生憎、道場主が不在ゆえ、許可を取ることが出来申さぬ。よって当道場の規則に基づき、こちらは竹刀で相手をいたす。そちらは使い慣れた木刀をお使いくだされ」

完全に相手を見下した言い方だ。予想外の応対に、道場破り達は一瞬言葉を失ってしまった。竹刀相手に木刀を用いたとあっては、いくら相手を叩き伏せたところで野次馬の支持は得られない。怒りが思考を鈍らせ、彼らは呻き声にも似た言葉を繰り返した。

「おのれ、竹刀を相手に木刀で立ち合えだと」

「我らを愚弄する気か」

あらん限りの憎しみを込め、控次郎を睨みつけた。だが、これといった対抗策が浮かばない。

かくなる上は、竹刀で立ち合うしかないと、男達の誰もがそう感じ始めた時、それまで後方に控えていた大神が口を開いた。

「良いではないか。双方が得意とする得物を使うのだ。我らは常日頃より木刀で稽古を積んでおる。それに対し、田宮道場は竹刀での稽古に慣れているのだ。まさか、敗れた時の言い訳を用意したわけでもあるまい。構うことはない。まずは柏木《かしわぎ》、お主が立ち合え」

先程から雄弁を振るっていた柏木を先鋒に据えた。これで敵方の技量を見極めようとしたらしい。だが、控次郎は勇み立ち上がった柏木には目もくれなかった。

背後に控えた大神だけを睨みつけ、そして言った。

「何か心得違いをしておられるようですな。御覧の通り、ここには門人達が稽古に来ているのです。束脩《そくしゆう》も支払わぬご貴殿方全員に稽古をつけて差し上げる義理はござらぬ。一番の腕達者だけに稽古をつけて進ぜる」

これまでとは打って変わった高飛車な態度となった。いつにない控次郎の礼儀正しい物言いを意外な想いで聞いていた田宮道場の門人達が、おかしさを抑えきれず、一斉に笑いだすようになった。

「黙れ」

間髪を容《い》れず、大神が吠えた。

大神にしてみれば、まさに怒髪天《どはってん》を衝くといったところだ。これまで幾多の道場で立ち合ってきたが、これほど無礼な道場はなかったからだ。

顔面を真っ赤《まっか》に紅潮させた大神は、田宮道場の門人が差し出した木刀を一振りしただけで次々と投げ捨てると、最後の一本を渋々手に取った。

「竹刀で稽古をしているだけあって、碌《ろく》な木刀が無い」

控次郎に対する意趣返しを試みたのだが、どっこい相手が悪かった。

「負けた時の言い訳ですかな」

火に油を注がんばかりの悪態が返ってきた。大神にこれを受け止めるだけの度量は残っていなかった。

「おのれ、おのれ。貴様だけは許さん。これまで人を殺《あや》めたことは無いが、貴様だけは叩き殺さねば気が済まん」

怒り心頭に発した大神が咆哮《ほうこう》を上げながら道場の中央に進み出るのに対し、控次郎は冷ややかな笑みを湛え、防具に身を包んだ。

「拙者は当道場の師範代本多控次郎。等しく剣を学ぶ者として、お手前と立ち合う仕儀となりましたが、まずはご貴殿のご尊名を伺《うかが》いたい」

　相手を怒らせておきながら、涼しい顔で控次郎が名乗る。

「大神嶮心」

　未だ怒りが冷めやらぬ大神がかろうじて答えた。だが、

「お手柔らかに」

　とってつけた様な控次郎の言葉が、さらなる怒りを再燃させた。

「どこまでもふざけた奴だ。貴様のような奴は、生かしておくものか」

　大神は大上段に振りかぶると、殺意を剝き出しにして控次郎を睨んだ。

　だが、次に控次郎が取った構えには、突きを得意とする大神をたじろがせるものがあった。

　するするとせり上がった竹刀が、頭上高く、それも大神よりはるかに高い上段に置かれたのだ。

　大神は気圧《けお》された。上段の利は相手への威嚇《いかく》も含んでいる。それが、自分より頭一つ分背が高いうえに、腕も長い相手が上から見下ろしているのだ。当然、大神は見上げる形となった。

「てえい」

一瞬の怯《ひる》みを打ち払うべく大神が一声発した。己を奮い立たせる気合いだが、遥か高い位置からの上段に敵するほどのものはない。

しかも背後で試合の成り行きを見守っているのは、大神が教えた者達ばかりだ。ここは何としてでも勝たねば沽券《こけん》に関わる。

今は大神も勝つことに集中した。

懐の深い相手に、むやみに間合いを詰めるわけにはいかない。わずかに足の親指ほどの距離をじりじりと詰めていった。

その大神を、誘いともとれる控次郎の肘が「びくん」と牽制する。

思わず大神が後ろに引いた。

未だかつて味わったことが無い迫力に、自然と体が反応してしまったのだ。

「糞《くそ》」

背後の者達はいざ知らず、自分では無様な姿を晒《さら》したと思っている大神が、怒りに任せて一歩間合いを詰めた。

相手は退かない。代わりに面の中の顔が笑った。

大神は猛り、未だ間合いに入らぬ相手目がけ、一気に打って出た。

「てえい」

裂帛の気合いを込め、小野派一刀流必殺の突きを繰り出した。怒りが初動を遅らせたとも知らず、得意の突きに勝負をかけた。

背後にいる者達は、大神が控次郎の喉元を捉える筈だと見ていた。だが、次に彼らの目に映ったのは、逆に控次郎の強烈な突きを食らい、はるか後方に弾き飛ばされた大神の姿であった。

八

その頃、上原如水の屋敷前では、百合絵が沙世を迎えに来たまま、何時まで経っても姿を見せぬ控次郎にやきもきしていた。すでに薹《とう》が立ったとはいえ八丁堀小町と称されたことがある百合絵だ。その美しさは、行き交う人が思わず振り返るほどだけに、いくら沙世が一緒だとはいえ、自分に対して向けられる好奇な視線には耐えられなかったのだ。

見かねた沙世が、百合絵に言った。

「百合絵様、私から如水先生のお嬢様に、先に帰るとお託《ことづ》けをお願いしておきまりましょう」

す。きっと父上は、田宮道場の稽古が延びたんです。ですから私達だけで先に帰

「そうね、そうしましょう。いつだって、他人の気持ちなど構わない人ですもの、たまにはお仕置きをして上げなくてはね」

長屋までの道中、行き交う人々から家族連れと見られることを密かな喜びとしていただけに、その喜びを台無しにされた百合絵は、辛辣《しんらつ》なことを言った。

道すがら、二人は途中の田宮道場が見える辺りで一旦立ち止まったものの、道場からかすかに響いてくる物音を聞きつけると、互いに顔を見合わせ、やはり思った通りだったとばかりに行き過ぎて行った。

まさか、背後から尾けてくる人間がいようとは思いもしない。

二人は母娘のように手を繋ぎ、神田川沿いの道を歩き続けた。

佐久間町を過ぎ、湯島横町に入った。そして、今日もまた控次郎に想いを伝えられなかった、という寂しさを抱いたまま、百合絵は沙世を送り届けることになってしまった。沙世を送り届けた以上、八丁堀の組屋敷に帰るしかない。だが、家に帰れば、母の小言が待っている。

そう考えると、おのずと足取りも重くなった。自分が隣家の妻女から持ち込ま

れた縁談話を断ったことで、母の文絵《ふみえ》は近頃頓《とみ》に口やかましくなっていたのだ。

　今朝方も、

「いくら沙世ちゃんを出汁《だし》に使っても、肝心の控次郎殿がうんと言わなければ、話は進みませんよ。このままでは行かず後家になるだけです。お前が初めて控次郎殿にお目にかかったのが、茂助《もすけ》を供に連れていた時だったと思うから、私は茂助に供を任せたのです。それが何ですか。茂助はお前に命じられたからと、一旦屋敷に戻っては、またお前の警護をしているそうじゃないですか。いくら下男とはいえ、そんな風に使われたのでは茂助が可哀想です」

と詰《なじ》るばかりか、百合絵が帰るや、すぐに首尾を訊いてくるのだ。それを思うと、百合絵は自分でも気づかぬうちに溜息をつくようになっていた。

　そんな百合絵を沙世は気遣った。

「百合絵様、すぐ近くに、妻恋稲荷という稲荷社があるのです。でも、沙世は一度も行ったことが無いのです」

　自分から誘った割には、悲しそうな表情だ。百合絵は、きっと沙世が母を思い出したせいだろうと受け止めた。そして長屋からすぐ近くにあるにも拘わらず、沙世が妻恋稲荷を訪れたことが無いのは、いまだに亡き妻を思い続けている控次郎を気遣ってのことだと感じていた。

――可哀想。こんなに小さいのに、この子は人の気持ちばかり気にしている

百合絵は、思わず沙世を抱きしめてやりたくなった。しかし、そんなことをすれば、自分が母親になりたいという気持ちが、あからさまに伝わってしまう。百合絵は抱きしめる代わりに、繋いでいた指先にやんわりと力を込めた。

稲荷社に一度も行ったことが無いと言った時の悲しげな表情が、沙世の母に対する慕情の強さを感じさせていた。

妻恋坂を上って行く二人の後を、乙松は参詣する人波に隠れながら尾けて行った。自分でも、自分の取った行動が信じられなかった。だが、平右衛門町の長屋へ帰る途中で沙世と並んでいた美しい娘を見かけた途端、乙松は胸が締め付けられ、この娘が沙世とどんな間柄なのか、突き止めずにはいられなくなってしまったのだ。乙松は、過去に一度だけ沙世の顔を見ていた。その時は控次郎と一緒にいる所を遠くから見ていただけであったが、不思議なくらい沙世の顔が脳裏に焼き付いていた。

沙世が自分を見知っているとは思わなかったが、乙松は沙世と自分の間に参詣

人を挟むことで距離を保つと、二人の後を追いかけて行った。

妻恋稲荷は王子《おうじ》稲荷と並んで人気の高い稲荷だ。それだけに参拝客も多いはずだからと、二人の後から階段を上がって行くと、驚いたことに階段を上り終えてすぐの場所に二人はいた。

咄嗟《とっさ》に顔を隠したが胸の動悸《どうき》までは収まらず、乙松は人影に身を寄せた。下を向き、全神経を集中させて耳を澄ませる。

雑踏の中、時折二人の話し声を風が運んできた。

人の群れは次第に本堂に向かって流れて行き、やがて沙世達が拝殿の前へと進む番がきた。眼を閉じた二人が、思い思いの願いを祈りに込める。

二列前に居る沙世と綺麗な女性は、前を向いたままだから、自分に気付くことはない。その上、拝殿の前では皆神妙に拝んでいるから、こちらを振り返ることはまずあるまい。その思いが油断となった。

拝み終えた沙世に、綺麗な女性が何かを語り掛けた。

小声であった為、内容はわからなかったが、問いかけに対する沙世の返答は、不思議なほどはっきりと聞こえてしまった。

「百合絵様が、私の母上様になって下さるようお願いしたのです」

恥ずかし気に答える沙世の声は、問いかけた女性とさほど違わぬ小さな声だ。だが、その声は雷鳴のごとく乙松の耳に轟《とどろ》いた。

平右衛門町にある蕎麦屋《そば》「力水《ちからみず》」の暖簾《のれん》を潜《くぐ》った上原如水が、乙松が待つ二階の座敷へと上がって行くと、まさに女中が蕎麦を運んでくる所であった。

「あれえ、姐さん。私の分も頼んでおいてくれたのかい」

高名な数学者とは思えぬ素《す》っ頓狂《とんきょう》な声で如水が言うと、

「いつ来るかもわからない人の分など頼んじゃあいませんよ」

けだるそうな乙松の声が返ってきた。

「まさか、一人で二枚もそばを食う気かい。そりゃいけないよ。柳橋の乙松姐さんが、太松などと呼ばれでもしたら、それこそ見過ごした私が御贔屓《ひいき》筋に恨まれるからね。いや、それ以上に、あんたの先生に文句を言われるよ」

「あたしが蕎麦を何枚食べようと、あたしの勝手じゃないですか。それにねえ、あの先生とは、そんな仲じゃござんせんよ。あちらは天下のお旗本。それに引き換え、あたしはしがない芸者ですからね」

「参ったねえ。珍しく姐さんから誘われたもんだから、ほいほいと尻尾《しっぽ》を振ってやって来てみたら、なんだい、痴話《ちわ》喧嘩の尻拭いじゃないか。一体、あいつは何をしたんだい。次第によっちゃあ、私がとっちめてやってもいいんだよ」

「向こうは直心影流の達人ですよ」

「そんなもん、どうってことないさ。私は口で勝負するんだから」

と如水が笑いを誘った途端、乙松はもの凄《すご》い勢いで蕎麦を啜《すす》り始めた。益体《やくたい》もない話など、聞いていられるかといった思いを食べ方で表した。

「あらら、とうとうやけを起こしちゃったよ。本当に私の分は頼んでなかったみたいだね。ちょいと、姉さん。私にも、もりを一枚持ってきておくれ」

如水は小女《こおんな》に呼びかけた。この辺りはお調子者としか見えぬ如水だが、内心では乙松の異変に気付いていた。強がってはいても下を向き、蕎麦を啜る際の微妙な睫毛の震えから、その悲しみの深さに気付いていた。

「やけ食いの方がやけ酒よりはましかもしれないねえ。だけどねえ、あの控次郎って男は、姐さんに似合っていると、私は思うんだがねえ」

今の乙松にかけられる言葉は、これくらいが精一杯であることも如水は承知していた。如水の耳に、乙松の蕎麦を啜る音だけが鳴り響いた。

慶安《けいあん》の変再び

一

皐月《さつき》の風が心地良い。つい先だって、袷《あわせ》の着物に繕《つくろ》い直したばかりだというのに、今は裏地すら必要がないくらい、江戸は一年で一番過ごしやすい時期に入った。

町人達は概して元気だ。鯔背《いなせ》が売りの魚屋が弾むように町中を駆け抜ければ、負けじと職人達も、今が稼ぎ時とばかりに勇んで仕事場に向かう。働けば、働いた分だけ暮らしが楽になるという当たり前の節理を、等しく思い出させるような今日の陽気だ。

だが、それも春・夏・冬と三回に分けて御切米を受け取る御家人には通用しない。真面目に働いたところで、毎年決まった量の御切米しか受け取れない彼らには、いくら陽気が良かろうと勤労意欲が増す筈もなかった。

　わずかな賃金で内職をする彼らには、行燈《あんどん》の油さえも馬鹿にならない。それゆえ、夜は早々に寝て、三日勤めの休みの日には、家族総出で溜まった内職をこなすのが日常となっていた。

　それほどまでに御家人の三日勤めは悲惨だ。老中や御側衆のように禄高の高い者ならまだしも、三人で一人分の仕事を託され、ただでさえ少ない役料を三分割されては堪ったものではなかった。そんな割に合わぬ三日勤めでも、彼らはお役を返上しようとはしない。無役では出世の糸口が摑めないからだ。家門の繁栄という、非現実的な夢を叶える為にも、とりあえずは今の役職を勤め上げつつ、機会を待って、今より上の役職への配置転換を希望する。それが御家人達の、先祖代々受け継いだ願いでもあり、定めでもあった。だが、それには組頭や組頭世話役といった上役達の機嫌を取らねばならない。彼らに気に入られる最良の手段、すなわち賄賂《まいない》を贈らねばならなかった。

　だが、切り詰めた暮らしをしている御家人が、賄賂と呼べるだけの金額を捻出することは、尋常ならざる厳しさがある。逆さに振るったところで、ほつれた着物の糸くずぐらいしか出てこないのに、賄賂の相場は二十両だという話が漏れ聞こえてくる。背に腹は替えられず、仕方なく札差に頼れば高利に泣かされ、だからといって、いつまでも希望する役職への届け出を出さないと、賄賂を当て込んだ組頭や組頭世話役から陰湿な仕打ちを受けた。

下谷にある御徒組組屋敷で、組頭と組頭世話役に続き、支配役の旗本までが病気を理由にお役を返上する事件が発生した。

慣例上、組屋敷内の決め事は合議によって解決することになっていた為、定期的な会合が設けられていたのだが、事件はその席上で起きた。

まとめ役でもある組頭と世話役が、かねてより届け出を出さない者に、ねちねちと嫌みを言い始めたのだ。

「大崎《おおさき》殿は、先程から一言も発していないが、組屋敷内のことは何事も合議で決定するものと決まっておる。大方内職のことしか頭にないゆえ、他人の話を聞いていないのだろうが、ここにいる者達は皆直参としての誇りを持って合議に参加しているのだ。わずかな金に執着《しゅうちゃく》せず、少しは武士らしく生きたら如何《いかが》か」

と、職権を笠《かさ》に、議題とは関係ない事に触れてしまった。

名指しで嫌みを言われた大崎は赤面し、大いに恥じ入ってしまった。

してやったりといった感のある世話役と組頭がほくそ笑んだ時、意外にも大崎の隣にいた山村《やまむら》という男が立ち上がり、組頭に食って掛かった。

「当節、内職などは半ば公然と認められていることではないか。このような場で、ことさら大崎一人を槍玉に挙げるのは、大崎が役職希望届を出さぬせいであろう。組頭殿にとっては、賂を受け取れぬからな」

その一言が、賄賂の授受を指摘されたと取った組頭を激怒させた。

「黙れ。わしが賄賂を受け取っただと、無礼にもほどがある。わしが何時、誰から受け取ったというのだ」

組頭は、居丈高《いたけだか》に叫んだ。賄賂を受け取った現場を見られたわけではないし、まさか賄賂を贈った人間が、自ら名乗り出るとは思っていなかったからだ。

ところが、

「拙者は昨年の夏、希望する役職届と一緒に、組頭殿に二十両を渡した。その際組頭殿は『差し含みおく』と言ったきり、未だにその約定《やくじょう》を果たしておらん」

一人が立ち上がって証言すると、次々とそれに呼応する者が現われてしまった。

「拙者もそうだ。組頭に十五両、組頭世話役に五両、それも世話役から慣例だと言われてな」

彼らは口々に叫ぶと、組頭と世話役を取り囲み、その返済を迫った。

金銭を搾取《さくしゅ》された御家人達の怒りは収まらず、集団で組頭と世話役に圧《の》し掛かると、殴る蹴るの狼藉《ろうぜき》を加え始めた。

組頭達が頭を庇い、ひたすら許しを請うても、御家人達は聞く耳を持たなかった。仮に、制止に入った者がいたとしても、生半可な者では彼らの暴挙は止められなかっただろう。そんな中、

「止めろ、そこまでだ」

まさに鶴の一声。輪の外で成り行きを見守っていた男の声が響き渡ると、猛り狂った集団が嘘のように静まってしまった。その男はそれほどまでに御家人達から絶大な支持を集めていた。男の名は生方喜八。毎年御徒組・百人組の間で行われる槍術大会を圧倒的な強さで勝ち残る猛者《もさ》として広く知られていた。その上、些かも強さを誇示することもせず、温厚で懐が深い。御家人達からは「大兄」と呼ばれるほど慕われていた。

その生方が止めに入ってくれたことで、組頭達と世話役は地獄に仏を得たかの

ように安堵の表情を浮かべたのだが、縋《すが》り寄って間近に見る生方の表情は、これまで見たことのない険しいものであった。

「大兄、こ奴らを見逃すおつもりですか」

「こ奴らは、同じ御家人の我らから金銭を搾取した、いわば虫けら同然の者達でござるぞ」

未だ怒りが収まらぬ御家人達が更なる制裁を要求する中、生方が発した言葉は、御家人達を大いに満足させ、逆に組頭達には大いなる驚愕となった。

「組頭殿、我らの倍に当たる百五十俵もの俸禄を受けていながら、仲間から金銭を搾取するなど、言語道断。この事実を認める覚書を記し、そこに血判をしていただこう。拒んでも良いが、命の保証は出来ぬ。何故ならば拙者を皮切りに、この場にいる者が署名するまで殴り続けるからだ」

生方の言葉に抗うだけの意地は、二人に残っていなかった。

震える指で書き上げた覚書を受け取ると、生方は常日頃の傲慢さをすっかり失った組頭に向かって言った。

「これによりお主に対する生殺与奪の権限は我らが握った。職務上はこれまで通りの役に就いていても良いが、我らが命じることには常に服従せねばならぬ。万が

一、背くようなことがあれば、直ちに首と胴が離れると思え」
脅されたとはいえ、覚書まで記した二人は、生方の言葉に唯々諾々《いいだくだく》と従うほかはなかった。

それから程なくして、支配役である千石取りの旗本が突然病気を理由にお役を退いてしまった。その後、代わって支配役となった旗本は、一度だけ組屋敷に顔を出しただけで、組の統率を組頭に任せてしまった。

「中の口に御張紙値段が公示されて以来、御家人達の不満は積もりに積もっておりました。にも拘わらず先のご支配様は、何事にもお役目重視の姿勢を崩さず、時に御家人達の内職を規制しようといたしました。ですが、今の御家人達は気性も荒く、家禄没収さえも厭わぬ者達ばかりなのです。その結果、先のご支配様は病気を理由にお役を退かれてしまったのです」

生方に命じられた組頭から脅しめいた伝達を聞いただけで、新たな支配役は怖《お》気《け》づいてしまったのだ。

小名木川と中川《なか》が合流する地点、その一帯が小名木村と呼ばれていた。そこには和泉屋の先代が建てた別宅がある。元々は妾《めかけ》を住まわせるために造られたものであったが、先代が死んでしまったことで、別宅としての用は成さなくなってしまった。そこで利助は妾が望むならば、この別宅に住み続けても構わないと言ったのだが、妾は辺鄙《へんぴ》なこの場所が嫌だったのか、手切れ金を五十両頂ければ出て行きますと言って、利助から五十両を受け取り、出て行ってしまった。

その後、この別宅は数年にわたって放置されたままになっていたのだが、利助は改革を実行するための拠点として、人目に付きにくいこの別宅を充てようと考えた。

これまでは森田町の店で生方と会っていたが、流石に幕府の御膝元である蔵前《くらまえ》では、御家人が頻繁に出入りすることは、あらぬ噂を立てられるもととなる。そこで、生方の休みに合わせて、利助もまた小名木村に出向くようになっていた。

二人は初対面の時から互いを好ましく感じ、その思いは今も変わっていなかったが、こと両者の立場関係となると、師弟関係よりも主従関係に近いものへと変化し、いつしか生方は利助を盟主と呼ぶようになっていた。

「盟主の申される通りです。旗本などというものは肝が据わっておらず、愚《ぐ》にもつかぬ輩ばかりでした。あのような者達が大軍を指揮するのは、犬っころが狼を率いるのと同じです。彼らにとって重要なことは己の保身であり、万民の幸せなどは、一顧だにしません。不肖生方喜八、今の政を変える為にも、無実な旗本を退け、盟主の掲げる理想の国造りを担う屈強な御家人組織を造り上げる所存」

「そのお言葉、心強い限りです。生方様のお働きで下谷の御徒組は我らの手に落ちました。次は御徒とならんで多くの御家人が配属している百人組、御先手組の面々を掌握しなくてはなりませんが、生方様はどのような策を考えておられますか」

「両組とも、槍術大会で見知った者が何人かいるので、その者達に拙者の方から働きかけてみようと考えております」

「そうですか。確かに、生方様に傾倒されている方達ならば、徐々に仲間に加わるでしょう。ですが、中にはわれらの計画を聞いて、幕府に対する謀反と取る方もおられるはずです。そういった方々を説得するには、金も有効な手段となり得ます。生方様のご気性からして、仲間に加えるには、志を一つにすべきとお思いでしょうが、全部が全部そうでなければならぬという必要はございません。核となる方が、我らと同じ志を抱いていればよいのです。金銭で己の欲求が満たされる方達には、遠慮なく金をお使いください」

「成程。人というものは多種多様な生き物ですからな。今の盟主の言葉は肝に銘じておきましょう。我らが目的を達成した時に、志を等しくして我らに従う者と、金銭で仲間に加わった者として、選別すればよい訳ですからな」

「その通りです。高い志を持たれた方だけが万民を救えるのです。己の小さな欲だけに執着される方には、それに見合った地位しか与えることはできません。ところで、生方様には、お旗本になる決心はおつきになられましたか」

「そのことですが、いくら盟主のお言い付けとはいえ、拙者だけが旗本となり、御徒組支配の職に就くことは拙者の義が立ちません。個人の栄達は、拙者に従う者達と同時期が望ましいと思っております」

「そう言われることもわかっておりました。ですが、いずれは誰かが支配役に就かねばならないのです。不要な旗本に代わり、幕閣に影響を与えるほどの強力な組織を造り上げる為には、最初の一人が重要なのです。それは生方様以外には考えられません。それでもあなた様の信念に悖《もと》るというのであれば、他の方の同時昇進ということも考慮してみますが、貴方様に旗本になっていただきたいという思いは変わりません。何故なら、お仲間の御家人達を『抱替』によって上の役職に就かせることが可能になるからです」

利助は、抱替という転入先と転出先上司の間で交わされる御家人の昇進手段を例にとって、生方に承諾を迫った。無論、これには支配役の承認が必要とされるが、他の役職に就きたい者や、より俸禄の高い役職を望む者には、極めて有効な手段といえた。ただし、その場合には病気を理由に一旦お役目を返上し、浪人となった後、願い出なければならないという決まりがあった。

「ならば、拙者の養子縁組の件は、盟主にお任せいたしましょう。願わくは、御徒組の支配役となれる家禄の家に収まりたいと存じますが」

「心得ております。生方様が今以上御家人達の人望を集める為にも、御徒組の内部を固めるのは当然のことですから」

自分の主張が受け入れられたことで、利助は満足そうに頷いた。

小名木村の別宅を辞した生方は、深川平野《ひらの》町にいる馴染《なじ》みの女の家へと向かった。馴染みといっても、三年前に別れたきりの女だ。

生方からそのことを聞かされた利助は、

「生方様にもそのような女子《おなご》がおりましたか」

と大層驚いた。何故なら、生方には婚姻の約束を交わした娘が居たと聞いていたからだ。情報元は勿論久造だが、久造の話によると、その婚姻は親同士が決めたもので、婚姻届を出したまま祝言を挙げていないとのことだった。そして、不幸にもその娘が病死してしまった為、生方は一度も娘と夫婦生活を送れぬまま妻を亡くしたことになったという。

　利助にしてみれば、生方が妻帯をしない理由をその娘と結び付けていただけに、馴染みの女が居たと聞かされては驚くのも当然であった。

「恥ずかしい限りです。元は、上野広小路《ひろこうじ》にある小料理屋で仲居として働いていた女ですが、酔客に絡まれているのを救った縁で、致《いた》し方なき仕儀となり申した。三年ほど前、女が深川に移ったのを機に縁が切れてしまいましたが、一度は世話になった女故、事を為す前に、けじめをつけておきたいと思っております」

　いかなる時でも、堂々と自分を曝け出す生方に、利助は大いに感じ入った。

　その為、嬉しさを抑えきれぬ利助は、つい訊いてしまった。

「それで、その女子は今どこで、何をしておいでですか」

「平野町の長屋に住んでいることはわかっていますが、何をしているかまではわかりませぬ。大方、女郎でもしているのではないかと」

「えっ、今、女、女郎と申されましたか」

　平然と答える生方に、利助は思わず聞き返してしまった。

「左様、仲居をしていた時も、あの女は借金取りに追い立てられていましたし、別れる時の女の口振りもさばさばしておりました。それで、その時は拙者も頭に血が上っていたから気付かなかったのですが、家に戻って考えてみたら、女の後姿が、どこか寂しげに感じられて……」

「それで、生方様はそのままに」

「左様。わしは女一人救ってやることのできぬ甲斐性《かいしょう》無しでありました。それゆえ、できることなら女に詫《わ》びたいと思っているのです。盟主、済まぬが預かってある五十両のうち、十両程借りてもよろしいか」

淡々と話していた生方が、借金を申し込む際には愛嬌《あいきょう》たっぷりな言い方をした。あまりの変化に利助が笑いだす。

「五十両、すべて差し上げなされ。それに借りるなどとは申されますな。生方様にお預けした金を、生方様がどう使われようと、私に異存はございませぬ」

利助は言った。

平野町に着いた生方は、女の行方を尋ね回った。

その結果、お島《しま》という名の女については誰も知らなかったが、最後に訪れた呆れるほど汚い長屋に、年恰好の似ている女が住んでいることがわかった。

長屋の木戸を抜け、幅一間ほどの通りの両側にある家々の様子を覗き込みながら探し回ると、一番奥の左手にある長屋から、聞き覚えのある声が聞こえてきた。何やら叫んでいるような声だ。

「お島、いるか」

生方は腰高障子《こしだかしょうじ》を開けると同時に、女に向かって呼びかけた。その目に、白々とした乳房を露出したまま男の首に手を回したお島が、生方の呼びかけにも気付かず、喘《あえ》ぎ声を漏らしている様が見て取れた。

「お島」

ようやく事態に気付いた生方が声を荒らげた。すると、頂点に上り詰め、自分を呼ぶ声にも気付かぬお島に代わって、男が鼬《いたち》のような動作で此方に振り向いた。いかにも間男《まおとこ》といった観がある。

間男はすぐさま自分が置かれた状況を察知した。褌姿のまま、生方に向かって平謝りに謝ると、右手を後ろに回して、未だ興奮冷めやらぬお島に着物を着るよう指示した。不機嫌な表情を浮かべたお島は、だらだらとした所作で着物を着終えるや、早速生方に噛みついた。

「あんた、今頃何をしに現われたのさ」

「別れを言いに来たのだ」

「何だって、寝言は寝ている時にお言いよ。三年も音沙汰無しでいながら、今頃になって別れがどうだとか、うっとうしいったらありゃしない。折角良い気分になりかけたっていう時に……、さっさと帰っておくれ」

あと少しという所で、邪魔されただけにお島の怒りは収まらない。そのお島を、間男が必死で宥《なだ》める姿を見て、生方もようやく三年という時の流れを悟った。

「お島、わしが今日訪ねて来たのは、世話を掛けたお前に、せめてもの償《つぐな》いにと思い、金を渡しに来た為だ。受け取っては貰えぬだろうか」

思ってもいない展開に、暫し間男と顔を見合わせていたお島が、半信半疑の表情で訊いた。

「いくらだい」

「五十両用意した。これで別れてもらえるか」

生方が懐から切り餅を二つ取り出し、それをお島に差し出すと、お島は涙を流し、いきなり生方にむしゃぶりついた。

「あんたって男は、なんて馬鹿な男なんだい。三年だよ。三年も前に別れた女に今頃会いに来て、しかも五十両もくれるなんて、どうしようもないほど馬鹿げた話じゃないか」

そう言って、胸に縋って泣き続けるお島を生方はそっと引き離した。

「お島、達者で暮らせ。わしに関わると、この先お前の身に厄災《やくさい》が降りかからぬとは言い切れぬのだ。この金で今の暮らしから抜け出せ」

女郎は年季が明けるまでは男を取らねばならない。借金を清算するには自分が渡そうとした十両では足りなかっただろうと、生方は今更ながら利助の計らいに頭が下がる思いがした。


間男は、何処までも付いてきた。

途中、生方が振り返ると、愛嬌《あいきょう》のある顔で笑いかけてきた。とはいえ、組屋敷まで付いてこられたのでは堪《たま》らない。永代橋を渡り、北新堀町《きたしんぼりちょう》に入った所で、生方は間男に向き直った。

「間男は女しか相手にせぬはずだが、お主は何故わしの後を付いて回るのだ」

冗談交じりに言いながらも、生方の目は男の動きを観察している。すでにその目は、この間男の歩様から、ただならぬ遣い手であることを見て取っていた。

一方の間男は、相変わらず愛嬌のある顔を生方に見せていたが、

「某《それがし》は、甚《いた》く貴殿が気に入りました。差し支えなければ、お主の屋敷まで同道いたしたい」

と厚かましくもそう申し出た。

「それは無理だ。わしは御徒組の御家人ゆえ、組屋敷内に外部の者を入れることは出来ぬのだ。だが、わしが見る限り、お主はひとかどの遣い手と見える。名を聞いても良いか」

「某の名は鎧三蔵《よろいさんぞう》です。以後お見知りおきくだされ。お手前の言われた通り、剣には自信があります。それに田舎者《いなかもの》でござるゆえ、骨惜しみすることなく働きます。何かとお役に立つことが多い男でござるぞ」

「面白い男だな。田舎者と言ったが、何処から来たのだ」

「鹿島《かしま》からでござる。江戸に出向いたまま戻ってこない師を捜しに、はるばる江戸までやって参りました」

「ほう、師を捜しにか。それで師の居られる場所はわかっているのか」

「それが一向にわからぬのです。当てもないまま江戸に来たものの、江戸は物の

値段が高く、路銀を使い切ってしまったのです。そんなとき、お島殿に蕎麦《そば》を奢《おご》って貰ったので、お礼代わりに見様見真似の按摩《あんま》をしたまででござる」

「調子に乗るな。按摩があのような淫《みだ》らな声を上げさせるか。どこまですっ惚《とぼ》けた奴だ」

「お気を悪くされたなら謝ります。なれどすっ惚けは、我が師の最も得意とするところでござる」

「弟子は師に似ると言うが、わしの目が確かならば、お主の師も相当な遣い手とみて良いようだ。どこかの道場に居るやもしれぬ。わしの組の者にも訊いてみてやるから、師の名前も聞いておこう」

生方が言うと、間男は飛び上がらんばかりに喜んだ。そして生方に師の名前を告げた。

「我が師は、鹿島新当流《かしましんとう》の奥義《おうぎ》を極めた無類の剣客でござる。名を長沼与兵衛《ながぬまよへえ》と申します。ご厚情かたじけなく存ずる。ついてはそれを伺うためにも、落ち合う場所をご指定くだされ」

「良かろう。先程の言によれば、路銀も使い果たしたとのこと。ならば泊まる所もあるまい。三日後、小名木村にある和泉屋の寮を尋ねてくるが良い。それまでの間は、お島に面倒を見て貰うことだな」

生方も鎧三蔵が気に入ったらしく、昔の女を寝取った男に、訪ねてくる場所を指示し、さらには女の所に居座ることも認めてしまった。

二

利助の留守を預かる久造が御籾蔵から戻って来ると、店の前に見知った顔の浪人風の男がいた。

「もしや滑川《なめかわ》様ではございませぬか。私でございます。和泉屋の久造でございます。江戸に戻っておられていたとは知らず、気付くのが遅れて申し訳ございません。さあさ、店にお入りくださいませ。主人も間もなく帰ってくると思います。貴方様のお顔を見たならば、定めし喜ぶことでございましょう」

久造は滑川を店に招き入れると、手代に足を洗って差し上げるよう命じた。手代はなにやら浮かぬ顔で足を洗い始めたが、滑川はそんなことには気にも留めず、

「たった今、江戸に着いたばかりでな。着衣も汚れておる。久造、利助殿は変わ

りないか。軟弱であった青二才も、今や押しも押されもせぬ札差和泉屋の大旦那だ。御尊顔を拝するのが今から楽しみだぞ」

言われるまま、座敷へと上がった。

その後久造から手渡された着物に着替え、利助の部屋で待っていた滑川だが、余程利助に会いたいのか、廊下に出て行ったり来たりを繰り返していた。

ようやく利助が帰ってきた。滑川の顔を見るや、利助は懐かしさに顔をほころばせた。

「師範、まさに一日千秋《いちにちせんしゅう》の思いでお待ちしておりました。十年後の再会を約しておきながら、一向に戻って来られぬ師範を私がどんなにお恨みしていたことか」

感極まり声を詰まらせる利助に、滑川は満足そうに頷いた。

旅の垢《あか》を落とすため、滑川が利助と一緒に湯屋へ行くのを見送ると、久造は店の者に言いつけて、馳走の準備に取り掛かった。

「さあさあ、旦那様と滑川様が御戻りになるまでに、お酒と料理を準備しなきゃあならないよ。さの吉《きち》、お前は仕出し屋に行って、大事なお客様に出すんだからと、手の込んだ物を作らせておいで。よの吉《きち》、お前はお酒を買っておいで。旦那様がお酒を召し上がらないから、うちにはお酒の用意がないのでね」

と、久造が忙《せわ》しなく店の者に指示を出していると、他の者が甲斐甲斐しく動き回る中、一人だけ手を休めている仁吉《にきち》という手代に気付いた。

店に来て五年になる手代だが、無駄口は叩かず仕事ぶりも真面目で、久造が目を掛けている手代だ。

何か言いたげで、それでいてどこか躊躇《ためら》っている観がある。

「どうしたんだい。こういった時には、いつだってきびきび動くはずのお前がぼうっとして。具合でも悪いのかい」

久造に問われた仁吉は、一瞬当惑した表情を浮かべたが、それでも意を決すると重い口を開いた。

「あのう、ご支配様が大事なお客様と言われた方のことですけれども……」

「滑川様のことかい。あのお方がどうしたというんだね」

「はい、実はその滑川様が店に上がられる時、たった今江戸に着いたと申されましたが、本当にそうなのでしょうか」

「そうですよ、あのお方は暫《しばら》く江戸を離れておられたんです。だから久しぶりに江戸に戻って来た滑川様を、もてなそうとしているんじゃないですか」

久造にとっては説明する間も惜しいくらいだ。そのせいか、手代に対する物言いにも、気持ちわずらわしさが感じ取れた。

「ご支配様、こんなことを申し上げてお叱《しか》りを受けるかもしれませんが、実は、三日ほど前から、あのお方は店の前をうろついておられました。それも時折店の中を覗き込むようにしていたのです。その時は大層薄気味が悪く感じられまして、それであの方のお顔をはっきりと覚えていたのです」

「何だって」

久造は驚き、仁吉に今一度確認しようとした、だが、すんでのところで口を噤《つぐ》んでしまった。

この手代に限って嘘など言うはずはない。ならば何故と考え直したところで、久造にもおもい当たる節があった。

それは、滑川が身に着けていた着衣だ。久造は湯屋へと向かう滑川の為、自分の着物に着替えさせたのだが、その後で滑川が着ていた着物を畳んでみると、足袋の汚れもさることながら、生地自体がところどころ擦り切れていたからだ。

久造は手代を人目に付かないところまで呼び寄せると、辺りを見回し小声で釘

よ」

「お前、このことは誰にも言っていないね。だったら、金輪際喋っちゃいけない
を刺した。

利助が注いだ酒を飲みながら、滑川は上機嫌で当時のことを振り返った。

「お前に陽明学の手ほどきをした頃が思い出されてならぬ。利助、私はなあ、常陸《ひたち》の国で暮らしていた時も、お前のことを忘れたことはなかったぞ」

滑川は酒が利いてくるにつれ、昔の癖で、利助と呼び捨てにするようになった。

そんな滑川に対し、利助はうやうやしく酒を注ぎ続けている。久造は堪らなくなった。滑川を呼び止めた時には、利助がさぞかし喜ぶことだろうと有頂天《うちょうてん》になっていた自分が、今は急転直下、なんてことをしてしまったんだと、自分を殴りつけてやりたくなっていた。とはいえ、今となっては事を荒立てるわけにもいかず、久造は得意げに喋りまくる滑川の話を恨めし気に聞いていた。自分が敬愛する主人を、幾度となく呼び捨てにされても、久造は懸命に耐えた。

やがて、滑川が酔いつぶれ、その場にごろんと横になると、久造はすぐさま利

助のもとに駆け寄って詫びを入れた。

「旦那様、御気分を悪くされはしませんでしたか。如何に昔は師範だったとはいえ、旦那様を呼び捨てにするなど、あまりにも礼を失しております」

憤りを抑えきれぬ久造は滑川を詰《なじ》った。だが、滑川の嘘には触れなかった。言えば利助が傷つく。それがわかっているだけに、久造は事実を告げることを避けた。

「久造、良いのです。私にとって滑川様は大切なお方です。お酒を召し上がり、当時を思い出されたのでしょう。それに名前を呼び捨てにされたこと自体、大したことではありません。私にしても、昔に戻った気がして、懐かしさが込み上げてきたくらいですから」

利助もまた、久造を気遣って言った。


二日が過ぎても、滑川は和泉屋を出て行こうとはしなかった。それどころか、利助と寝食を共にし、厠《かわや》で用を足す以外は、片時も離れようとはしなかった。久しぶりに、昔の弟子に会えたことが、そうさせているとも考えられたが、滑川にきな臭さを感じている久造には、意図的に他人を寄せ付けないようにしているとしか思えなくなっていた。久造の不安は募るばかりとなった。

明日は、利助が小名木村に出かける。

そうなれば、当然のことながら滑川は生方と顔を合わせることになる。

昔の師という肩書を盾《たて》に取り、横柄《おうへい》な態度を崩さぬ滑川が生方と対峙《たいじ》した時、果たしてどのような事態に陥るか、想像しただけで久造は身震いを抑えきれなかったからだ。だが、それは杞憂《きゆう》に終わった。

すでに利助から生方のことを聞かされていた滑川は、二人の膠漆《こうしつ》な関係と生方の為人《ひととなり》も理解していた。

別宅で生方と対峙した滑川は、開口一番、生方を持ち上げた。

「利助殿よりご貴殿のことは聞かされていた。人並み優れた武芸の持ち主というから、どのような御仁かと楽しみにしていたのだが、いやいや、聞きしに勝る爽《さわ》やかなお人柄。滑川典膳《てんぜん》、かつての教え子とはいえ、今更ながら利助殿の慧眼《けいがん》ぶりに舌を巻く次第」

初対面の生方を臆面《おくめん》もなく褒《ほ》め称える一方で、滑川は自分が利助の師であることも印象付けた。

「師範、そのように申されましては、私は勿論のこと、生方様も恐縮されることでしょう」

面映《おもは》ゆさを感じた利助が、生方の気持ちも代弁する。

だが、滑川の口を閉じさせる効果はなかった。それどころか、

「何を言う。お主から計画を聞かされた時の胸の高鳴りを思えば、この程度では足りんくらいだ。生方殿、わしと一緒に盟主が掲《かか》げる、万民が住みやすい国づくりの手伝いをしようではないか」

と生方に向かって無理やり同意を求めるようになった。

自分では利助の参謀にでもなった気でいるのだろうが、賛同するまでにかなりの時間を要した生方にしてみれば、滑川の申し出は性急に過ぎた。

それゆえ、生方は何も言おうとはしない。当惑した表情で利助を見た。

利助もまた然《しか》りだ。いくら昔教えを受けた師範とはいえ、生方に断りもなく計画を漏らしてしまったことに不満を感じていた。

生方は利助の気持ちを察した。

「滑川殿と申されましたな。貴殿の申される通りです。私も盟主の掲げる万民の為の政が行われる世の中を作りたいと思っております。微力ではござるが、一命を賭して盟主に尽くす所存でおります」

滑川の要請に応えつつ、利助に恭順の意思を伝えた。

利助は返事の代わりに、深々と頭を下げた。


一刻程後、利助と滑川が店に帰るというので、船着き場から見送った生方が別宅に戻ると、玄関脇に小腰を屈めた鎧三蔵が待っていた。

三日後に尋ねてくると約した通り、三蔵は生方が別宅に到着する前から待っていたのだ。生方が近寄るのを待って三蔵は尋ねた。

「今のお方は商人のようですが、生方殿と対等な御関係にあるようですな」

「そうだ。あのお方は札差でな。御家人のわしは頭が上がらぬのだ」

とはぐらかしたつもりであったが、三蔵には見抜かれていた。

「札差、左様には見えませんでしたな。いえ、それくらい偉ぶった所がなかったという訳でござる。生方殿もお人が悪い。頭が上がらぬどころか、某には先方が生方殿を好まれているとしか見受けられませんでしたぞ」

「何だ、見ていたのか。油断のならぬ奴だな」

「これはしたり、某は生方殿に私淑《ししゆく》したいと思っておりますゆえ、最初は陰ながら警護をするつもりでござった」

「それがあのお方を見て、警戒を緩めたということか」

「はい。その通りです。しかし、もう一人のお方は些《いささ》か油断がなりません。おっと、今お手前が油断のならぬ奴と言われたからではございませんぞ」

三蔵は、生方の胸の奥で燻《くすぶ》り始めた不安まで見透かしていた。

「お主は自分を田舎者と言ったが、どうやらただの田舎者ではなさそうだな」

「とんでもない。田舎者でござるゆえ、人の見極めが出来るようになったのでござる。大抵の者は、拙者を見ただけで馬鹿にした態度をとるようになり申す。まあ、それが江戸者の特徴なのかもしれませんが、身形風体《みなりふうてい》で人の価値を推《お》し量《はか》るという訳ですな。ですが、生方殿は」

そんな連中とは違うと言おうとしたのだが、生方は敢えてその先を言わせようとはせず、

「鎧、本日よりこの屋敷で寝泊まりしろ。必要ならば下男を雇っても構わぬ。この屋敷は、いずれ多くの武芸者が集まる場所となるゆえ、ここを守ってもらいたいのだ。ただし、先程のお方が使われる奥座敷だけは立ち入ってはならぬぞ」

三蔵に屋敷の留守を任せた。すると、

「下男ではなく、下女でもよろしいですかな」

三蔵は脂下《やにさ》がった顔で、そう言った。

三

幅一間ほどの長屋の通路を、小さな足音を立てて五、六歳くらいの男の子が泣きながら控次郎の家に向かって走ってきた。

「鶴坊《つるぼう》、どうしたの」

素早く駆け寄った沙世が尋ねても、鶴坊は母親が死んじゃうと泣き叫ぶばかりだ。長屋の住人達にとっては、万年堂から持ち帰ってくる沙世の薬は、下手な医者よりよっぽど頼りになった。常日頃それを見ていただけに鶴坊は、控次郎の家に駆けこんできたという訳だ。

沙世は驚き、すぐに薬を取りに行った。その間にも、鶴坊を抱えた控次郎は母親のもとへと走りだしていた。

沙世は万年堂の祖父から貰った薬の中から、必要と思われるものを何種類か選び出してから控次郎の後を追った。

薬種問屋万年堂の孫娘だけに、沙世は下手な医者よりも診《み》たてが上手《うま》かった。

というのも、医療技術も発達していないこの時代は、治療法も漢方薬を飲ませるか、温石《おんじやく》を抱えさせるぐらいで、ほとんどが自然治癒に任せていたからだ。

控次郎が鶴坊を下ろし、腰高障子を開けた途端、母親が呻き声とともに吐瀉物《としや》を吐き出すのが見えた。

「お徳《とく》さん、どうした」

控次郎の呼びかけにも答えられないほど、母親は苦しがっていた。それを見た鶴坊が思い出したように泣きだした。

ようやく薬を持った沙世がやって来たが、沙世は母親の吐瀉物を見ただけで、薬では役に立たないかもしれないと判断した。

「父上、お医者様に診せた方が良いと思います」

「わかった、何処《どこ》の医者がいい」

「この辺りで評判のいいお医者様は、堀江《ほりえ》順庵《じゆんあん》先生のところしかありません」

「わかった。順庵先生なら何度か患者を背負って行ったことがある。沙世、俺は先に行くから、おめえは家で待っていな」

と言って、母親のお徳を背負った控次郎が走りだすのを、沙世は後方から呼びかけた。

「父上、私も鶴坊をお隣に頼んだら、後を追いかけます」

着物の裾を帯に挟み込んだ控次郎が、お徳を背負ったまま長屋を通り抜けたところで、「げー」という音とともに、首の辺りに生温かい吐瀉物が伝い落ちてきた。

——あーあ、やっぱりやっちまったかい
覚悟はしていたが、気持ちの良いものではない。それでも、控次郎は順庵の家を目指して一気に走った。

「順庵先生、急病人だ」

腰高障子を開けるや否《いな》や呼びかけた。

すると、控次郎の背後から袴《はかま》の紐《ひも》を結び直しながらの順庵が、仏頂面《ぶっちょうづら》をして家に入ってきた。どうやら厠《かわや》で用を足していたらしい。

「何だい、またお前さんかい。今日はどんな奴を担《かつ》ぎこんだんだ」

順庵は控次郎の顔を見ると、わずらわしそうな口調で言った。

あまり繁盛してない割には横柄な態度だ。近所では偏屈者《へんくつもの》で通っていた。

そこへ遅れて沙世が入ってきた。順庵は控次郎の娘ではなく患者の娘と思ったらしく、沙世に向かって頷くと母親の容態を診始めた。

順庵の眉間の皺がより深くなった。

母親の容態が思わしくないのか、それとも原因がわからないのか、順庵は手を拱《こまね》いている。

「どうなんだい」

「うるさい。今診ているところだ」

突慳貪《つっけんどん》に答えたものの、順庵にこれといった手立てはない。おまけに控次郎が横からお徳の顔を覗き込んだりするものだから、順庵の機嫌はますます悪くなった。

「うろちょろせずに、座っていてはくれぬか」

とうとう控次郎に当たりだした。

控次郎が座るのを横目で見た順庵は、再びお徳の容態を診るようになった。

やがて、台所へ向かった順庵は、湯呑に入れた水を持って現われた。

「どうやら胃の腑には何も入っておらぬようだ。とりあえず、水を飲ませてみるか」

誰に聞かせるともなく口にしたが、見るからに自信無さげな様子だ。流石《さすが》に控次郎も黙っていられなくなった。

「何やってるんだい、順庵先生。水を飲ませて治るくらいなら、医者なんかいらねえだろう」

「ほんとにうるさい奴だな。胃の腑に何も残っていないからわからないと言っておるんだ。この唐変木《とうへんぼく》が」

と、こちらもむかっ腹を立て、控次郎の方に居直った。そこで何かに気付いた。

「お、こりゃなんじゃ」

控次郎の首筋に何やら濡れ光った物を見つけた。お徳が吐き出したものだ。その吐瀉物を入念に観察した順庵が、ほっとしたように一息吐きだし、そして言った。

「浅蜊《あさり》だ。道理で苦しんだわけだ。お前さんも気を付けた方が良いぞ。貝という奴はな、そうそう当たるもんじゃあないが、運悪く当たった時には地獄の苦しみを味わう」

すると、面白いもので、それまで喧嘩腰であった控次郎と順庵が、嘔吐《おうと》の原因がわかった途端に笑顔となり、顔を見合わせるようになった。

お徳はまだ苦しがっていたが、このまま寝かせておけば、次第に治まってくるだろうと言う順庵の言葉を信じ、控次郎は先に長屋へ帰る為、診察料を払おうと財布を取りだした。だが、

「金はいらんよ。特にお前さんからはな」

順庵は受け取らなかった。

「何故だい。なんで俺の金は受け取れねえんだ」

「いちいちうるさい奴だな。お前さんは、以前にも病人を担ぎこんできて、病人の治療代を払って行っただろう。どうせ、返して貰っちゃあいないはずだ」

「それはあっちとこっちの関係だ。そっちとこっちの関係となりゃあ話は別だぜ」

「ややこしい奴だな。とにかくいらん。わしにも医者としての意地がある」

順庵はどうあっても受け取るつもりはないらしく、暫くは押し問答を繰り広げるようになったが、結局は控次郎の説得が功を奏した。

「順庵先生。俺は、同じ長屋の者が助かっただけで嬉しいんだ。病人を背負い、駆け込んで来た時の藁《わら》にも縋《すが》る気持ちを思えば、ただにしてやるなんて言葉は聞

きたくもねえぜ。先生の気持ちはしっかりと受け止めたから、ここは治療代を受け取ってくれ。どうしても受け取れねえって言うんなら、金を払えねえ患者の分に回してくれ」

順庵は暫くの間控次郎を睨みつけていたが、控次郎により強く睨み返されたことで、しぶしぶ金を受け取る羽目になった。

帰り道、沙世は控次郎の顔ばかり見ていた。

「何だい。何か俺の顔についているかい」

控次郎が尋ねると、沙世は嬉しそうに首を振った。だが、暫くすると、沙世の視線は控次郎に注がれている。おかしいなと、控次郎が感じたところで、首筋の臭いに気付いた。

「そうだった、背負っている時に、お徳さんが吐きだした奴がまだ襟の辺りに付いているからな」

事実、控次郎にはそれくらいしか思い当たる節がなかったからだが、それでも沙世は首を横に振った。そして、誇らしげに控次郎を見て言った。

「沙世は嬉しいのです。心から父上の娘で良かったと思っているんです。ですから父上が気にしていない吐瀉物など、沙世も全然気になりません」

「そうかい。じゃあ、素直に喜んでおくぜ」

沙世の耳に、控次郎の照れくさそうな声がいつまでも鳴り響いていた。


夕方、沙世が夕餉《ゆうげ》の支度《したく》をしていると、家の外で七輪を使い、めざしを焼いている控次郎に誰かが話しかける声が聞こえてきた。その声が聞き覚えのある声だったので、沙世は思わず聞き耳を立てた。

――職人さん達とは違う。誰かしら
同じ長屋の住人たちの顔を一人一人思い出してみたが、どれも違う気がする。

やがて、声の主が控次郎に暇《いとま》を告げ去って行くのがわかったので、沙世は声の主を確かめるために、後姿を見ることができるぎりぎりの間《ま》を取って、腰高障子を開けた。

「父上、めざしは、もう焼けましたか」

団扇《うちわ》を使って七輪と向かい合ったままの控次郎に訊いたが、目は去って行く男の後姿を追っていた。

易者だ。腰を曲げながら、いかにも年寄らしい歩様《ほよう》をしているが、沙世には見覚えがあった。以前万年堂で自分が勾引《かどわ》かされそうになったところを助けてくれた易者であることに沙世は気付いた。

——では、父上のお仲間

自分を助けてくれた人間が誰なのか、ずっと気になっていたが、祖父の長作から、きっとお役人だよと聞かされていた為、沙世もそう思い込んでしまった。だが、そうではなかった。やはり父上がお仲間の方に頼んで、自分を守ってくれたのだ、と沙世は悟った。父は何処にいても自分を気にかけていてくれる。その思いが沙世の胸を熱くさせた。だが、その後で言いようのない寂しさに沙世は襲われた。

先程のお徳さんもそうだが、父は他人の為に一所懸命になり過ぎる。誰にでも優しいのは良いことだとは思うが、かつて父は他人の為に自分を置いて死地に赴こうとした。ならば母はどうだったのだろう。自分が父を好きなように、母が父を好きだったことはわかるが、果たして母もまた自分と同じような思いを感じていたのではないだろうか。

そう思うと、沙世はお節介な父の性分を手放しで喜ぶ気にはなれなくなった。

——百合絵様も七五三之介《しめのすけ》叔父様も、そして長屋の人達も皆父上が大好きだというのに、父上にはそういった方達の思いを一瞬にして忘れ去る所がある。困っている人を助けるために、父を慕《した》う人たちを泣かせては何にもならない。自分が他人からどう思われようと、これからは自分が父を諫《いさ》めなければならない、だが、果たして自分に出来るだろうかと、沙世は自分に問いかけた。

自分は半月の間、万年堂に戻らなければならない。そんな自分が、いつ何時、人の為に世話を焼き始める控次郎を止めることが出来るのだ。そう考えると、沙世は自分がいない間の見張り役の必要性を感じずにはいられなくなった。そして、その役を引き受けてくれるのは、百合絵以外には考えられなかった。

八丁堀北島町にある組屋敷。そこに南町奉行所吟味方与力片岡七五三之介《しめのすけ》の屋敷がある。

代々吟味方を仰せつかった家柄で、七五三之介の義父玄七《げんしち》の代には、年番支配まで務めたほどであったが、続々と女三人ばかりが生まれたことで、後継者を定めることが出来なかった。通常は娘の一人に、形だけでも婿《むこ》を取らせ、与力としての存続を図る所なのだが、玄七に甘やかされた娘達は、誰一人、頑として首を縦には振らなかったのだ。

幕府の決まりでは、同じ役職同士の間での婚姻は認められていない。それでも一旦他家に出すなどの方法があった為、玄七も早々に、与力の子弟の中で手頃と思える者を物色していたのだが、娘達は、やれ顔が長い、やれ足が短いとか矢鱈《やたら》いちゃもんを付け、親の願いを聞き入れようとはしなかった。

そんな折、末娘の佐奈絵だけが婿養子をとっても良いと言い出した。

それが控次郎の弟本多七五三之介《しめのすけ》であった。

新米与力となった七五三之介は、玄七と前奉行池田筑後守《いけだちくごのかみ》との間で交わされた約定により、一旦は格下ともいえる小石川《こいしかわ》養生所廻りを命じられたものの、その後手柄を立てて吟味役に昇進していた。

という訳で片岡家の跡目は無事七五三之介が継ぐこととなったのだが、上の二人の姉のうち、次女の百合絵だけは未だに売れ残っていたのだ。

この時代、大抵の娘は二十歳前に嫁に行く。それゆえ、百合絵に対する母文絵の追い出し工作は熾烈《しれつ》を極めた。

「お前は、一生佐奈絵の厄介者《やっかいもの》になるつもりですか」

と、挨拶《あいさつ》代わりの嫌みから始まり、

「八丁堀小町などと言われたのも遠い昔のこと。この母も、今はなにやら樽の中で眠る八丁味噌のように思えて仕方がありませぬ」

　情け容赦の無い言葉を浴びせた。

　初めからこのようにきつかったわけではなかったが、いつまでも控次郎一人に思いを馳《は》せている百合絵を見ているうちに、文絵の言葉は毒に塗《まみ》れるようになった。とはいえ、百合絵も負けてはいない。

「女などというものは皆遅かれ早かれ糠味噌《ぬかみそ》臭くなるものです。いくらご自分が古漬けになりそうだからといって、私まで味噌に例えるのはあんまりでございませぬか」

　痛烈にやり返した。当然、文絵も目を吊り上げる。

「親に向かって、何という口を利くのですか。お前はきっと、そのうち相手の方から言い寄ってくるはず、などと思っているのでしょうが、控次郎殿から言い寄ってくることは絶対にありませんよ。ですからもう諦めなさい。お前と控次郎殿の縁はいつまで経っても結ばれることはないのです」

「そんな、そんなことはありません」

「夢ばかり見ていないで、少しは現実を見詰めなさい。百合絵、今一度言います。お前と控次郎殿が結ばれることはありません」

文絵はそう言い残すと、悔しそうに下を向き、唇を噛みしめる百合絵を尻目に、部屋を出て行った。そして玄七のいる居間へと向かう途中の廊下で振り返り、にんまりとほくそ笑んだ。

――これくらい言っておかなければ、お前はいつまで経っても自分から言い出せないでしょう。控次郎殿と一緒になりたければ、いい加減つまらぬ意地は捨てることですよ

四

本所六間堀町にある瓦版屋の前では、縁台に腰かけた者達が座布団に叩きつけるようにして花札に興じていた。

時折、周囲を見回す癖がついているのは、賭博《とばく》の証《あかし》だ。

一人の男がそれとなく注意を促す。それにより他の者達の目が一斉に近づいてくる者に注がれた。

そのとげとげしい視線を平然とやり過ごし、滑川典膳は「柿屋《かきや》」と書かれた店の中へ入って行った。

中には二人の男がいた。いずれも険《けん》の有る目付きで、滑川の身体を嘗《な》め回すように見た後、滅多に使わぬであろう丁寧な口調で言った。

「いらっしゃいやし。どういった御用でしょう」

挨拶というよりは、相手の素性を探ると言った方が良い。

「お前達に訊きたいことがあって出向いてまいった。わしが知りたいことに答えられたなら、まず十両。その後で此方の頼みを聞いてくれたなら十両上乗せするが、どうする。話を聞く気はあるか」

滑川は金を提示することで相手の警戒を解いた。

合わせて二十両の仕事だ。早速一人の男が相好《そうごう》を崩し、下手《したて》に出た。

「私どもに答えられることでしたら、お力になって差し上げてえと思いやすが、一体どんなことでござんしょう」

「そうか、ならば言おう。まずは先日瓦版で取り上げた御家人のことだが、お前達はその男の名まで調べ上げているのか」

すると、御家人の名と言われたことで、二人の男達は顔を見合わせ、警戒するような目で滑川を見た。もしや御家人の仲間ではないかと疑ったのだ。

瓦版屋は、庶民の購読意欲を掻き立てるよう、名前こそ出さないまでも、その人物を連想させるだけの筆力を必要とする。その為、取り上げた人物やその関係者から命を狙われる場合が屡々《しばしば》あったからだ。

「心配はいらん。わしはその御家人とはなんの面識もない。ただ、その男が瓦版に書かれていたような腕利きかどうかが知りたいのだ」

滑川の言葉に、瓦版屋の男達は警戒を緩めると、ついでに欲の深さも開けっ広げにし、訊かれていないことまで喋り始めた。

「御家人さんの名前でしたね。でしたら深川御徒組組屋敷に住む大神嶮心というお人です。剣の腕は、小野派一刀流の免許を受けたとかで、そうそう、もとは高岡道場で修行を積んだ御家人さんだそうですよ。これはあまり大きな声では言えねえんですが、深川の悪御家人の元締めがこのお人だってことですよ」

「深川の御徒組組屋敷だな。わかった、約束通り二十両を払ってやる。ところで、外にいる男達の中で、目端の利く者がいたなら借りたいのだが」

「目端の利く奴？　うちは瓦版屋なんで、どいつもネタを仕入れるために雇っているくらいですから、目端は利きやすよ。まあ、中でも一番すばしっこいのが勘《かん》太《た》ですかねえ」

「ならば、その、勘太という男を借りることにする」

滑川は、懐から切り餅一つを取り出して男に手渡した。余分な五両は、心付けといったところだ。

勘太を使って大神を呼び出した滑川は、今では仲間達から白い目で見られ、息を潜《ひそ》めながら組屋敷で暮らしている大神に、自分に協力するよう持ち掛けた。

「剣の道を志す者同士が立ち合えば、必ずどちらかは負けるものだ。だが、たった一度後《おく》れを取ったからといってそれを恥じるのは愚者の行いに過ぎぬ。わしは貴殿に名誉を回復する機会を与えに来たのだ。方法は二つある。一つは剣の腕を磨き、その者に雪辱《せつじょく》を果たすこと。そしてもう一つは、その者に限らず貴殿を見下した者達をまとめて見返すだけの権力を手にすることだ。例えて言うならば、御家人の身分から、旗本になってしまえばどうかということだな。わしに協力すれば、それも強ち夢《あながち》ではないのだが」

滑川は大神を説得する一方で、相手の表情から窺える変化を読み取っていた。

この男は落ちる。そう読んだ滑川は、利助から渡された軍資金百両のうち、五十両を懐から取り出した。

「協力を誓うというのなら、これを当座の資金として貴殿にお渡しする。使い方は自由だが、次回会うまでに、組屋敷の御家人を統率するよう心掛けていただきたい。すでに旗本《たば》になることが約束された貴殿であるゆえ申すのだが、組屋敷内の御家人を束ねるには、金に勝る物はない」

生まれて初めて切り餅二つを手にしたことで、大神は天にも昇る気持ちとなった。その為、旗本となった自身の姿ばかり思い描いていたから、御家人を愚弄《ぐろう》する滑川の言葉など気にも留めなかった。

再会場所を約して組屋敷を去った滑川は、自分を太い金蔓《かねづる》と見て傍《そば》から離れようとしない勘太とともに、新大橋へと向かった。

そこで小遣いをやって勘太と別れた滑川は、橋を渡りながら金を受け取った時の大神の顔を思い出し、我事成れりと、満足げにほくそ笑んだ。

すべては生方一人の手柄にさせない為、生方が制圧した下谷御徒組に対抗する深川御徒組を自身の手で制圧すべく目論《もくろ》んだことであったが、こうも容易《たやす》く事が運ぶとは思いもしなかったからだ。

利助と生方の前では、互いに力を合わせ、盟主のために働くことを誓った滑川だが、過激な言動が危険思想の持ち主として町奉行所から目を付けられ、永い間の逃亡生活が、若い頃の崇高な精神を著しく劣化させていた。

いくら研鑽《けんさん》を積もうとも、学問など貧苦の前では全くの無力でしかない。理想を掲げるのならば、まずは財力を蓄えることだ。財力の無い改革など有り得るはずがない。それがいつしか滑川の信念となった。

無論、口には出さない。

「生方殿が下谷の御徒組組屋敷を制圧したことは、我らにとってこの上なき慶事《けいじ》でござる。とはいえ、それに甘えてばかりという訳にもいかぬ。私は深川の御徒組組屋敷を盟主が計画を実行する上での御先手《おさきて》となるよう、味方に引き込むつもりでいる。それが済めば、次は百人組、さらには御先手組の順に御家人集団をまとめていきたいと考えている」

滑川は生方を立てながら、それでいて今の状況では、計画を履行する上で不十分であることを匂わせた。

「滑川殿は深川の御徒組を味方に引き入れる旨の発言をされたが、拙者には今の深川組屋敷に御家人を束ねる者がいるとは思えませぬ。一体何方にその役目を託されるおつもりですか」

生方が見る限りでは、深川の御家人の多くは、悪に走る者達に対し、それを諌めようとする気もない連中であった。それゆえ、滑川が束ね役を誰にするのかが気になり尋ねたのだ。

「それはまだ決めておらぬ。しかし、有為の士はきっといるはず。わしに今少し時をくだされ。必ずや深川組屋敷を束ねる者を探し出し、下谷と並ぶ勢力を味方につけてみせる」

すでに核となる人間を決めておきながら、滑川はその名を伏せた。大神と聞けば、生方は勿論のこと、利助も異を唱えることがわかっていたからだ。

今は手の内を見せてはならない。大神のような男こそ使い方によっては価値があるのだと、滑川は考えていた。

滑川は活動を開始した。

利助からの潤沢な資金を得たこともあり、大神を始めとする腐れ御家人を金で味方に引き入れると、生方に倣《なら》い、組頭を屈服させ、組屋敷を制圧することに成功した。だが、利助と生方に誓った百人組と御先手組の掌握については、一向に取り掛かることはなく、数日の間、和泉屋に戻ろうとはしなかった。

滑川は朝早く店を飛び出しては、夜遅くに帰ってきた。

それも、町木戸が閉められるぎりぎりの刻限になって帰ってくる。

出迎えるのは常に久造だ。毎晩酒の臭いをまき散らしながら家の中に入ってくる滑川を店の者に知られまいと、久造は手代達を寄せ付けず、一人潜り戸の傍で待機していた。

この夜も滑川は酒をしたたか呑んだらしく、足取りもおぼつかない様子で、店に入るや否や久造にもたれかかってきた。

「滑川様、こんなになるまで、一体どこでお酒を召し上がられたのですか」

久造が腹立ち交じりに尋ねた。いくら主の師範とはいえ、毎晩利助の金を使ってただ酒を食らいやがって、という思いが久造の語気を強めていた。

途端に滑川の酔眼が陰湿な光を帯びる。

「すべては利助の為にしていることだ。お前などに答える必要はない。燕雀《えんじゃく》安《いずく》んぞ鴻鵠《こうこく》の志《こころざし》を知らんや、ということだ」

「ですが、どこで何を為《な》されているのかぐらいはお話しください。いくら旦那様が師範を信用されているとはいえ、こう毎晩お酒を呑まれていては」

「うるさいぞ、久造。わしは利助の為にしていると言っておる。それだけで十分であろうが。酒を呑もうが呑むまいが、お前ごときに咎《とが》められる謂《いわ》れはない。どうしても不満があるというのなら、これから利助の所へ参って、釈明しようではないか」

「そのようなことは出来ません。旦那様はすでにお休みになられております。わかりました。私ごときがいらぬ差し出口を利いてしまったこと、心よりお詫び申し上げます。どうか今宵のことはご内聞に」

「わかれば良いのだ。わしと利助は志を同じうしておるのだ。わしがすることは、利助の望む所でもある。努々《ゆめゆめ》疑うでないぞ」

そう言うと、滑川は自分に用意された客間へと向かった。

久造が蠟燭《ろうそく》を手にし、暗い廊下を先導する中、もつれた足取りの滑川は幾度となく壁に激突を繰り返した。


翌朝、滑川が出て行った後、いつものように食事を終えた久造が利助の部屋に出向くと、未だ箸を付けていない膳部の前で、何やら利助が浮かぬ顔をしていた。

もしや具合でも悪いのではないだろうか、さもなくば昨夜の会話を聞かれてしまったのではないかと、心配した久造が恐る恐る様子を窺う。

「旦那様、どこかお加減でも悪うございますか」

だが、利助はそれについて答えようとはせず、自分自身に言い聞かせるがごとく喋り出した。

「師範は、随分と苦労を為されたようです。そのせいかお人柄も変わられました。以前はあのように人と張り合う所など全くなかったのですが」

「それは、生方様に対してでございましょうか」

「そうです。かつての師範なら、さぞかし生方様と気が合うのではと考えていたのですが、どうやら私の思い込みに過ぎなかったようです」

「えっ、では生方様ともうまくいっていないということでしょうか」

久造はついうっかりそう言ってしまった。早速勘働きの鋭い利助が指摘する。

「生方様もということは、他にもいるということですね。もしかして久造、おまえもそうなのですか」

「いえ、決して左様なことはございません。咄嗟《とっさ》に口を衝いて出てしまった言葉というか、そのお……」

久造は思わず口籠ってしまった。いっそのこと、利助にすべてを打ち明けてしまおうかという思いがそうさせたのだが、利助に先んじて言われてしまった。

「ならば良いのです。久造、変わられたとはいえ師範は私にとって大事な方です。きっと以前のように、懐の深い師範にお戻りになるはずですから、それまでは、些細《ささい》な行き違いがあろうとも、我慢してください」

久造は機を逸した。

だが、利助が口にした些細な行き違いという言葉から、久造は利助がすべてを知った上で、以前の滑川に戻ってくれるのを願っていると気付いた。

「大丈夫でございますよ。ご師範はきっと昔のご自分を取り戻しになられますよ」

内心の不安を抑え、久造はそう言った。

五

暮れ六つ（午後六時）を過ぎても、外はまだ明るい。

大工や左官屋といった常連客が多い居酒屋おかめでは、すでに酔いが回った客が濁声《だみごえ》を上げながら憩いのひと時を楽しんでいた。

仕事を忘れ、家族のことも封印し、気の合った仲間同士で酒を酌み交わすのが、彼らにとっては何よりの喜びなのだ。時には声を荒らげ、胸倉《むなぐら》を摑み合うこともあるが、翌日になれば誰もが何事もなかったように店にやってくる。おかめは常連達にとって欠かすことのできない店であり、癒しの場でもあった。

沙世が万年堂に戻ったこともあり、控次郎がいつもの席で飲んでいると、同心の高木と一緒に数学者の上原如水が店に入ってきた。

気さくで機知に富んだ如水は常連達に人気があるが、定廻り同心の高木は、職務柄どうしても敬遠されがちになった。だが、それも控次郎がいるときは別だ。たとえ調子に乗って高木に睨まれようとも、道場の先輩である控次郎がとりなしてくれるから、常連達はこの時とばかりに高木に向かって与太を飛ばした。

「高木の旦那、何時から算法の手ほどきをお受けになったんで」

「馬鹿野郎、高木の旦那はお役人だぞ。それも花形と言われる定廻りを仰せつかっているんだ。わざわざ算法の手ほどきを受けなくたって、十までの数は数えられらあ」

思わず高木がむっとするようなことを言った。

「こいつら、完全に俺をなめ切っていやがる」

それでも何とか腹立たしさを抑え、じっと我慢をしている高木を如水が笑いで紛らわした。

「そりゃあ凄いな。私も近頃は呆けてきてねえ。算法を教えながら、時々五の次が何だったか思い出せないときがあるんだよ。よかったら高木さん、仕事の合間にうちに来て私を助けてくれないかい」

絶妙な間合いで笑いを取る如水に常連達は笑い転げ、座は大いに盛り上がるようになった。

そんな如水が控次郎に向かって真顔で話し始めたのは、常連達がぽつぽつと帰り始めた五つ（午後八時）頃のことであった。

「控次郎さん、近頃乙松姐さんに会ったかい」

「乙松ですか、そう言われて見りゃあ、最後に会ったのはもう三か月ほど前の気がする。如水先生、乙松に何かあったんですか」

「なるほどな。それでは乙松姐さんが妙なのも頷ける」

如水は一人で納得をし、幾度か頷いた。

その様子を控次郎は訝《いぶか》しげに見ているだけだったが、勘働きの良い高木はすぐに気付いた。

「先輩、乙松だって女ですぜ。三か月も会っていないことを今更のように思い出すんでは、やけになるのも無理からぬことでしょうよ」

「おめえ、他人のこととなると、随分と強気な物言いをするようになるんだねえ。俺はおめえと違って娘がいるんだ。おめえのように想い人と会えない日々を嘆《なげ》いたりはしねえよ」

「あっ、今言っちゃいましたね。先輩、あれほど人には話さないでくれと、お願いしたじゃないですか」

「覚えてねえなあ、そんなこと言ったかい。もしそうだったとしたなら、事の起こりは、俺に向かって、面白半分に意見をしたおめえにあるってことじゃねえのかい」

　控次郎の反撃にあい、高木は大袈裟に肩を落として見せた。

「それでいいんだ。弱みのある人間は、何時《いっ》だって謙虚にしていなくちゃあならねえんだ。そのことをわきまえていりゃあ、俺だってそこまでは言わなかったぜ」

　控次郎が言った途端、高木はいきなり女将を呼びつけ、矢鱈《やたら》注文をし始めた。

「茄子《なす》の煮びたしと油揚げ、それから何でもいいから魚を焼いてくれ。女将、飯は大盛りだぞ」

呆れるような食欲だが、それを聞いていた如水ははたと気付いた。

「そうか、そういうこともあり得るな」

年相応に独り言を漏らしてしまったのだが、高木のやけ食いを見て、如水は乙松が蕎麦をやけ食いした理由に思い当たったのだ。

如水が見る限り、高木は女から惚れられるようには思えない。それが突然のやけ食いとなったのは、想い人に会えないというよりは、何か恋路が進まぬ理由が出来た為だ。如水はつい先程まで気が付かなかった、塾に沙世を迎えに来た美女の存在が、高木にも当てはまるのではないかと思い始めた。

――そうか、同じ町内だ。乙松姐さんは、沙世を迎えに来た娘を見てしまったに違いない。あんなにも沙世の世話を焼いている娘を見て、姐さんはやけを起こしたのだな
如水の中で、確信めいた結論が導き出された。ならば自分の出る幕ではない。人の恋路に口を挟むのは野暮の骨頂だ。どちらか一人の泣きを見るくらいなら、たとえ薄情者と呼ばれても知らぬ顔を決め込むしかない。如水は断を下した。

「控次郎さん、高木さん。酔いが回った様なので、私は先に帰らせてもらうよ。

女将さん、御主人に旨かったとお伝えしておくれ」

　そう言って、如水は先に帰ってしまった。


　沙世が万年堂に行っているこの時期が、百合絵にとっては好機である。

　なぜなら、如水の塾に沙世を迎えに行くこの期間だけが、控次郎と二人きりになれるからだ。沙世が控次郎の長屋に居る時は、百合絵が沙世の送り迎えをすることになっているのだが、常に稽古で遅くなる控次郎は、茂助が百合絵の警護をしていると思い、塾には来ようとしない。ところが、沙世が万年堂に行っている期間は、控次郎も何かと理由を付け、沙世の顔見たさに、早目に如水の塾へとやってくるからだ。無論、そんな日は滅多《めった》にないのだが、沙世を万年堂に送り届けた後の組屋敷までの道中、百合絵は控次郎と二人きりになることが出来た。

　沙世が万年堂に行ってから三日目、この日は朝から晴れ渡り、まさに百合絵の望み通りの日となった。

　如水の屋敷前で、百合絵が沙世と一緒に控次郎が来るかと待っていると、着物の裾をたくし上げた控次郎が脱兎《だっと》の勢いで蔵前通りに入ってくるのが見えた。

「父上」

手を振って呼びかける沙世の傍らで、百合絵は自分に言い聞かせていた。

——いい、今日こそは何が何でも控次郎様に想いを伝えるのよ。いいえ、そうじゃないわ。控次郎様から言わせなくては駄目なのよ
極度の緊張が百合絵の身体を押し包み、掌がびっしりと汗に濡れた。

それゆえ、控次郎の手を握った沙世が自分の方を振り返っても、百合絵は少し離れた位置から微笑むだけで、沙世の手を取ろうとはしなかった。

左衛門河岸を抜けると、新橋に続いて和泉橋が見えて来た。万年堂はこの橋を右に折れ、御徒町通りに入ってすぐの所だ。

控次郎が和泉橋の袂《たもと》で見送る中、百合絵は沙世を連れて万年堂に入って行った。

二人には控次郎の気持ちがわかるのだ。月の半分しか孫に会えなくなった舅の長作は、その間長屋へ来ることもなく、じっと我慢をし続けている。控次郎が万年堂に顔を出さないのはそんな舅への気遣いなのだということを、百合絵も沙世も十分承知していたからだ。

万年堂に沙世を送り届けた百合絵が戻ってくると、どこか照れくさそうな表情の控次郎が待っていた。

「済まねえな。いつも面倒ばかりかけちまって」

いつものように詫びる控次郎の様子を、この日の百合絵はしっかり見届けた。

——このはにかんだような仕草が堪らなくいいのよ。いつも横顔しか見せてくれないけど、そのうちきっと真正面から向き直れる日が来るわ。いい、百合絵。もう生意気な女は捨てるのよ。今日こそ女の覚悟を見せなさい

胸の中で自分に檄《げき》を飛ばした百合絵は、いつもより一歩だけ近く、つまり控次郎から二歩下がった位置を取りながら、八丁堀組屋敷までの道中に勝負をかけることにした。

ところが、いざとなると話す言葉が見つからない。最後の詰めとなる部分は幾度も練習した為、大筋決まっていたのだが、そこに繋ぐまでの会話となると百合絵自身も少々手を抜いた感は否めなかった。

百合絵は勇気を振り絞った。

「控次郎様、お食事はいつもお沙世ちゃんが作るのですか」

「左様です」

「お沙世ちゃんのお得意な料理はどんなものですか」

「おかずは日によって替わりますからな。どれが得意なのかはわかりませんが、

料理が上手なことは確かです」

　思わず、百合絵がどきっとする言葉が返ってきた。それでも、この程度は想定内だ。

「控次郎様からごらんになって、変わった料理というのはありましたでしょうか」

　このところ料理の腕も上がったと自任する百合絵が、にこやかな笑顔で尋ねた。

　すると控次郎は笑顔にも気付かず、暫く考えた後で、おかしさを噛《か》み殺しながら言った。

「実は、如水先生の娘さんで、沙世に料理を教えてくれる美佐江さんという方がおられるのですが、その人に教わったという鍋料理を沙世が作ったことがありました。みそ仕立ての出汁に豆腐と葱《ねぎ》、それに泥鰌《どじょう》を入れたものですが、これが実に旨い。ところが沙世の奴は、葱ばっかり食べていやがる。それもそのはず、泥鰌が熱がって豆腐の中に逃げ込んじまったんです。それで沙世は可哀想だからと豆腐も食べられなくなっちまったんです」

　話に夢中になった控次郎は、べらんめえ口調になったことにも気付かず、その時の光景が余程おかしかったのか思い出し笑いを繰り返した。

　こうなっては百合絵も笑うしかない。内心の動揺を隠し、おかしさをこらえきれないといった風を装ったが、内心では沙世の作る料理が自分の予測をはるかに超えていたことに動揺していた。

　泥鰌を使った料理など百合絵の範疇《はんちゆう》にはなかった。あんな気持ちの悪いものをどうやって料理するというのだ。いや、それ以前に、百合絵には触ること自体無理がある。とはいえ、控次郎は好物のようだから、将来的には自分も作らねばなるまい。目の前が真《ま》っ暗《くら》になりかけたが、控次郎に対する思慕《しぼ》が百合絵の気持ちを盛り上げた。百合絵は分の悪い料理による戦いを避け、些《いささ》かでも自信のある裁縫へと話を切り替えた。

「あの、以前私が繕い直した羽織のことですが、あの時は私、指を痛めておりましたので、あまり良い出来栄えとはいかなかったのです」

　それゆえ、繕い直したいのだと、百合絵は言いかけたのだが、

「そうだったのかい。指を痛めていながら繕ってくれたのかい。すまなかったなあ、そんなこと、おいらは気付きもしなかったから、沙世が繕い直すというんでやらせてしまったぜ。済まねえ、この通りだ」

と言って、頭を下げる控次郎を見たら、百合絵にはこれ以上言うことが出来なくなった。百合絵は口を噤《つぐ》んだまま、「いいのです」と首を横に振った。

以前の高慢ちきな百合絵からは想像も出来ない姿だ。

驚いた控次郎がまじまじと百合絵を見詰めた。

真正面から、百合絵に向き直り、何か言おうとしてわずかに口籠った。

百合絵は反応した。

——今しかない。今よ

控次郎の胸に飛び込むのは、今しかないと心を決め、百合絵は目を閉じた。

だが、次の瞬間、百合絵は控次郎の場所を確認するため、わずかに目を開けてしまった。百合絵の目が、控次郎の背後で何やらぴょんぴょんと飛び跳ねている人の姿を捉えた。

下男の茂助だ。どうやらこちらに向かって走り寄っているようだが、歳の割には甚く元気だ。何か叫んでいるようでもあるが、声は聴きとれない。

そうこうしているうちに茂助は傍《こと》まで来てしまった。

「お嬢様、大奥様からのお託けでございます。ただ今、隣家の奥方がお見えになられておりますゆえ、お戻りの際は裏口からお入りになるようにとのことでございます」

息を吐《つ》く暇もなく、茂助は途切れ途切れの声で注進した。

せっかくもう少しの所まで詰め寄りながら……。身体全体から力が失せていく中、百合絵は茂助に一言、「わかりました」とだけ伝えた。

文絵がわざわざ茂助を寄こし、隣家の奥方が来ていると伝えさせたということは、見合いの話に決まっていたからだ。

「それじゃあ、百合絵さん。俺はこれで帰るぜ」

そう言って立ち去る控次郎の声が、百合絵の胸につれなさを伴って鳴り響いた。

六

下谷にある御徒組の組屋敷を一人の娘が訪れた。

娘の名は紀容《きよう》、御書院番与力韮崎《にらさき》絢之進《あやのしん》の次女である。親同士が結婚を決めたにも拘わらず、一度も相手方へ赴くことなくこの世を去った姉の夫、生方喜八のもとを訪れていた。

紀容の顔を見た番士は、すぐに生方の屋敷へと案内した。

生方の屋敷は総門を入って、真っ直ぐな通りで両側に分けられた、百坪ほどの屋敷が居並ぶ一番奥の場所にあった。

父親はすでにこの世を去り、兄弟達も皆夭折《ようせつ》していた。それゆえ、家族は母親しかいなかった。その母親も床に臥せっており、今は世話するための下男下女を加えた四人で暮らしていた。

紀容が度々屋敷を訪れるのは、母親を見舞う為もあるが、未だに生方との縁を断ち切れぬ父親から、姉に代わって生方のもとへ嫁ぐことを繰り返し言い渡されていたからだ。それゆえ、典型的な武家娘である紀容は、十四の時に姉を亡くして以来、自分の夫となる者はずっと生方一人と心に決めていた。

宿命に縛られながら亡き姉の遺志を引き継ぐ面差《おもざ》しには、どこか寂しさが付きまとうが、その美貌は際立っていた。

「紀容さん、また来てくださったのですね。折角いらしていただいたというのに、喜八は今日も約束があるからと、外に出ているのです。ごめんなさいね」

そう挨拶の言葉を伝えたそばから、生方の母親は咳き込み始めた。

母親の背中をさすりながら、紀容は言った。

「喜八様が居られなくても、私は義母様のお世話をするつもりで参っております。どうか、私にそのような遠慮はなさらないでくださいませ」

　だが、生方の母は紀容の言葉に頷きながらも、穏やかな口調でそれを否定した。

「貴方のような心根の優しい方が喜八の嫁になってくれるのは、私は本当に嬉しく思っております。ですが紀容さん、喜八は兄弟達を次々と亡くし、ついには許婚《いいなずけ》であった貴方の姉上まで亡くしてしまいました。喜八はそれが自分に付きまとう運命であるかのように思っているのです。貴方のような方でしたなら、この先必ず良縁に恵まれるはずですよ。親同士の決め事に囚《とら》われることなく、ご自分の幸せを摑むのです。紀容さん、私はこんな身体になってしまいましたから、余計喜八の胸の内がわかるのです。喜八は私のことも自分のせいだと捉えています。私は喜八に、これ以上の責め苦を与えたくないのです」

　母親は涙ながらに説得したが、それは却って紀容を頑《かたく》なにさせる結果となった。

「義母上様、どうかそのようなことをおっしゃらないでくださいませ。私に至らぬところがあれば直します。他の縁談など私には無用でございます。私は只々喜八様をお慕い申し上げているのでございます」

紀容は初めて自らの想いを口にしたが、生方の母親にはそれすら聞こえないらしく、身体を震わせて泣きじゃくるばかりであった。

紀容は傷心の思いで組屋敷を後にした。

まさか自分を尾けてくる者がいるとは夢にも思わずに。


小名木村の別宅にいる生方のもとへ、浪人者が次々にやって来た。

いずれも厳めしい顔つきで、その上態度も尊大であった。

生方が来訪の理由を問うと、浪人達は、一様に滑川の名を出した。

どうやら滑川に言われてきたらしいが、生方には寝耳に水だ。

一体どうなっているんだと、三蔵共々首をひねってみたが、これだけの人間が集まってきた以上、無下《むげ》に追い返すわけにもゆかず、とりあえず屋敷の庭先に通すことにした。

そのうちには滑川本人がやってきて仔細《しさい》を話すだろうと思ってのことだが、その間にも、浪人達は刀を振り回し、自らの技量をひけらかし始めた。

「生方殿、何やら見掛け倒しの連中ばかりでござるな」

生方から別宅の管理を託された鐙三蔵が耳元で囁《ささや》いた。

「お主もそう思うか」

生方もまた小声で答えた。

そんな会話がなされていることなど浪人達にはわかるはずもなく、ついにはささいなことで衝突するようになった。

「やはり屋敷内に入れたのは不味《まず》かったかな」

生方がぼやくと、

「そうですな。この者達は人間よりも猿や鶏《にわとり》の類《たぐい》と見た方がいいようです」

三蔵から辛辣《しんらつ》な言葉が返ってきた。

そんな三蔵を生方は呆れ顔で見ていたが、やがて何かを思いついたらしく、いたずらっぽい笑みを浮かべると三蔵に言った。

「鐙、どうだ。ここは一つ、奴等と立ち合ってみぬか」

生方が三蔵に腕比べを持ち掛けたのは、浪人達に秩序を教える為もあったが、この機会に三蔵の力量を確かめてやれ、という思いがあったからだ。

二百坪ほどもある庭の中央に立った三蔵は、木刀を携えただけで、股立《ももだ》ちを取ることもしない。がっちりとした体軀《たいく》だけが、威容《いよう》のほどを告げていた。

「鎧三蔵と申す。何方からでも構わぬ。腕に覚えのあるお方は某と立ち合いめされ。得物は各々のお望み次第」

三蔵は豪語すると、悠然と浪人達を見回した。

真っ先に応じたのは、鎖鎌《くさりがま》を手にした男だ。

「ふん、得物は望み次第と申したな。ならば俺の鎖鎌を受けてみるが良い。骨を砕かれた後でも減らず口を叩けるかどうか、見届けてやる」

言うが早いか、男は数歩退き、鎖鎌に十分な間合いを取った。

「あれ、お名を名乗らぬのですか」

人を食ったような物言いで三蔵が問いかける。

「いちいち小賢《こざか》しい奴だ。ならば名乗ってやろう。俺の名は十文字龍斎《じゅうもんじりゅうさい》。未だ敗北の二文字とは無縁の男だ」

大見得を切った龍斎だが、内心では出鼻を挫《くじ》かれたばかりか、からかい半分の言葉まで浴びせられたことで、腸《はらわた》が煮えくり返る思いでいた。

相手は風貌からして、百姓上がりの田舎武士だ。

このままにしておかぬぞ、とばかりに分銅の付いた鎖を回し始めた時、

「おりゃあー」

一気に宙を飛んだ三蔵が、未だ勢いのついていない分銅を木刀で叩き落とした。

そのまま龍斎に詰め寄った三蔵は、木刀を振り被り、腹の底から裂帛《れっぱく》の気合いを絞り出した。哀れにも龍斎は左手に握った鎌と右手で顔を庇《かば》うと、怯《おび》えた目で三蔵に降参の意思を伝えた。

あまりにも早い決着に、他の武芸者達が呆気に取られている中、一人縁側に腰かけて二人の対決を眺めていた生方だけが嬉しそうに笑った。

「成程。鎖鎌も動き出しを叩けば、ただの鎌ということか。面白い。お主は本当に面白い奴だ。さあ、次は誰だ」

手を叩いて三蔵を称賛する一方で、次なる相手を催促した。

弾かれたように、二番目の男が立ち上がる。

「わしだ。山辺《やまべ》源之亟《げんのじょう》と申す。流派は無外《むがい》流」

三蔵の勝利を、機先を制したゆえと捉えた四十がらみの剣客が、木刀を手に進み出た。すかさず三蔵が挑発する。

「ほう、木刀を選ばれましたか」

受け取り方によっては、生死を分かつ真剣による勝負を避けたともとれる。

これにより頭に血が上れば、相手の仕掛けも単調になると思ってのことだが、山辺は十文字龍斎とは違い、至って冷静であった。

「わしは、滑川殿より仕事の依頼を受けた者だ。だが、この立ち合いが仕事だとは思えぬ。出来ることなら立ち合わずに済ませたいところだが、催促された以上、相手をしない訳にはゆかぬのでな。木刀を選んだのは、命を懸けるほどのことではないと思ったからだ。鎧殿、お手柔らかにお頼み申す」

そう言うと、山辺は三蔵が差し出した木刀を受け取り、手にしっくりくるまで何度か素振りをくれた。

「山辺殿、手に馴染まれたかな」

「いかにも。かなり使い込まれているらしく、初めて握ったとは思えぬ」

「三日ほど前、古道具屋で買い求めたものでござる」

場違いとも思える軽妙なやり取りに、武芸者達からも笑い声が起きた。山辺も暫し頭を掻き、苦笑を漏らしていたが、意を決すると三蔵に向かって身構えた。

「参る」

堂々たる正眼だ。離れた場所で二人の立ち合いを見守っている生方も、思わず身を乗り出したほどであったが、意外にも勝負はあっけなくついた。

三蔵が右手一本で下段に取るのを見た山辺は、がら空きとなった三蔵の胸元目がけ身体ごと突いて出たのだが、山辺の突きが三蔵を捉えたかに見えた瞬間、木刀のぶつかり合う鈍い音とともに、山辺の木刀は空高く舞い上がっていた。

「参った」

後方へ退いた山辺が片膝を突き、負けを認めた。

「鋭い突きでござった。すんでのところで木刀を合わせることが出来、からくも勝利を収めましたが、もう一度戦ったならば、勝負の行方がどちらに傾くか某にもわかりませぬ」

山辺の潔《いさぎよ》い態度に感じ入った三蔵が、山辺に歩み寄って声を掛けた。だが、浪人達の中には、それを快く思わない者もいた。

「笑わせるな。貴様はその男が突いて出るよう誘ったではないか。その男の突きなど、貴様にとっては牛が突き進むに似ているはずだ」

声を荒らげ、三蔵を詰ったのは酒焼けとも見える赤ら顔の男だ。

腕の差が歴然としているにも拘《かか》わらず、相手を気遣った三蔵が無性に腹立たしく感じられたのか、男は憎悪の目を三蔵に向けた。

敗れた者への気遣いを、勝利した者の傲慢《ごうまん》さと受け取る。武芸者の中にはこういった手合いが数多くいた。三蔵は当惑気に黙りこくってしまったが、生方はこのようなひねくれ者が大嫌いだ。縁側に立ちあがると、男を一喝した。

「黙れ。貴様も武士ならば、四の五の言う前に、その鋭い突きとやらを鎧に浴びせてやればよいではないか。自分では闘う勇気もないくせに大口を叩くな」

それまでののんびりと立ち合いを観戦していた男の突然の啖呵《たんか》に、浪人達は驚いた。

ましてや啖呵を切られた男に至っては、怒りのためかぶるぶると唇を震わせるばかりだ。だが、ほどなくして男の口を衝いて出た言葉は、立ち合いを望むものではなく、己の不運を嘆く弁明の言葉であった。

「無念だ。こうなるとわかっていれば、無理をしてでも長槍を携えて来るべきであった。我ら浪人者が長槍を担いで町中を歩けば、直ちに咎《とが》められる。それゆえ、わしはやむなく手槍を持ってくるしかなかったのだ。だが、この男に手槍では無理だ。簡単に間合いを破られるはずだ」

男の言うように、浪人者が長槍を担いで江戸の町を歩くことは許されない。槍一筋の与力や生方のように、供の者に槍を担がせ、尚且つ素性の明らかな者でない限り町方に咎められるからだ。

男は長槍を持参できなかった無念さを表情に滲ませて言ったが、生方はそれすらも許さない。縁側から屋敷の中へ駆け上がると、右手に愛用の槍を引っ提《さ》げて戻って来た。その槍を男に向かって放り投げた。

「これを使え」

まるで薪《まき》でも投げるかのような軽やかさだ。だが、その槍を受け止めた男は、その異様な重さに体勢を崩してしまった。

無理もない。生方の槍は重さ二十斤（約十二キロ）もある代物で、しかも異様に長かった。

槍を受け取った男は、他の者の手前、何とか槍を構えようとしたが、握る位置を中心より後ろに取ると、槍の重みで穂先がお辞儀をした。そこで仕方なく槍の中心部分を握ってみたのだが、何とも奇妙な格好になった。

案の定、三蔵に揶揄《やゆ》された。

「どことなく、やじろべえのようでござるな」

的《まと》を射た表現に、見ていた武芸者達が一斉に笑いだすと、男は顔を真っ赤にして弁解した。

「こんな重い槍など使えぬ。普通の槍の二倍ほども重いではないか。槍は鋭く速く突くものだ。長ければ良いという理屈は通らぬ」

男は自分の体面を保つために、生方の槍にけちをつけたのだが、他のことならともかく、槍は生方にとって命より大事な物だ。それまでの温和な顔つきが、みるみる鬼の形相《ぎょうそう》へと変わった。

「戯《たわ》け。槍のせいにするな。すべては貴様が軟弱だからではないか」

一喝《いっかつ》した生方は男の手からひったくるように槍を奪うと、右手一本で石突きの近くを握り、その槍をぐるぐると回し始めた。そして、目にもとまらぬ速さで手元に引き付けると、気合いもろとも男に向かって繰り出した。

槍は、男の鼻先に穂先が触れんばかりの所でぴたりと止まった。

並み居る浪人達を一突きの槍で心胆寒からしめた生方だが、今回のことで滑川に対する不信感は募る一方となった。元々が他人に迎合したり、過剰に自分自身を評価することを好まない性分だけに、滑川のような人間は初めて会った時から気に入らなかった。それゆえ、

——盟主は、何故あのような者を重用するのであろうか

と、気になっていたのだが、自分に一言の断りもなく浪人達を集めていたことが、好ましからざる人物であるという思いを強めることになった。

生方は、三蔵にだけ胸の内を告げた。

「わしはどうやら、滑川殿を好いておらぬらしい。それが為、お主にこのような役目を押し付けてしまうことになるのだが、鎧、もしわしの勘が当たっていれば、滑川殿は盟主に断りもなく何かを企んでいる。なぜなら、わしと盟主の間では、あのような得体の知れぬ浪人共を使う話など一度として出ていないからだ。おそらく滑川殿は、何かしら理由を付けて盟主からこの別宅を使う旨の許しを得たのだろうが、それにしてもあの者達をどのような目的で使おうとしているのかが皆目わからぬのだ。鎧、お主にはわしに代わってあの者共を統括する役目を頼みたい。逆らう者がいたなら斬り捨てても良い。浪人達が滑川殿よりお主に従うよう、飼い馴らしておいてくれ」

「ほう、そこまで某をお信じになられると」

「それもよくわからん。ただ、他に頼める者がいないのだ」

生方の言葉を聞いた三蔵は情けなさそうに頷いた。頼むにしても、もう少し士気が上がる言い方をしてくれと、思いながら。

七

大口屋重兵衛《おおぐちやじゆうべえ》は、天王町に店を構える札差の中でも、一番阿漕《あこぎ》な札差と評判の男であった。大抵の札差が行った奥印金は、自分の金をさも他人から金を借りたように見せかけて、御蔵米を担保とした返済証書の奥印を押し、二重の手数料を取ることだが、重兵衛は、それを三月毎《みつきごと》に書き換え、その都度元金の二割を受け取った。つまり一年で八割にも及ぶ奥印金を受け取っていたのだ。

その咎により重兵衛は組合預けとなり、あくどい手法で儲けた金も全額返済の憂《う》き目を見てしまった。その後は、暫くの間は貸し渋りをするようになったのだが、やはり金貸しをしない札差では旨みに欠けると、再び札旦那である旗本・御家人に金を貸すようになった。

ところが、一度お咎めを受けた札差となると、今度は借金をした側も矢鱈強気になり、借用書を書き換えようとすると、「何、奥印金を取るつもりか」とすごんでくる有様となった。その結果、大口屋が抱えた焦げ付き証文は、優に一万両を超えてしまった。

滑川が久造を連れて大口屋重兵衛の所へやって来たのは、大口屋が抱える焦げ付き証文を肩代わりする為であった。そうとも知らない重兵衛は、和泉屋の支配役久造が一緒に来たことで、初対面であるにも拘わらず、滑川を店に上げてしまった。

「左様ですか、貴方様が和泉屋さんのご相談役ですか。それで、うちの店にどのような御用件で」

重兵衛は、用心深く切り出してきた。それに対して滑川は単刀直入の物言いで応じた。

「滑川典膳と申す。わしは利助が若い頃、学問を教えたことがあってな。その縁で、今は利助の相談に乗っておる。ところで大口屋さんの所では、取り立て不能な証文を相当数抱え、資金繰りに困っていると聞いた。そこで、その焦げ付き証文を和泉屋で引き取っても良いと言いに来たのだ」

「えっ、取り立て不能の証文ですと、それは何かの御間違いでしょう。うちは真っ当な札差業務を行う札差ですよ。それゆえ、札旦那様達も皆私共を信用為されて、期日になれば相当額を支払っていただける大切な証文ばかりです。焦げ付き証文などと、とんでもない」

重兵衛は早くも駆け引きを試みた。

取り立て不能の証文を買ってくれるのは、日照りに水のごとく喜ばしい話だが、重兵衛はできることなら少しでも高く売りつけたいと考えたのだ。

だが、

「それは失礼した。利助は懇意にしている大口屋さんの為を思って、わしを名代として差し向けたのだが、どうやらいらぬお節介という奴であったらしい。久造、聞いての通りだ。わしは利助に依頼された役割だけは、きちんと果たしたぞ」

と言って立ち上がりかけた滑川を、重兵衛は慌てて引き留めた。

「なんとまあ、せっかちなお人だ。話はまだ終わっちゃあいません。利助さん同様、私も昵懇《じっこん》の間柄である和泉屋さんの顔を潰したりはしませんよ。わかりました。大切な証文ではございますが、ここは一つ、名代としてお越しになられた貴方様のお顔を立てて、数日のうちに私が和泉屋さんへ出向くことにいたしましょう」

すぐにでも金を手にしたいあまり、重兵衛は直接利助のもとへ出向き、証文を書き替える日取りを近日中と定めてしまった。

ところが、すぐにでも了承すると思われた滑川が、なぜか自分の前を見回し、不快感を露わにしていた。

「あの、まだ何か」

不安を感じた重兵衛が尋ねても、滑川は「ふん」と横を向くだけで答えようとはしなかった。それでようやく重兵衛も気付いた。

「これは私としたことが、全く気が付きませんで失礼な真似をいたしました。おおい、誰かいないかい。お客様にお茶も差し上げていないじゃないか。いや、そうじゃないよ。お酒の用意をしておくれ。急ぐんだよ」

店の者に命じて酒の支度をさせたのだが、それも滑川の狙い通りであった。酒と聞いたことで、真面目な久造は一足先に帰ると言い出した為、一人残った滑川は、重兵衛と盃を交わすこととなった。


成り行きで酒膳の用意をしたものの、今日会ったばかりの滑川と酒を酌み交わすのは、重兵衛にとっても気まずいらしく、銚子を取り上げては盃に満たし、それを呷《あお》っては、また銚子に手をやるという所作をしきりと繰り返した。

それでも重兵衛の方から口を開かないのは、未だ滑川の狙いがどこにあるかという判断がつきかねていたからだ。

重兵衛には、滑川が久造を先に帰すため、敢えてこちらの無作法を咎めたことも、そして滑川が久造に聞かせたくない話があることもわかっていた。

それゆえ、普段吉原や料亭で女達に囲まれている重兵衛が、このような糞面白くもない酒席を設けたのだ。そんな思いは知らずしらず態度に出ていたらしい。

「大口屋殿には、男同士で酒を酌み交わすことが味気なく思えるようですな」

滑川に指摘されてしまった。

「いや、左様なことはございませんが、確かに女子はいないより、いた方がよろしゅうございますな」

重兵衛は、これは参ったとばかりに頭を掻き、弁解を口にする一方で、座を和ませる方向へと誘おうとした。滑川もそれに応え、にやりと笑った。

「無理もござらぬ。かつては十八大通に数えられ、色町で名を馳せたご貴殿のこと、わしの様な者と酒を飲むのはさぞお辛《つら》かろう。なれど、人は誰しも意外な一面を持っているもの。ご貴殿が未だ経験したことのない愉しみを、このわしが知っていたとしても不思議はあるまい」

滑川は思わせぶりな言い方をした。それは十八大通として遊興三昧な暮らしを送っていた重兵衛には、聞き逃せる言葉ではなかった。

「ほほう、確かに意外でございますな。滑川様がそのような愉しみごとをご存じとは。して、どのようなもので」

「武家娘、それも金で操を売ったりはせぬ、未だ男を知らぬ娘を伽《とぎ》に出させる商人がいる」

「その様な商人が存在するのですか。しかし、金で操《みさお》を売らぬほどの娘をどうやって」

「蛇の道は蛇、というやつだ」

すでに重兵衛の目は、未だ思いを遂げたことの無い未通の武家娘に対する欲望で燃え盛っていた。それをしっかり確認した上で、滑川は言った。

「少々酒を飲み過ぎたらしい。酔いに任せてつまらぬことを申し上げた。では、わしはこれでお暇《いとま》するが、くれぐれも利助との折衝では、あまり欲を掻かないことを忠告申し上げる。大口屋殿とは違い、利助という男は遊興に耽《ふけ》ったことが無い。つまり他の札差と比べて散財したことが無い分、強大な財力を有しているのだ。よって、下手に気分を損ねては、大口屋殿の為に証文を買い取ろうとした利助を心変わりさせるかもしれぬからな」

そういって、立ち上がろうとした滑川の手を重兵衛は引き留めた。

「お待ちください。先程の商人の話、もう少し詳しく話してはいただけませんでしょうか」

大口屋から戻って来た滑川を、久造が店の前で待ち構えていた。

「旦那様がお話をお聞きしたいとのことでございます。大体のあらましは私からご報告させていただきましたが、どこか得心の行かないご様子。ご師範、いくら旦那様からのご信頼が厚いとはいえ、やはり無断で証文を買い付けたのはまずかったのではないでしょうか」

滑川の独断を止めることが出来無かった久造が心配そうに告げた。

「案じることはない。すべては利助の為、いや、利助の計画を成就させる上での苦肉の策だ。利助にはわしから説明しておくから心配するな。それよりも久造、わしが証文を買い付けた時、正直なところ、わしはお前に反対されるのではないかと案じておったのだ。よくぞわしを信用してくれたな、礼を申すぞ」

久造の不安を取り除く為か、滑川はすべてが自身の独断によるものだということを強調した。

「旦那様、ご師範が御戻りになられました」

利助がいる部屋の前で声を掛けた久造が障子を開けると、いつもと変わらぬ表情の利助が、端然と座していた。

滑川が利助の前に座り、久造が部屋から出て行くのを見届けると、利助は徐《おもむろ》に口を開いた。

「子細は久造から聞いておりますが、私には何故師範が大口屋さんから証文を買い付けたのか、その理由がわかりません。勿論師範にはお考えがあってのことだとは思いますが、私にわかるよう説明していただけますか」

すると、滑川は入って来た時の正座を胡坐《あぐら》に組み替えてから訳を告げた。

「証文を買い付けた理由か。それならばお主の謀《はかりごと》を成し遂げる上で必要と思ったからだ。お主は生方をはじめとする取り巻きを旗本にするつもりだと申していた。だが、そう都合よく旗本株が手に入るはずはあるまい。そこで、わしは大口屋が抱えている焦げ付き証文に目を付けた。和泉屋にはそのような質の悪い証文はないからな。その証文をちらつかせ、旗本株を手に入れる。無論、お主には旗本を脅すことなど出来はしまいがな」

「その通りです。私に人を脅すような真似は出来るはずもありません。でしたら、何故そのような証文を買い付けたりなさったのですか」

「利助、事を為すには、時として目を瞑《つむ》らねばならぬのだ。お主の手でそれをやれとは言わぬが、目を瞑るくらいなら出来る筈だ。旗本との折衝はすべて大口屋とわしに任せろ。大事を為そうとする者が、些細なことで躊躇《ためら》いを見せれば、大いなる計画も一頓挫するというものだ」

「ですが、師範は役人から追われていたことをお忘れになってはおりませんか。あれから十年以上も経ったとはいえ、役人の中には当時を知る者もいないとは限りません。私は、師範をそんな危険な目に遭わせようとは思っておりません」

「心配はいらぬ。利助、お主の気持ちは嬉しいが、何もわしが直接手を下そうというのではない。未だお主の承諾は得ておらぬが、このような場合もあろうかと小名木村の別宅に荒武者どもを集めてあるのだ」

「えっ、小名木村の別宅を。ですが、あそこは生方様にお任せしてありますが」

「それも案ずるには及ばぬ。生方殿は近々旗本になっていただくのだ。その為にも、生方殿に小名木村の別宅を管理させる任は解いた方が良いのだ」

「師範、このことを生方様にはお伝えしてあるのですか」

「はっきりとは伝えておらぬが、お主が許したとなれば、生方殿も承知するはず。利助、すべてはお主が掲げた崇高なる目的の為だ。その目的を果たすためなら、生方殿とわしは喜んで礎《いしずえ》となるつもりだ」

いつの間にか、滑川は利助と呼び捨てにしていた。それがかつての師であったが為の口癖なのか、それとも日増しに増えてきた独断専行に見られるように、滑川が実権を握る為のものなのか、利助には判断がつかなかった。


大神と勘太を従えた滑川が小名木村の別宅を訪れると、滑川に集められた浪人達は一斉に出迎えた。中には生方の圧倒的な武力と、目を光らせた三蔵の存在を意識して身を小さくしながら出迎える者もいたが、金主である滑川に迎合する者の方が遥かに多かった。所詮は金に釣られて集まった浪人者ばかりだからと、三蔵もこのような事態を予想していたが、それにしても連中の変わり身の早さには驚かされるばかりだった。

三蔵は人の輪から少し離れた場所で成り行きを見守ることにした。未だ顔も名も覚えきれていない連中だが、その中でとりわけ滑川に尻尾を振る者の顔だけは覚えておこうと思い立った。

居た。三蔵が最初に立ち合った鎖鎌の男が、まるで自分が頭でもあるかのごとく浪人達に檄を飛ばし、滑川に忠誠を誓わせていた。

——あの野郎、やっぱり頭をかち割っておくべきだったか
腸が煮えくり返る思いを堪え、三蔵は腹の中で毒づいた。

その時、近くにいた男達の声が風に乗って、三蔵の耳に飛び込んできた。

「許せん。つい先日、生方殿に忠誠を誓ったばかりではないか」

「その通りだ。武士とは思えぬ浅ましさだ」

見ると、いずれも三蔵が立ち合った男達だ。一人は無外流《むがいりゅう》の山辺《やまべ》、そしてもう一人は、三蔵に向かって吠えかかった男であった。

しかも聞いている限りでは、その男の方が山辺よりも激高していた。

——訳がわからん
三蔵は男の拗《ねじ》くれた性格に呆れ返ったが、今はこの館に留まった所で、意味が無いと判断した。生方からは、浪人達を手懐《てなず》けておけと言われたが、一度にこれだけの人間に背かれては、三蔵一人ではどうにもならなかった。

小名木村の別宅から御徒組組屋敷までに要する時間は、およそ四半刻（三十分）。

別宅の奥座敷では、大神を相手に酒を飲んでいた滑川が時刻を気にした。一晩でも家を空《あ》けることが許されない御家人の大神を気遣ってのことだが、当人は大して気にも留めず、盃を手にしたまま首を横に振った。

「心配はご無用。滑川殿に頂いた金子を有効に使いましたのでな、今や組頭といえども拙者に逆らったりはせぬ。それゆえ、今宵はこの奥座敷に泊まり、ゆるりと滑川殿の真意をお聞かせ願おうと思っている。不肖《ふしょう》大神嶮心、滑川殿と誓詞《せいし》を交わした以上、いかなる時もこの命は滑川殿に捧《ささ》げる所存。よって、滑川殿も拙者を信用していただきたい」

大神が自分の徳利を摑み、滑川の盃に酒を注ぎ足した。

ところが、とりあえず酒は受けたものの、滑川の表情には明らかに不快の色が浮かび上がった。そのような話を酒の席で口に出来るか、といった表情だ。

「滑川殿には、拙者の頼みを聞いてはいただけぬのか」

大神の再度に亘る願いにも、滑川は取り合うことなく、黙々と酒を飲み続けている。大神は焦った。自分では酒が入れば口も滑らかになるだろうと、この場を選んだつもりが、ここまで露骨に不快感を示されるとは思ってもみなかった。

早まったとしか言えない。このままでは物別れとなり、滑川が袂《たもと》を分かつと言い出すに決まっている。

そう思った瞬間、大神は捨て身の手段に打って出た。

自分の前に置かれた酒膳をどかすと、その場にひれ伏し、畳に頭をこすりつけ、願い出た。

「お頼み申す。この命、如何様に使っていただいても否やは申さぬ。なれど、訳も聞かされず、下僕のごとく命じられるがままに仕えるのは、武士としてあまりにも惨《みじ》め過ぎる。滑川殿、どうかお聞き入れ下され」

意表を突かれた滑川も、まさに進退窮まった状況に追い込まれた。

相手は名だたる剣客だ。それが武士としての誇りを捨て、畳に額をこすりつけている。これ以上無下に断り続ければ、逆上した大神が自分を斬り捨てることも考えられた。

絶体絶命の窮地に追い込まれる中、滑川は思案を重ね、ついに決断した。

「我が存念、聞きたいと申されるならば話さぬではないが、話したが最後、わしに従ってもらわねばならぬ。それでも構わぬか、大神殿」

「構わぬ。拙者も武士だ。自分から願い出た以上、どのようなことを聞かされても驚きはせぬ。必ず滑川殿に従うことをお約束する」

大神は自らの刀を引き寄せると、金打《きんちょう》をするために刀身をわずかに引き抜き、鍔元に差してあった小柄で刀の刃を打ち鳴らした。金打は武士が命を懸けても守り抜くという誓いだ。誓った方も誓われた方も後戻りはできない。

滑川は、「ふう」と一息吐きだした後で、重々しい声で言った。

「慶安《けいあん》の変をご存じか」

「いや、拙者はとんと無学で」

どことなく軽さが感じられたが、滑川は続けた。

「ならば教えて進ぜる。三代将軍家光《いえみつ》公の御代に、由比正雪《ゆいしょうせつ》という軍学者がいた。彼の者は関ケ原《せきはら》の戦いで牢人となった者達を集め、天下を覆そうとした大罪人である。だが、正雪にも正雪なりの正義があった。時の幕府は、戦で牢人となった者達に救いの手を差し伸べぬばかりか、その後も改易《かいえき》を繰り返し、さらなる牢人者を作りだしていたからだ。結果として、正雪は捕らえられたが、不当に迫害を受けた者達の為に戦いを挑んだその遺志は後世に語り継がれるはずである。大神殿、どこか似ておらぬか、今の世と。おぬしら御家人は能力の如何《いかん》に拘わらず薄禄で飼いならされ、百姓は武士によって土地を奪われ難民となる。このような不条理がまかり通ってよいのか。良いはずは無かろう。この様な不条理を押し付ける為政者を正さずして、貧苦に喘《あえ》ぐ者達を救う術《すべ》はないのだ。大神殿。これがわしの存念だ」

言い終えた滑川の視線が、うつむいたままじっと話を聞いていた大神に注がれた。いくら金打したとはいえ、御家人が天下騒乱に加担する保証はない。その怯えが、滑川をして睨みつけることでの威嚇《いかく》となった。

大神がゆっくりと面を上げた。だが、その表情には、先程まで感じられた恭《きよう》順《じゆん》の意が消え、傲慢《ごうまん》さが浮き出ていた。

「成程。これですべてがわかった。お主が何故、拙者に救いの手を差し伸べたのかということもな。滑川殿、その話拙者は乗ったぞ。端《はな》から胸の内を明かしてくれれば、拙者も無い頭を使って考え込むことはなかったのだ。面白い。久しぶりに胸の高鳴りを覚えたぞ」

存念を吐かせたことが弱みを握ったとでも捉えたか、大神は馴れなれしい態度で滑川に臨むようになった。そんな大神を冷ややかに見つめながら、滑川は内なる自分に語りかけた。

――これで良い。いつまでも与えられた餌《えさ》を喜ぶやせ犬では困るのだ。貴様には自ら獲物を狩る狼になって貰わなくてはならぬ

八

黄昏《たそがれ》迫る妻恋坂を紀容は下ってきた。

前方からは、修験者らしき集団が坂を上ってくる。紀容は道の端に下がって修験者に道を譲った。修験者の一人が頭を下げ、紀容の脇をすり抜けた。

刹那、鳩尾《みぞおち》に激痛を感じ、紀容はその場に崩れ落ちた。

「いかがいたした、娘御。これ、しっかりせぬか」

意識が薄れゆく中で、紀容はその言葉を聞いた。

身体が潰れる重みに、紀容は意識を取り戻した。誰かはわからぬが、自分に覆い被さった男がいる。しかも男は、素っ裸な状態で自分の胸をまさぐっている。

「いやあ」

羞恥と怒りが、渾身の力となって男を払いのけた。尚も襲い掛かろうとする男の手から逃れると、紀容は守護の懐剣を探した。だが、しどけなく乱れた姿に懐剣などあるはずもなく、紀容は咄嗟に、髪に挿してある簪《かんざし》を引き抜いた。

そしてその簪を喉元に当て、驚いた男が止める暇も与えず、紀容は自らの喉を突いた。突然の衝撃に、尻もちをついた男は、人を呼ぼうとせわしなく口をぱくぱくと動かすものの、声が出てこない。ようやく、障子に向かって声を発した。

「何方《どなた》か、何方かおられませんか」

血だらけになった遺体を前にして、腰を抜かした男の呼ぶ声に応えて二人の男が部屋の中に飛び込んできた。二人の男は、無残な娘の死体に気付き一瞬たじろいだが、すぐに障子を閉めると裸のままの男に向かって言った。

「大口屋、あれほど油断をするなと言っておいたではないか。相手は生娘《きむすめ》だ。何故簪を身に着けたまま事に及んだのだ」

「申し訳ございません。あまりに美しい娘故、つい気が急《せ》いたのでございます。それに意識がなかったもので。大神様、どうしたらよいでしょう。このままでは、私は咎人《とがにん》となってしまいます」

自らが犯した罪の重さに怯え、大口屋重兵衛は大神に取りすがって助けを求めた。

「まずいことをしてくれた。こんなことが元締めに知れたなら、わしとて命の保証はない。しかも屋形船を血で汚してしまったではないか。えっ、おい、しかも絹の布団まで汚れているではないか。これではいくら船頭に口封じの金を握らせても、元締めに気付かれる。糞、ならばいっそのこと、貴様を斬り捨てて、その後でわしも腹を切るしかない」

　大神が刀を引き付け、重兵衛を睨みつけた。

「あわわわ、それればかりはお許しください。お金で済むことなら何でもいたします。ふ、布団などは買って済むことではありませんか。もし元締めという方に黙っていて下さるのなら、大神様に百両を差し上げます」

　命の瀬戸際に立たされた重兵衛は、金で大神を釣ろうとした。とはいえ、札差大口屋の身代《しんだい》からすれば、大した額ではない。

「この期《ご》に及んで、未だ金を惜しむか。大口屋、わかっているのか。口を噤《つぐ》めということは、わしも咎人になれということだ。いや、それだけでは済まぬ。この屋形船を操る三人の船頭に対しても、口を噤ませるだけの金を握らせねばならんのだぞ。百両ぽっちで足りる筈が無かろう、もうよい、一瞬たりともお主を助けてやろうかと考えたわしが愚かであったということだ。大口屋、念仏を唱えるがよい」

「わ、わかりました。では、に、二百両お支払いいたします」

重兵衛としては、かなり思い切った額を提示したつもりであったが、

「五百両だ。船頭といえども、一人につき百両くらい握らせねば承知すまい。残りはわしの取り分だが、見て見ぬふりをする船頭とは違い、娘の死体を処理するとなれば、わしはお主と同罪になる。よって、金とは別にお主にはわしの頼みを聞いてもらうことになるが。大口屋、如何《いか》に」

なんと五百両もの金に加え、更なる頼みまで要求されてしまった。何とかこの場を凌ぎたい重兵衛には、大神の要求を受け入れるしか他に方法がなかった。

門人達に稽古をつけた後、控次郎が井戸端で汗を拭っていると、息せき切って辰蔵が裏木戸から飛び込んで来た。

「先生、稽古を終えたばかりだというのに、すいやせん。是非とも先生のお力をお借りしなくちゃあならねえことが起きちまったんで、あっしと一緒に来ておくんなさい」

開口一番、辰蔵は言った。

普段は色町言葉、それも花魁《おいらん》を真似、すっ惚《とぼ》けた口を利くのだが、その辰蔵がこの日に限って人並みな物言いをした。

「どうしたい。猫と鼠の間に子供でも生まれたのかい」

控次郎が軽口で応対すると、

「もう、人を小馬鹿にして。先生、わちきの知り合いに殺しの嫌疑が掛かってい るんです。お願いですからわちきと一緒に来てくださいな」

辰蔵は物騒なことを言った。

聞けば、昨晩辰蔵と一緒に酒を飲んでいた絵師が、今朝方土左衛門《どざえもん》を発見したのだという。

「おめえも一緒にいたのかい」

「とんでもねえ、その絵師ってのはだらだらと酒を呑み続ける奴ですから、育ちの良いわちきは昨日のうちに引き揚げやした。結局、そいつは最後まで店に居座り、挙句《あげく》がそのまま酔いつぶれちまったんです。それで、今朝方早く家に帰る途中で土左衛門と出会っちまったらしいんで」

「ふうん」

「ふうんじゃないですよ。それで役人を呼んだのはいいが、その土左衛門ってのが、若い娘だったもんで、絵師が殺したんじゃねえかと疑われてしまったんですよ」

「だったら、その店の者に訊けばいい話じゃねえか。朝方まで飲んでいたんだろう」

「それが運の悪いことに、店の者は顔馴染みの絵師が酔いつぶれちまったもんで、これ幸いと、自分達も寝ちまったんですよ。だから絵師が何時《いつ》帰ったかなんてことは知らないと言ったそうです」

「おめえ、随分と詳しいねえ。もしかして事件に絡んでいるとか」

「かあっ、なんてえことを言うんですか。わちきは絡んでなんかいませんよ。絡まりそうだから、先生にお願いしているんじゃねえですか」

「わからねえなあ、おめえの言うことは。昨日のうちに帰った奴がどうして事件に絡まれたりするんだい」

「それなんです。わちきも声を大にしてそう叫びたいです。ですがね、店にいたことを証言してくれるものがいないからと、絵師の奴が勝手にわちきの名を出してしまったんです」

「それも仕方がねえな。人間いざとなりゃあ、助かりたい一心で誰彼となく名前を出しちまうもんだ。第一おめえと一緒に呑んでいたんだろう」

「そりゃあそうなんですけどね。けど、役人がわざわざうちの店に使いを寄こして、『辰蔵は居ねえか。隠すと為にならねえぞ』なんて言われちゃあ、わちきだって、怖気《おじけ》づきますよ。知らせに来た手代なんか、わちきの顔を疑わしそうに見ていやしたからね」

「つまりこういうことかい。その男は土左衛門を見つけて役人に届けた。ところが、今度は自分に嫌疑が掛かった為、苦し紛れにおめえの名を出した。それで、役人がおめえから話を聞こうと店までやって来た。ところが、肝心のおめえがいねえもんだから、店の者がおめえを探しにやってきた。筋が通っているじゃねえか」

「通っちゃいませんよ。その役人っていうのが問題なんです」

「そんなに、質《たち》の悪い奴なのかい」

「高木の旦那ですよ。あの人は、わちきをねちねちと甚振《いたぶ》るのが、三度の飯より好きな人ですからね」

「なんだい、双八だったのかい。それで俺を呼びに来たってわけだ。まあ、頼まれりゃあ、行かねえこともないが、面倒くせえなあ」

「そこをなんとか、お願げえいたしやす。先生ががつんと言ってやれば、高木の旦那だっておとなしくなりやすから。それと、出来ましたら絵師の無実の罪も晴らしていただけると助かるんですが」

稼業柄、辰蔵は裏社会とも繋がりがある。いくらおかめでは顔馴染みだと言っても、役人である高木には言いづらい話もあるのだろう、と控次郎は理解した。

辰蔵が遺体の揚がった現場に到着すると、早速十手《じって》をちらつかせた高木がまくしたてた。

「辰、てめえ何処に雲隠れしていやがった。まさか証拠を揉《も》み消すために手間取っていたんじゃねえだろうな」

「何を申されますことやら。高木の旦那、わちきは無実でありんす」

「そんなことは聞いちゃあいねえや。やい、辰。おめえ、昨夜はこの男と酒を飲んでいたっていうじゃねえか。聞きてえのはその後のことだ。この絵師が言うには、そのまま酔いつぶれたってことだが、おめえの知る限り、この絵師がおめえが帰った後で仕事をするように見えたか」

「見えるも何も、絵師が酒を飲んで筆を執《と》るなんてことはありませんや。旦那が描くへのへのもへじと一緒にしないでおくんなさい」

「言いやがったな、この野郎。役人を馬鹿にすると、百叩《たた》きの刑ぐらいじゃあすまねえぞ」

聞いている控次郎が馬鹿らしくなるほど、二人の会話は質が低い。

それでも、聞いている限りでは、高木が辰蔵を下手人と見ていないことがわかったので、控次郎は二人がやり合っている隙に、そろりそろりと後ずさりを始めた。

ところが、控次郎がその場を去ろうと踵《きびす》を返した時、遥か彼方から猛然とこちらに向かって駆け寄ってくる武士の姿が目に飛び込んだ。

武士は群がる野次馬を掻き分けると、役人の制止を振り切って遺体の傍に駆け寄った。辰蔵とやり合っていた高木が気付いた時には、遺体に被《かぶ》せてあった莚《むしろ》をめくっていた。

「紀容」

遺体の顔を改めた武士が、悲痛に喘ぎながら娘の名を呼んだ。

武士は娘の死が受け入れられないのか、青白い娘の顔に垂れかかった髪を愛おし気に直していた。高木が済まなそうに武士に近寄った。

「お辛《つら》い気持ちは重々わかるが、役儀柄お伺いいたす。この娘はお手前のお身内でござるか」

役人とは思えぬ労《いたわ》りの気持ちが声に出ていた。

武士は高木に向き直ると、悲しみを抑え、淡々とした声音で高木に答えた。

「義妹でござった。娘が帰らぬとの報告を受け、昨夜から捜し回っていたのだが、まさかこのような姿で見つかるとは」

そこで、武士は言葉に詰まった。思いつめたように下を向き黙り込んだが、肩の震えが悲しみの深さを告げていた。


武士の態度が変わったのは、検視の医者が遺体を検めに来た時であった。

遺体を見慣れた医者は、いつもと変わらぬ所作で蓆をめくったつもりであったが、乱れた娘の着衣と、そこから覗く真っ白な脛《すね》が野次馬達の注目を集めるようになった。なのに医者はそんなことには少しも頓着《とんちやく》することなく、遺体の首筋に残った傷に気付くと、蓆をめくったままの状態で死因を調べ始めた。

「はて、この傷は何時付いたのだ」

遺体の傷に不審を抱いた医者が誰に言うでもなく呟いた時、それまでおとなしくしていた武士が、いきなり医者に詰め寄り、その胸倉を摑《つか》んだ。

娘の遺体が辱められたと思ったのだろう。武士は自分の頭よりも高く医者を持ち上げると、乱暴にも地面に叩きつけた。

可哀想な医者は、頭を打った拍子に気を失ってしまったが、武士の怒りは収まらない。周りにいた役人を睥睨《へいげい》しつつ、声高に言った。

「貴様らのごとき不浄役人が手を触れるな。御徒組御家人生方喜八が、この娘の亡骸《なきがら》を引き取る」

戸板で組屋敷まで運ばせようとした。

流石《さすが》に高木も黙っているわけには行かなくなった。

「そいつは認めるわけには行きませんな。まだ死因も判明してはおりませんからな。いかに御家人のお身内とはいえ、不審な死体は奉行所が調べるのが決まりでござる」

生方に向かってきっぱりと言い切った。

だが、生方は引かず、高木も引き下がる様子もない。二人が睨み合い、あわや一触即発となった時、それまで傍観していた控次郎が進み出た。

「お待ちくだされ。生方殿と申されたな。お身内が亡くなられ、貴殿の心痛お察しいたすが、このお役人が申されることも尤《もっと》もかと存ずる。先程医者が菰をめくった際、偶然目に入ってしまったが、その遺体の傷は下から突いたものと思われる。すなわち娘御は自ら命を絶たれたことになるが、不審に思えるのは傷の大きさだ。武家の娘ならば懐剣を使うはずだが、それにしては傷痕が小さい。おそらくは簪を用いたものと推察される。だとしたら、娘御はそのような状況下にあったということ。その死因を解明せぬままで良いと申されるのか」

穏やかな物言いが、頭に血が上った生方を落ち着かせた。

控次郎の理を認めた生方は、わずかに首筋が見て取れる位置まで蓆を掛け直すと、改めて娘の首に残った傷痕に目をやった。

その生方に、高木が語りかける。

「よく見るんですな。遺体の顔は綺麗なままだ。つまり水を飲んでいねえってことです。水に落ちておぼれ死んだ仏は、皆無残なほど膨れちまうんですよ。私だって同心の端くれだ。そのくらいはわかりますがね、その人の言うように、下から突いたとまではわからなかった」

「お役人、こちらの方は何方《どなた》だ」

役人でもない癖に、死因を言い当てた控次郎の正体を生方が気にすると、

「この人ですか。一応は佐久間町にある田宮道場の師範代をしているんですが、なんにでも首を突っ込んでくる妙なお人ですよ。ですが、多分言っていることは

間違えねえですよ」

　そう言うと、高木は控次郎にいたずらっぽい目を向けた。

　その夜、控次郎がおかめで飲んでいると、辰蔵を連れた高木が店に入ってきた。

　どうやら、高木はあの後も辰蔵を引っ張りまわしていたらしく、辰蔵はうんざりとした顔を隠そうともしなかった。

　控次郎が自分の徳利を掴み上げ、労《いたわ》りの気持ちを込めて辰蔵に酒を注いでやっても、黙ってそれを受けるばかりで口を開こうともしない。

　控次郎はやんわりと辰蔵を諭《さと》すと、

「疲れただろう、辰。懇意《こんい》にしている絵描きが疑われたうえ、おめえまで妙なとばっちりを受けちまったからな。だがなあ、おいらが見る限り、双八は端っからおめえは勿論のこと、絵描きも疑っちゃあいなかったぜ。ただ、昨晩の絵描きの所在を証明してくれる者がいなかったからなんだ。とはいえ、双八。いくらお役目だからって、一日中辰を引っ張りまわしたんじゃあ、誰が見ても辰が下手人じゃねえかと疑われらあ。おめえはちゃんとその理由を辰に話したのかい」

高木にも苦言を呈することを忘れなかった。

「その訳を話そうと思って、辰をここに連れて来たんですよ。やい、辰。おめえ、まさか本気で俺が疑っているとでも思ったのか。確かに、前もって言わなかったことは悪かったと思っちゃあいるが、下手人って奴はなあ、自分が犯した罪がばれねえかと冷や冷やしているもんなんだ。そこで、おめえを連れていりゃあ、下手人はおめえが疑われているかもしれねえと思い、その疑われ具合を確かめようと、必要以上に近寄ってくるんだ」

控次郎に責められたことで、高木は弁解がてら辰蔵に詫びを入れた。だが、辰蔵の気持ちは収まらない。

「だったら、それらしき野郎を見かけたとでも言うんですかい。人を晒《さら》しものにしておいて、下手人らしきものが見つからねえというんじゃあ、俺だって納得がいきませんや」

高木に食ってかかった。

「馬鹿野郎、俺は定廻りだぜ。それも南町にこの人ありと言われる高木双八よ。おめえに言われるまでもねえ。しっかりと怪しい奴の顔をこの目に焼き付けたぜ」

と、こちらも大見得を切ったが、切られる側との間には若干の開きがあった。

「本当かい、双八。目に焼き付けたほどなら、そいつの似顔絵も描けるだろう。お夕。済まねえが筆と墨を持ってきちゃあくれねえか」

控次郎の頼みに、その光景を面白そうに見ていたお夕が、二つ返事で二階に駆け上がり、筆と矢立て、ついでに数枚の半紙を携えて降りてきた。

控次郎と辰蔵、それに女将と二人の娘までが見守る中、高木が徐《おもむろ》に筆を走らせる。だが、

「これが南町にこの人ありと言われるお人の絵なのかい」

控次郎の言葉が言い表すように、子供でもここまで下手な絵を描くとは思えない絵が出来上がった。今はすっかり気分を良くした辰蔵が続く。

「わちきには、茄子《なす》に目鼻を付けたとしか見えませんや。高木の旦那、こんなもんで真犯人を割り出そうというんですかい」

「いや、今日はたまたま調子が悪かっただけだ。だが、案ずるな。俺の頭の中にゃあ、はっきりとそいつの顔が焼き付いている」

高木は自分が描いた似顔をくしゃくしゃに丸めると、袖の中にしまい込みながら言った。

お稲荷《いなり》さん

一

毎年五月二十八日から八月二十八日の間は、大川には大小さまざまな納涼船が行き交う。とりわけ両国橋付近は、上流を玉屋《たまや》、下流を鍵屋《かぎや》という二大花火師が客の注文に合わせて大玉の花火や、からくり花火を打ち上げたことから、九間ほどの座敷がある大型屋形船や、それより小型の屋根船で賑わいを見せていた。

元々隅田川は呼び名が多く、千住大橋より先は荒川と呼ばれ、隅田村近くを流れるのが隅田川、そしてさらに両国橋までを浅草川と呼び、それより下流は大川と呼ばれていたのだが、江戸人の多くは、ことさら区分けしようとはせず、一本の川として、地名を省いた大川という名で呼ぶようになった。

玉屋を贔屓《ひいき》にする者は、大抵が両国橋より上流の浅草川付近に住む者達で、鍵屋を推す者はほとんどが大川に住む者達、と言われるくらい当時の人は地元に対して強い拘《こだわ》りを持っていた。


両国橋の東詰めで易を観ている蛍丸の所へ、町人姿の七節が客を装ってやってきた。早速《さっそく》蛍丸が老易者とは思えぬ高らかな声で、これ見よがしに喧伝《けんでん》する。

「何を見て進ぜるかな。といっても、おまえさんぐらいの歳なら、大抵は色恋成就か商売替えと相場が決まっておるが」

「その通り。色恋が成就するか観て貰いたいんですよ。先日ここですれ違った娘に一目惚れしましてね。以来、その娘を探していたんですが、やっとのこと探し当てたんですよ」

「それは良かったのう。では見て進ぜるゆえ、見料の十六文を出しなさい。近頃は世知辛くなって、占った卦が気に入らんと金を払わずに逃げて行く輩が多いのでな」

そう言って七節から金を受け取ると、蛍丸は静かに卦を立てた。

ゆっくりと目を開け、そして言った。

「その娘には悪い虫がついておるようじゃ。決まって夕方頃には、その虫がやってきて娘を連れ出すと、卦には出ておる。わしの占いが信じられなければ、今からその娘の所へ行き、しっかりと見張ることじゃ」

老易者に扮した蛍丸は、ちょっとだけ立ち止まって見るだけの通行人が、思わず興味を引かれそうになるよう、刺激的な言葉を用いたが通行人の財布の紐は固く、誰一人易を観て貰おうとする者はいなかった。

「やれやれ、今日は金運に恵まれぬと卦には出ていたが、本当に当たりおったわ。仕方がない。今日は店仕舞にするか」

隣で商いをしている骨董屋に聞こえるくらいの声でぼやくと、言葉通り店仕舞をしてしまった。

本所六間堀町にある瓦版屋「柿屋」を見通せる場所で、易者姿から縞の着物に着替えた蛍丸が、懐から紙を取り出し、七節に似顔絵と間違いないかを確認させた。

似顔絵は、高木が奉行所下役の絵師に特徴を言って描かせたものだ。

「所詮は似顔絵でございますから、断定はできませんが、確かに顔は似ております」

「左様か。控次郎殿が言われた通りの男ならば、すぐに尻尾を出すはずだ。娘を殺害するような奴らは、次の標的を求めて必ず動き出す」

と蛍丸が断言した所で、入り口の腰高障子が音もなく開いた。

外の様子を確かめるようにして、店の中から顔を覗かせたのは、まさに似顔絵そっくりの男であった。

「勘太というそうです。連中がそう呼んでいましたから」

「小悪党という感じだが、それにしては外の様子を気にしすぎる。七節、どうやらあの勘太という男は、分不相応の悪事に手を染めたようだな」

今も尚、外の様子を気にしている勘太を見ながら、蛍丸は白髪の鬘《かつら》と口ひげをむしりとった。

七節の目に若々しく凛々しい蛍丸が映し出された。

「顔をお出しになられるのですか」

七節の問いかけに、蛍丸は無言で懐から狐の面を取り出して見せた。

「えっ、まさか控次郎殿に内緒で、夜叉になるというのですか」

「それはわからぬ。だが、事と次第によっては、夜叉になるかもしれぬ」

「おやめください。敵の数もわからない状況で、夜叉の面を被ること自体危険です」

「だから事と次第によると、断ったではないか。七節、勘太が動き出す。お前は勘太の後を尾《つ》けるのだ。私はその後ろから離れて付いて行く。もし、あ奴が悪事に加担しているとしたら、悪党どもが用心のために勘太を見張っているかもしれぬからだ。私が笛で合図をしたら、尾行を止めて横道に逸《そ》れれば良い」

七節のことゆえ、へまはしないと思ったが、念の為蛍丸はそう言い添えた。

前を行く勘太が御船蔵を抜け、一つ目橋を渡った所で、後ろを振り返ったが、用心深い七節は、花火見物の人波に紛れ顔を出そうともしない。

これならば勘太ごときに悟られる気遣いはない。蛍丸は手拭で頬っ被りをすると、花火目当ての人垣を掻き分けながら七節の後を追った。

人の群れでごった返す両国橋を渡った勘太が、両国広小路を抜けたところで、再び後ろを振り返った。先程とは違って、今度は念入りに警戒している。その勘太が浅草御門に来たところで、体を丸めるようにして勢い良く左に折れた。

馬喰《ばくろ》町四丁目から一丁目へと続く通りだ。蛍丸が、どうやら勘太の目指す場所

はこの辺りだと見ていると、すでに七節は一本手前の横山町通りを曲がってい
た。この辺りの町並みは碁盤の目状になっている。それゆえ、七節は勘太が何時
振り向いてもいいように、一本離れた通りから見張ることにしたのだ。
蛍丸も七節に倣《なら》って、横山町《よこやまちょう》通りを抜けて行くと、横山町二丁目の路地か
ら、こちらに向かって走ってくる七節の姿が見えた。
「あそこです。馬喰町二丁目の小料理屋に入って行きました。念の為、裏口から
通り抜けてはいないかと裏も見て来たので、戻るのが遅れました」
「わかった。ここからは私が見張ろう。お前は長屋に戻って、勘太を脅すからく
り仕掛けを用意しておいてくれ。根っからの悪党とは思えぬし、まだ子供の域を
脱していない。出来れば、悪の道から連れ戻してやりたいのだ」
蛍丸は仏心を見せた。悪党の片割れとはいえ、勘太はまだ十七、八の年齢だ。
子供の頃、熊野に身を隠した自分と、一緒に育った七節やその仲間達だって、
一歩間違えば悪の道に足を踏み入れていたかもしれない。そんな思いが、七節に
わざわざからくり仕掛けを用意させることとなった。
慣れない酒が効いたのか、勘太は千鳥足で家路へと向かった。

両国橋を渡る時には、球状の橋に足を取られ、欄干にしがみ付きながらやっとの思いで渡り終えたが、一ツ目橋付近で立小便をし終えると、今度は吐き気を催すようになった。顔から血の気が引いて行き、身体に力が入らない。

「げー、げー」

せっかくのご馳走を洗いざらい吐き出し、気分が落ち着くのを待って、ようやく地べたに這いつくばった身体を起こしかけた時、

「こーん」

という鳴き声が、酒で鈍くなった勘太の耳にも聞こえた。

「なんだ?」

朦朧《もうろう》とする意識の中、勘太が周囲に目をやると、何やら得体の知れぬ者が、自分の周囲をくるくると回っている。正体を探ろうにも、目まぐるしく動き回る姿に目がついて行けない。

いきなりそいつの動きが止まった。

狐だ。

暗闇の中、一匹の狐が空中に顔だけを晒《さら》していた。しかも、狐は瞬時に移動し、その都度、勘太を見据えるのだ。闇の中でも不気味に光る狐に怯え、ついに

勘太は腰を抜かしてしまった。そこへ、狐とは思えぬ不気味な声が襲い掛かった。

「我は夜叉じゃ。悪行を見過ごせぬ夜叉じゃ。お前の胆《きも》を食わせい」

「ひえー」

使い走りとはいえ、雇われ先は瓦版屋だ。勘太はたちどころに夜叉と信じた。

空中に顔だけを晒し、身の毛もよだつ不気味な声で、「胆を食わせろ」と要求する狐に、疑いもなく夜叉であると信じた。

今は自分が泣いていることにも気づかず、勘太は夜叉に向かって手を合わせると、身体中を震わせながら命乞いをした。

「ど、どうかお助けください。俺は言われるまま手伝っただけなんだ。ま、まさかあんなことになるとは思ってもいなかったんだ」

「お前のせいで、罪もない娘が命を絶った。その娘の霊魂を慰撫する為にも、お前の肝を食ってやらねばならぬ」

「お、お助け下さい。わ、悪いのは大神様でございます。俺はあの娘がいる場所に連れて行っただけで、まさか命まで奪うとは思ってもいなかったんだ」

「この期に及んで、まだ人のせいにするか、浅ましい。娘が死んだというのに、お前は今宵も酒を飲み、再び大神と悪事を働こうとしているではないか」

「大神様とは手を切ります。ですから、命ばかりはお助けを」

「ふふ。どうやら、お前はこの場を逃れれば何とかなると思っているらしい。面白い。ならばお前が何時まで悪事に手を染めずに済むか、見ていてやろう。勘太、次にお前が悪心を起こす時まで、その肝は楽しみにとっておいてやろう」

恐ろしい夜叉が自分の名を呼んだことから、勘太はこの化け物が自分に取りついて離れないことを悟った。そして地面に額をこすりつけると、夜叉への誓いというより、自分に言い聞かせる為、幾度も幾度も呟いた。

「もう二度としません。二度としません」


平右衛門町にある二階建ての長屋、そこが乙松の借りている家だ。

柳橋でも一、二を争う売れっ子芸者の為に、置屋は半玉のお梅の他に下女を一人住まわせていた。矢鱈口の回る婆《ばばあ》で、声のでかさが買われてのことであった。

そこへやって来たのが乙松の弟辰蔵だ。先日、同心の高木に引っ張り回されたことで、思いもよらず顔が売れてしまった。早速心配した乙松に呼びつけられることになったのだが、辰蔵にとって乙松は、親代わりに自分を育ててくれた大事な姉だ。それ故、いくら無茶をしても乙松を泣かせることだけはすまいと、常日頃から心に決めていたくらいだから、この日はやけに敷居が高く感じられるのも当然のことであった。

浅草御門から天王町へと続く江戸通りに入り、二つ目の路地を折れようとしたものの、そこから先は足が進まない。それでも引き返すわけにはいかず、恐る恐る覗いたところで、お喋り婆と目が合ってしまった。

「あらあ、辰さんじゃないの。姐さん、辰さんがお見えになりましたよお」

思わず、やめてくれと言いたくなるほどでかい声だ。

辰蔵はまるで悪さをした子供のように乙松の家の戸を開けると、乙松がいる二階へと上がって行った。

乙松はかなりやつれた表情をしていた。

「ごめんよ、姉ちゃん」

辰蔵は真っ先に詫びた。姉に心配をかけることが何よりも辛《つら》かったのだ。

「辰ちゃんの顔を見ることが出来て安心したわ。その様子なら、疑いは晴れたということだもの」

そう言った割には、乙松の表情はどこか不安げだ。辰蔵は乙松を心配させたくないあまり、高木には口止めされていた、引き回された理由というのを告げてしまった。

「じゃあ、高木の旦那が下手人を突き止めたいが為、辰ちゃんを利用したっていうことなの。畜生、あの唐変木。ちっとは引き回される人間の身になって見やがれっていうんだ」

「でも、もういいんだ。高木の旦那も後で謝ってくれたし、それに、何より先生は俺のことを端《はな》っから疑っちゃあいなかったんだ。俺に向かって『大変だったな』って慰めてくれた時の一言と温かい目が、『誰一人おめえを疑っちゃあいねえぜ』って言っているように聞こえたんだ」

その時のことを思い出し、辰蔵は「すん」と鼻をしゃくりあげた。乙松もそれに誘われ、もらい泣きをした。

辰蔵が殺された娘のことを話し出したのは、遺体に取りすがって悲しんでいた武士の気持ちが、もしも乙松だったらという、自分と重なったことが引き金となっていた。

「でも、女を殺《あや》めるなんて、俺には絶対許せねえ。まだ若い身空だっていうのによお」

「辰ちゃんはその娘さんの遺体を見たんだね」

「ああ、水を飲んでいねえから、顔も膨れ上がっちゃいなかった。びっくりするほどきれいな娘で、小格子の小袖を着ていた」

辰蔵は、娘の遺体を思い出しながら言った。乙松が何かを思い出したのはその時だ。

「小格子？　辰ちゃん、その娘さんは格子の小袖を身に着けていたって言ったかい」

「そうだよ。姉ちゃん、何か思い当たる節でもあるのかい」

「まだわからないけど、その娘さん、身元はわかっているんだよね」

「ああ、何でも下谷廣徳寺《こうとくじ》前に住む御家人の娘だそうだ」

乙松がいきなり真顔になってしまったことで、気持ち辰蔵の返答にも不安が入り混じった。

心配そうに乙松の顔を見詰め、反応を窺う。その乙松が首を横に振った。

「下谷ねえ。だったらあたしの知っている娘さんじゃないわ。廣徳寺前なら、下谷稲荷が近くにあるものね。小格子を着ていて、綺麗な娘さんっていうから、もしかしてその娘さんかもしれないと思ったんだけれど、下谷に住んでいる人が、妻恋稲荷に行くはずはない。辰ちゃん、今言ったこと忘れてね。あたしの思い過ごしって奴だから」

乙松は妻恋坂で見かけた娘がその娘でないことを祈りつつ、娘に対し、なんて不吉なことを言ってしまったのだろうと申し訳ない気持ちになった。

二

未だ蒸し暑さの残る八月末の午後。

神田明神下にある控次郎の長屋を、勘定奉行根岸肥前守《ねぎしひぜんのかみ》の家臣木村慎輔《きむらしんすけ》が訪ねてきた。

「控次郎殿、夜分、恐れ入る。まだ娘御はお戻りにならぬと思い、伺いました」

慎輔は控次郎の顔を見るなり、嬉しそうに言った。しかも月の後半には、沙世がいないことまで知っていた。

「何でも知っていやがるんだな、おめえは」

控次郎が呆れ顔で言ったが、慎輔は気にも留めない。むしろ、こういった会話を楽しんでいるようにも見える。

「お奉行の方針で、江戸市中で起こることは逐一耳に入ることになっております。とまあそこまでは申しませんが、当方の諜者が余程《よほど》控次郎殿を気に入っているらしく、何かと控次郎殿の様子を伝えるのです」

「そいつに言っておいてくれねえか。俺は何が嫌いと言って、人に嗅《か》ぎ回られることぐらい嫌いなものはねえんだ」

「わかりました。今度会ったら言っておきます。控次郎殿がよろしく言っていたと」

「そう来たかい。よし、わかった。折角《せっかく》来てもらったが、俺はこれからおかめに出向くつもりでいたんだ。その荷物を持って、さっさと帰んな」

「娘御がいない間も、毎日おかめに出向くような真似は控えると、娘御に約束されたはずでは」

「腹の立つ野郎だな。そんなことまで知っているのか」

「ですから、今日はここで飲みましょう。今日は鍋ではなく、酒と栄螺《さざえ》を持ってきました。私が焼きますから、控次郎殿は食すだけで結構ですよ」

「厭《いや》なこったい。どうせあの爺さんから何か仰せつかって来たに決まってらあ。

俺はおかめに行くぜ」

「確かに肥前守様からのお言伝《ことづて》も預かっておりますが、基本的には控次郎殿にお伺いしたき儀があるからだと聞いております。それゆえ、話の合間に食すよう、斯くも立派な栄螺を用意した次第です」

そう言うと、慎輔は手桶の中に入った栄螺と、風呂敷に包んだ徳利の酒を控次郎の前に差し出した。

「確かにでかい栄螺だ。こいつを焼いて醬油と酒を垂らして食ったら堪らねえだろうな。慎輔、いっそのこと、こいつをおかめに持って行って焼いてもらうってえのはどうだい」

こんな暑い中、武士である慎輔に火熾《ひおこ》しをさせるよりはと、控次郎は気遣ったつもりだったが、慎輔は首を横に振った。

「無理ですよ。お奉行からのお言伝というのは、ほとんどが旗本に関する事ばかりです。居酒屋で飲みながらする話ではありませんから」

それでも、一瞬心が揺れ動いたらしく、言葉の最後には若干の無念さを滲ませていた。

四半刻（三十分）ほど経った頃、外で火熾しをした慎輔が、七輪を提《さ》げて家に入ってきた。

七輪の上に金網を載せ、その上に栄螺を二つ載せると、それだけで網の上は一杯になった。焼けるのを待ちきれぬ控次郎が、徳利の酒を二つの湯吞に注ぎ、そのうちの一方を慎輔に差し出すと、それを機に、慎輔は肥前守からの託《ことづ》けを話し始めた。だが、肥前守が控次郎に尋ねたい話というのは、どれも初めて耳にすることばかりであった。

「確かに妙だな。肥前守様が言われる通り、旗本なんてえ者は身を粉《こ》にして働いたりはしねえが、お役を返上したりはしねえや。病気を理由にするときは怠け癖を発症した時だが、それでもお役を返上することだけは絶対にねえ。慎輔、そんなことが実際に起きているってことかい」

「そうなのです。初めは御徒組支配役の旗本に限られていたのですが、今や御先手組にまで及んでいるのです。そのような噂を控次郎殿は聞き及んではおられませんか」

「噂ねえ」

控次郎は答えたが、明らかに生返事だ。旗本の身分を捨てて市井《しせい》で暮らすことを選んだ控次郎にとって、旗本がお役を返上したところで、さほど興味がおきなかったこともあるが、それ以上に目の前の栄螺がぐつぐつと音を立て始めていたからだ。

「おい、慎輔。そろそろ酒と醤油を垂らしてもいい頃じゃねえか」

問われた慎輔も、つい釣られた。

「あ、本当だ。控次郎殿、まずは酒を数滴、その後で醤油を適当に。ああ、駄目ですよ、そんなに垂らしては」

「うるせえぜ。おいらのことは何でも調べ上げているんだろう。だったら、こういったことに、まるっきり疎《うと》いってこともわかっているんじゃあねえのか」

「居直るのは止めてくださいよ。全くどういう育ち方をしたんですかねえ。親の顔が見たいもんだ」

「何でも親のせいにしちゃあいけねえや。いくら仕込んだところで、倅の出来が悪けりゃあそれっきりよ。おっ、いい匂いがしてきやがったぜ、慎輔、話は後にして、まずはこいつをやっつけようぜ」

いうが早いか、控次郎は栄螺を手拭で摑むと、小柄《こづか》で蓋《ふた》の片側を強く押した。

さらに栄螺の蓋が傾いた所に指を差し入れて、鮮やかに身を取り出した。

慎輔はその様子を呆れ顔で見た。

料理を作るのは苦手なくせに、食べる段になると妙に器用になる。何と身勝手な男だと言わぬばかりの表情だ。

控次郎を真似て慎輔もやってみたのだが、これが意外に難しい。

必死に小柄を指すものの、ぴったりと殻《から》に挟まった栄螺の蓋はびくともしない。

見かねた控次郎が蓋を取ってやると、慎輔もようやく自分が持参した栄螺にありつくことが出来た。

「旨《うま》いですな、栄螺って奴は。控次郎殿、この肝の部分が緑色の奴と、茶色の奴があるのはどうしてなんでしょうね」

「黙って食え」

鈍《どん》くささをごまかすべく、慎輔が話を変えるのを控次郎は一蹴した。

それでも、

「もっと焼きましょうか」

控次郎が頼みを断れなくなる分の栄螺を食べさせたい慎輔は、手桶の中から次なる栄螺を摑みながら言った。だが、控次郎は家の外の様子が気になるらしく返事もしない。慎輔が視線の先を追うと、確かに人の気配がした。それも一人や二人ではない。何人もが控次郎の戸口に立って、中を窺っている様子だ。

控次郎が立ち上がって腰高障子を開けると、そこには鼻を突きだし、せめて匂いだけでもと嗅ぎまわる長屋の住人達が押しかけていた。貧乏長屋では隣家の話し声さえ聞こえるほどだ。ましてや栄螺を焼いた匂いが伝わらぬはずはなかった。

控次郎は残った栄螺を手桶ごと、長屋の住人達にくれてやった。

「これしかねえんだが、適当に分けてくんな。その代わり、次に来た時には頭数分揃えて持ってこさせるからよ」

奥で聞いている慎輔がさぞかし面食らうだろうと、聞こえよがしに言った。

肴の栄螺は無くなったが、これだけ言いたいことを言い合えば、話もしやすくなるというものだ。慎輔は先程までとは打って変わり、対等な立場でものを言うようになった。

「控次郎殿は旗本を捨てた方です。それゆえ旗本の話に興味が湧かないのも無理からぬことでしょう。とはいえ、御家人が旗本を押しのけて幕府の定めた秩序を乱すとなれば、これは明らかに謀反です。先程も申しましたが、御徒組や御先手組では、組頭を中心に御家人達が結託して、支配役である旗本を無実化している動きがあるのです。控次郎殿、本日拙者が肥前守様より託かった話というのは、近頃頓に御家人の間で『抱替』という転出が行われていることを、控次郎殿が聞き及んではいないかということなのです」

　慎輔の言う抱替とは、御家人が他の役職に就きたい場合、今の役職の上司と転入先の上司とが認めるならば、新たな役職に就くことが出来るというものだ。ただし、それを行うに当たっては、病気を理由に一旦役職を退かねばならない。つまり、一旦無役となってから他の役職に就くということになる。それゆえ、余程信頼できる上司に恵まれなくては抱替を希望する者はいなかった。

「聞いたことはあるが、実際にそれをやったという話は聞いちゃあいねえな。本当にそんなことがあったのか」

　控次郎が信じられぬといった表情で訊いた。

「あった所の話ではありませんよ。御先手組の旗本が病気を理由に役職を退いたのも、元々は抱替により、御徒組からお先手組へ御家人が流れたのが理由だそうですよ」

「だそうですというからには、憶測の域を脱していねえともとれるだろう」

「その通りです。今のところは肥前守様の憶測にすぎません。ですが、先程控次郎殿も言いましたよね。実際に行ったという話は聞いたことが無いと。つまり、普通では有り得ないことなんです」

「確かにな。それで肥前守様はどのように考えておられるんだい」

「何者かが、陰で糸を引いていると」

「ふうん、それで俺にそんな話を聞いていないかと、わざわざ数少ねえ栄螺を持って確かめに来たってことか」

「何を言われる。あの栄螺の大きさをご覧になったでしょう。あれは控次郎殿の為に、はるばる房州《ぼうしゅう》から取り寄せたものですよ。漁師の手間賃だって、馬鹿にならないんですから」

「悪かったよ。頼んでもいねえのに、余計な散財をさせちまったな」

「ですから、せめて食べた分だけは働いて貰わないと」

「働く？　俺が知っているかどうかを聞きたいって言ってたんじゃなかったか。慎輔、ならば教えてやるぜ。生憎《あいにく》おいらは何も存じ上げちゃいませんとな」

控次郎が言うと、慎輔は大袈裟に肩を落として見せた。控次郎が、ざまあみやがれとばかりにそっぽを向くのとは対照的だ。

慎輔はいかにも大儀そうに体を起こすと、風呂敷包だけを懐《ふところ》にしまい、重い足取りで戸口へと向かった。

演技とはわかっているが、それでも放っておけないのが控次郎の人の良さだ。

「しょうがねえなあ。一応当たっては見てやるが、過度の期待は禁物だぜ」

栄螺を食った手前、控次郎は言わなくても良いことを口にした。

慎輔は即座に振り返り、満面に笑みを浮かべながら言った。

「五日後の晩にお伺いしますので、何卒《なにとぞ》よしなに」

木村慎輔には程よい返事をしたものの、いざ当たるとなると、控次郎にその伝手はほとんどなかった。あるとすれば、田宮道場の門弟の中に、御家人の子弟が交じっていることぐらいだが、まさか子供に組屋敷の内情を教えろとは言えない。控次郎は今更ながら、変なところで気弱になる己を悔《く》やんだ。
——畜生、どういう訳だか知らねえが、あいつが持ってくるものは皆旨そうに思えちまうんだ
本来控次郎は酒を呑んでも酒の肴には手を付けない。そう考えると、金が有り

余っているのをいいことに、美食家である肥前守の企みにまんまと乗せられた自分が腹立たしくなった。

——仕方がねえ。食っちまったのは事実だし、残った栄螺も長屋の連中に分け与えちまったからな

借りを作りたくない控次郎としては、栄螺の代金に見合う情報は集める気でいたのだ。ところが、その情報は意外な形でもたらされた。

戸口の外にある溝板を意識的に鳴らし、

「控次郎殿、客人は帰られたようじゃのう」

易者姿の蛍丸が顔を出した。

「おっ、わかったのかい」

蛍丸には、高木が見たという下手人らしき男の似顔絵を渡してある。その蛍丸が訪ねて来たということは、最低でも男の手掛かりを摑んできたに違いない、と控次郎は見たのだ。言い当てられたことで蛍丸の白髭で覆われた顔に、みるみる若々しさが蘇ってきた。

「見つけました。そして陰で糸を引いていた黒幕の正体も突き止めました」

「ありがてえ。双八に代わって礼を言うぜ。これで娘の霊も浮かばれる。いや、

あの娘だけじゃねえ。娘の遺体を前にして、悲痛な思いを堪えていた生方っていう御家人にも知らせてやることが出来る」

その時の光景が目に焼き付いて離れない控次郎が蛍丸に礼を言った。控次郎は自分がお袖を失ったことで、娘を亡くした生方の辛さが痛いほどわかっていたからだ。

そこで、下手人の手掛かりを見つけた蛍丸に再度礼を言ったつもりだったのだが、意外や蛍丸の表情は硬かった。

訝しさを感じた控次郎が尋ねた。

「どうしたんだい。何か手違いでも起きたって言うのかい」

「いえ、そうではありませぬ。ですが、あの生方という男、控次郎殿が思っているような男ではございませんでした」

「えっ」

「殺された娘の名は紀容、生方の義妹でした。直接手を下したのは、いつぞや新大橋の袂で控次郎殿が打ち据えた大神喩心という深川御徒組の御家人、そして陰で糸を引いていたのが下谷御徒組の御家人生方喜八」

感情を無理やり抑えた声で、蛍丸は告げた。

「何かの間違いじゃねえのか。それとも、おいらの目が節穴だったってことなのかい。蛍丸、確かな証拠を摑んだと思っていいんだな」

どうしても信じられない控次郎が念を押しても、蛍丸の表情は変わらなかった。

未だかつて控次郎に嘘をついたことが無い蛍丸だ。

「説明してくれねえか」

控次郎は力ない言葉で促《うなが》した。

「では、七節が調べ上げた事実についてのみお話しいたします。唯一の手がかりであった似顔絵の男は、柿屋という瓦版屋の使い走りに過ぎません。勘太という十七、八の小僧で、その小僧が言うには、随分と裕福な武士が柿屋に来て大神の居所を聞き出したそうです。この男の正体については、未だ調べがついておりませんが、娘の遺体を川に放り込んだのは大神と見て間違いありません。そこで大神の身辺を見張らせていたところ、大神と一緒に酒を酌み交わす生方を目撃したというのです。控次郎殿、結論から申しますと、生方は娘が邪魔になったのです。そしてその結論に至った裏付けは、大神と生方両名が、近々二人そろって旗本の養子に収まるという事実です」

大神と生方が一緒に酒を呑んでいたという事実については、それ自体生方が陰で糸を引いていたという証明にはならない。だが、その二人が揃いも揃って旗本になると聞かされては、控次郎も生方を疑わないわけにはいかなくなった。

自分に人を見る目がなかっただけのことだ。と、控次郎は自分に言い聞かせた。

三

小名木村にある和泉屋の別宅から一町ほど離れた場所に、新たな和泉屋の寮が建てられた。そこには、滑川によって集められた浪人者や武芸者達の大半がたむろするようになったが、そのすべてが大神に忠誠を誓っていた。利助から預かった金と、大口屋から巻き上げた金を惜しげもなく分け与えていた為、金に釣られてやってきた者達が大神に忠誠を誓うのは当然と言えた。

一方、元からあった別宅を束ねるのは、すでに職を辞し、浪人となった生方喜八だが、こちらは鎧三蔵以外に信頼できる者がいなかった。

その三蔵が北側にある奥座敷を居処としている生方の所にやって来た。

「どうにもいけませんなあ。新屋敷の方は相当に意気が上がっておりますぞ。それに比べて、こちらにいる者達は、まるで外れ籤《くじ》でも摑まされたようにしけた面《つら》をしております。しかしながら、敵の大将が人徳を供えているとは到底思えませんので、大方盟主から預かった金をばら撒いているのではないかと某は思うのですが」

歯に衣を着せず論《あげつら》う三蔵を見て、生方は微笑んだ。

「鎧、お主は観相の心得もあるのか。大神さんに人徳がないことがどうしてわかるのだ」

「某にも二つの眼がついております。よって、あのように傲岸《ごうがん》不遜《ふそん》な輩は嫌いでござりますゆえ」

「そうか、ではわしとは少しばかり違うな」

「違う？　まさかあの男を認めておられるとか」

「認める筈があるまい。なぜなら、わしはあの男が大嫌いだからだ」

生方の洒落《しゃれ》っ気たっぷりな答え方に、三蔵は手を打って喜んだ。

「やはりそうでしたか。いや、武士ならそうあるべきです」

我が意を得たりと三蔵は生方を称えたが、その後で自身の中に溜めこんでいた不審の念を生方に漏らした。

「盟主は、何故あのような人物に新屋敷をお任せになったのでしょう」

一瞬、生方の表情に戸惑いの色が見て取れた。

だが、三蔵は動じない。

どうせ一度は聞いておかなければならないことだ。ならば、生方が大神を悪《あ》し様《ざま》にこき下ろした今が聞き時だと考えたのだ。

生方は迷った末、三蔵に告げた。

「盟主が決めたことではあるまい。あのお方が大神の様な人間を仲間に加えるとは思えぬし、この屋敷に集まったごろつき共も然りだ。おそらくは、滑川師範が勝手に決めたことだとは思うが、直接師範に考えを聞かないうちは、どうすることも出来んのだ」

「わかり申した。生方殿がそうお考えであるのなら、それで結構でござる。某は生方殿に従うのみ」

「そうか、だが金はやらんぞ。盟主からお預かりした金は、事を起こすときの為だからな」

「ははは、某はすでにお島を頂戴しております。その上金をくれとは申しませぬが、実は少々新屋敷の様子が気になりましてな。生方殿には内緒で、新屋敷に間者を送り込ませております。その者達は無償で生方殿のために働く所存でおりますが、事が成就した暁《あかつき》には、何卒その働きを認めてやっていただけたらと願う次第でござる」

「ほう、そのような手を打ったか。三蔵、お主もなかなかの策士よな。だが、その者達は信用できるのか」

「無論、と言いたいところですが、正直某にもわからないのでござる。まあ、いないよりは増しかと思い、探らせて見たのでござる」

どこまでがすっ惚けで、どの辺りまでが真面目なのか、皆目わからぬ三蔵であった。


小名木村の新たなる屋敷に収まった大神は、まるで旗本になった気分で芸者衆を侍らし、夜ごと酒盛りを繰り返していた。

酒盛りに加われるのは、深川御徒組からお先手組に転入し、高増となった御家人二人。そしてごろつき連中の中でも、いち早く大神に諂《へつら》い始めた鎖鎌の十文字龍斎のみが末席の参加を許されていた。

大神が龍斎を選んだ理由は単純だ。第一に、金さえ与えれば言いなりになること、そして次なる理由は、仲間達から嫌われていることだ。

金になることなら何でもする人間は、今の大神にとって得難いものであり、そのうえ仲間がいないとくれば、邪魔になった際には、密かに始末をしても騒ぎたてる者がいない、という理由からだ。

自分がそんな危険な状況にあるとも知らず、龍斎は大神から盃を受けると、恭しく押し頂きながら、幾度となく忠誠を誓った。

酒を呑む所作、しまりのない口元、そして盗み見るような視線と、そのすべてに卑しさが漂う。信じ難きは、ちらちらと盗み見る割に、相手の思惑が読み取れないことだ。大神の放つ明らかな蔑《さげす》みの視線さえ見落としていた。

「我らが目指すは、この理不尽なる制度を正す改革である。格式の高い家に生まれたというだけで要職に就き、非才を恥じることなく政《まつりごと》を行う、斯くのごとき輩を誅し、真に国を憂《うれ》う有志を持って政務に当たらせるのが我らの使命だ。そのことは進んで我らに加わったお主ゆえ、異論はないと思うが、十文字龍斎、それに相違ないか」

「そ、相違などござらぬ」

「なれば、お主の誠忠ぶりを我らに見せてはくれぬか」

「手前はすでに滑川同志、大神同志に命を託した身、如何様なる務めも果たす所存でござる」

龍斎が胸を張って答えると、それを予期していたかのように、御先手組与力となった石川《いしかわ》という御家人が言葉を継いだ。

「うむ、実に潔《いさぎよ》い御仁である。十文字殿こそ真の武人。大神殿、拙者は十文字殿ならば、必ずや我らの崇高なる使命に、強大な手助けをしてくれるものと確信いたした」

石川の言は、龍斎の自尊心を煽《あお》る上で、遺憾なく効果を発揮した。意図的に持ち上げられたとは思わず、龍斎は大神に自分が果たすべき役割を尋ねた。

大神が重々しい口調で職務を告げる。

「我らが番方五役を支配下に置く為にも、有名無実な旗本は誅戮《ちゆうりく》せねばならん。それゆえ、お主が為すべき仕事は、遊興に耽り、好色三昧の限りを尽くす旗本どもを釣り上げる餌を確保することだ。これは我らが改革を為す上で、欠かす事が出来ぬものと知れ。くれぐれも言っておくが、大事を前にして、小事を気にしてはならぬ」

目的の為には手段を択ばず。大神の言わんとする所を悟った龍斎は、自らが追い込まれた状況に驚き、思わず生唾《なまつば》を飲み込んでしまった。

成功報酬が二十五両と聞かされ、さらには必要な人選をも任された龍斎だが、これまでの人も無げな振舞いが災いし、接触を試みるも相手にしてくれる者は誰もいなかった。このままでは役目を果たすことが出来ない。思い余った龍斎は、一度も言葉を交わしたことが無い平河兵馬《ひらかわへいま》という男に白羽の矢を立てた。

平河は、無外流の遣い手である山辺源之亟《げんのじょう》が三蔵に敗れた際、勝者である三蔵が相手を気遣ったことに腹を立てた臍曲がりだ。しかも生方から通常の倍はある二十斤の槍を渡され、よろけるという醜態を晒したため、仲間達から馬鹿にされ、新屋敷の中では自分同様孤立している男でもあった。

どうにもとっつきにくい男で、龍斎も話を持ちかける都度不快な思いをさせられた。結果、手伝うことを承知させるために、龍斎は成功報酬の内、十両を差し出すことになった。

龍斎と兵馬が初めに向かった場所は、蔵前にある札差大口屋であった。そこで大神の名を出すと、店の手代が主の重兵衛から託けを預かってきた。

浜町河岸にある船宿「宵浜《よいはま》」に行き、そこで今一度大神の名を出せとのことだ。

そこで、言われた通りに宵浜に出向くと、二階に通された。

待っていたのは滑川典膳であったが、障子を開けて中に入ることは許されなかった。用心深い滑川は、たとえ相手が使い走りであろうと顔を合わせるのを嫌ったのだ。さらに滑川は言う。

「お主たちにしかと申しておく。わしがこの船宿にいることは大神にも伝えてはならぬ。万が一喋った時には、命を落とすことになる。そしてもう一つ、お主らはもう後戻りは出来ぬ。命じられた役目を果たさぬ限り命は無いのだ。その代わり、見事役目を果たし終えたならば、それ相応の褒美を取らすつもりだ。では、両名の者、心して我が命を聞くが良い」

感情を表に出すことなく、滑川は淡々とした口調を用いた。それに引き換え、大神でさえ口にしなかった、「しくじれば命がない」と聞かされた龍斎は、顔面蒼白となり、返事をすることさえままならぬ状態となった。その横では、持ち前の反骨心からか、仏頂面《ぶっちょうづら》をした平河兵馬が胸を張り、見えぬ滑川を障子越しに睨みつけていた。

「お主たちにやってもらう仕事は、御家人の中でも末端である伊賀《いが》者との繫ぎ役だ。わずか三十俵ほどの役料しか貰えぬ伊賀者は金になりさえすればどんなに危ない仕事でも引き受けるが、その分食わせ者も多く、こちらが器量の良い娘に限ると命じても、とんでもない凝《まが》い物を連れてくる連中だ。よって、お主たちには伊賀者が勾引《かどわ》かしてきた娘の吟味《ぎんみ》をしてもらいたいのだが、その際には決して顔を晒さぬよう気を付けよ」

「あ、あの、今勾引かすと申されましたか」

「そう聞こえなかったか。わしは聞き返されることを好まぬ。以後は肝に銘じておくが良い」

「申し訳ございませぬ。仰せの通りいたしますが、そのう、娘の器量とは、どの程度でございましょう」

「程度か。そうよな、お主が思わず震い付きたくなる程度と言ったらわかりやすかろう。それともう一つ、伊賀者には言っておいたが、娘の気性についても確認する必要がある。下手に自害でもされては困るのだ。何が何でも恨みを晴らさずにはおかぬ気の強い娘でなければならぬ」

「承知いたしました。では、さしあたって我らが出向くのは何時からでございましょう」

「明晩、場所は隅田村、真崎《まつさき》の渡しの向かい側だ。お主たちは娘が注文通りの娘であることを確認したら、すぐに引き揚げるのだ。決して人目についてはならぬぞ」

その言葉が退去の示唆と受け取った二人は、早々に宵浜を後にした。

四

大川の夕涼みが終わりをつげ、半月ほどが経った。

九月十三日の後見月を翌日に控えた控次郎の家では、沙世が団子づくりに追われていた。

「おめえ、一体幾つ作るつもりなんだい。後見月の団子は十三個と決まっているじゃあねえか」

盆の上に出来上がった団子は、とうにその数を超えていた。どうせ長屋の子供達が食べる分まで作っているんだろうと思いながらも、控次郎がからかい半分で尋ねると、

「前回、十五日に作ったお団子は、子供達に全部食べられてしまいました。翌日、万年堂に戻ってその話をしたら、お祖父様や御祖母様が甚く残念がって、次こそ食べさせて欲しいと言われたのです。ところが、その数日後に百合絵様が訪ねていらしたので、沙世はまたその話をしてしまったんです。あ、父上。次の里芋が蒸し上がってはいませんか」

先程から、二度にわたって里芋の蒸し具合を見張らせていた控次郎に、ちゃんと番をしているのかと心配になった沙世が、大量の団子を作る理由を説明しつつ尋ねた。

「えっ、七五三《しめ》の所の分まで作るのかい」

「そうです。七絵《ななえ》様だって、白玉粉と里芋で作ったお団子なら食べられるでしょう。ですから頑張らなくては……、それよりも父上、ちゃんと火の番をしてください」

「おめえ、近頃誰かの影響で、おっかなくなってきやしねえかい」

「誰かとは何方ですか。百合絵様ですか、それとも美佐江様ですか」

「美佐江さん？　ということは如水先生の娘さんもおっかねえのかい」

「でしたら、百合絵様を指して言ったのですね」

「まあ、そういうことなのかなあ。だが、そいつは内緒にしてくんな」

「知りませんよ。もうじき百合絵様がいらっしゃいますから、その時の具合で決めることにします」

「おめえ、いつの間にか、随分と恐ろしい娘に育っちまったんだねえ」

控次郎がぼやいた途端、それまで必死で堪えていたのか、沙世がこれ以上は無理とばかりに声を上げて笑い出した。

今まで聞いたことが無い沙世の笑い声だ。

すると、その声につられたのか、長屋の子供達が続々と家の中に入ってきた。

沙世は盆の上に並べてあった団子を三方に積み直すと、一番年長の子に差し出して言った。

「仲良く食べるんですよ」

隣では、大して年も違わねえのにと、控次郎が含み笑いをしていたが、沙世は素知らぬ顔で子供達を外に送り出した。

蒸し上がった里芋を杓文字《しゃもじ》で丁寧に潰すと、そこに白玉粉を混ぜ、沙世は再び団子を作り始めた。心持ち沙世の表情が険しく感じられるようになったのは、果たして百合絵が来るまでに出来上がるか、と心配になったせいだろう。

沙世は一言も口を利かず、黙々と団子作りに没頭した。頼りにならない父親を見限り、自分一人の力でやり遂げようと決心したのだ。

そしてついに沙世は万年堂と七五三之介《しめのすけ》の屋敷に持って行くだけの団子を作り終えた。

「やったな、ものの見事にやり終えたじゃねえか」

控次郎が称えると、沙世は嬉しそうに笑った。疲れ切った表情の中に、無事にやり遂げたという安堵感が入り混じっていた。

沙世は上がり框《がまち》に腰を下ろすと、満ち足りた表情で控次郎を見上げた。

父と一緒に月見団子を作る。夢のような時間を共有できたことが喜びとなって、沙世の表情に表れていた。

控次郎がその眼差しに答える。

「お袖に見せてやりてえぜ。いや、お袖に限ったことじゃあねえ。これを見たら、万年堂の祖父様達も七五三《しめ》の家族も吃驚《びっくり》することだろうぜ」

慈愛に満ちた言葉を投げかけられ、沙世は暫し目を瞬かせていたが、急に何かを思い出し、不安そうな表情を浮かべた。

「どうしたい、ん」

訝しさを感じた控次郎が尋ねると、

「でも、七絵様が召し上がっても大丈夫でしょうか」

沙世はまたしても「七絵様」と口にした。七五三之介《しめのすけ》の娘である以上、沙世とは従姉妹《いとこ》同士の筈だ。

一度目は控次郎も聞き流したが、流石に二度目となると控次郎も気になった。

「七五三《しめ》の娘だから、おめえの従妹じゃねえのかい。それに、七絵はまだ赤子じゃねえか。何も様をつけて呼ぶことはねえやな」

事も無げに言った控次郎だが、沙世の口からは思いもよらぬ答えが返ってきた。

「でも、沙世は町人ですから」

控次郎は、背後からいきなり頭を殴られた思いがした。

旗本の身分を捨て、これまでの人生を自由気ままに生きて来た自分が、あろうことか、このような形で娘に身分の違いを意識させていたとは思いもよらなかったからだ。

沙世に言われ、今初めて控次郎は気付いた。確かに自分は七五三之介の兄で、佐奈絵から見ても義理の兄だ。そして旗本の身分を捨てたとはいえ、自分を知る者は皆それなりの対応をしてくれる。だが、沙世はどうだ。万年堂の娘お袖を母に持つ沙世が町人社会の中で育ってきた以上、いくら、控次郎の娘であっても世間は沙世を町人としかみてくれない。傍から見れば大して変わりはないように思うだろうし、実際控次郎もそう考えていた。だが、その立場に置かれた人間には、限りなく大きなことなのだ。控次郎は己の愚かしさを思い知らされた。身分制度が確立した社会で武士を捨てるのならば、武家社会との縁をすべて断ち切らなくてはいけなかったのだ。それをしなかったが故に、武士と町人の狭間で暮らさねばならない娘に、あのような自分自身を卑下する言葉を使わせてしまった。

——すまねえ

控次郎は胸の中で沙世に詫びると、せめてもの償いに、これからは沙世と向き合うことを決意した。

「そうだな、沙世はお袖の娘だから町人だな。そしておいらも旗本を捨てて市井で暮らしているんだから、武士とは言えねえな。よし、わかった。沙世が七絵様と呼ぶように、おいらも七絵殿と呼ぶことにするぜ」

控次郎の言葉を聞くと、沙世は悲しさとほんの少しの喜びが入り混じった複雑

な表情になった。それでも、

「おめえは俺の娘だ。そして俺はおめえの親父だ。この先どんなことが起ころうと、俺達は死ぬまで一緒の身分だ。沙世、それでいいかい」

控次郎の口からはっきりと誓いの言葉を聞かされた瞬間、沙世はまじまじと控次郎を見詰め、何度も何度も頷いた。

そして、この日を境に沙世は変わった。

これまでは万年堂に出向くとき、幾度も振り返り、不安そうな目で控次郎を見ていたものが、今日は、一言「行って参ります」と断っただけで、一度も振り返ることなく長屋を後にした。控次郎には、却って付き添い役の百合絵の方が幾度も振り返っていたように感じられた。

日中は陽が射していたが、八つ（午後二時）を過ぎた辺りから、次第に空が黒雲で覆われ、夕方には本降りとなった。

こんな雨の中おかめに出かけた所で、どうせ常連客は来るはずもないし、自分一人の為に店を開け続けさせるのも気の毒と、控次郎は外出を控えていた。

夜に入っても雨は収まるどころか、激しさを増していた。おまけに雷まで鳴り始めた。

稲光が閃《ひらめ》き、すぐその後で耳をつんざく雷鳴が轟《とどろ》いた。刹那、長屋の壁越しに、雷鳴に驚き泣き叫ぶ子供の声が聞こえた。恐怖に怯え、子供はまるで火がついたような勢いで泣き叫んだ。

貧乏長屋では、隣の様子が手に取るように伝わる。子供を宥《なだ》めようと、子供と一緒に頭から布団をかぶり、幾度となく「大丈夫だよ」と必死で言い聞かせる母親の様子まで伝えた。母親は、思いっきり子供を抱きしめてやったらしく、子供の泣き声はすぐに止んでしまった。

――当然のことだよな。子供が泣いてりゃあ、何を置いても助けようとするのが親ってもんじゃねえか
控次郎は、隣家の母親が見せた情愛の深さに比べ、これまで自分が行ってきた所業がいかに非情であったかを、嫌というほど思い知らされた気がした。

雷は依然として鳴り響いていたが、控次郎はわずか三畳ほどしかない畳の間に端座し、両手を膝の上に置いた。

目を閉じると、途端に町人の娘だからと言った沙世の悲しげな表情が脳裏を占めた。まさか沙世があのような気持ちを抱いていたなどと、一度として考えもし

なかった自分の馬鹿さ加減が腹立たしかった。
——俺は独りよがりの最低極まりない男だ
己を貶《おとし》める為、控次郎はありとあらゆる罵倒を自分自身に投げかけた。だがいくら己を貶めたところで、沙世の心に刻まれた悲しみの贖罪《しょくざい》には、なり得る筈はなかった。

どのくらいの時が経っただろう。

自分を責め続けていた控次郎の耳に、大地を叩く雨音とは別の物音が聞こえた。

激しい音ではない。どちらかと言えば、叩きつける雨音を吸収する様な優しい音だ。何気に控次郎が戸口に目をやると、それに合わせるかのように稲光が走り、腰高障子にその者の影を映し出した。ほんの一瞬ではあったが、控次郎にはその者が蓑笠を着けた蛍丸であることがわかった。

控次郎が戸を開けて、身体中ずぶぬれになった蛍丸を迎え入れると、

「こんな遅くに押しかけたこと、申し訳なくは思っておりますが、一刻も早くお知らせしたくて雨の中参りました」

普段とは違う、思いつめた表情で蛍丸は言った。

「いいってことよ。それよりも、濡れたままでいたら風邪をひくぜ。おいらの着物に着替えたらどうだい」

控次郎が二着しかない着物の一着を貸そうとしたが、蛍丸は辞退した。

「大丈夫です。ご報告に来ただけですから、すぐに帰ります」

蛍丸も同じ長屋の住人だ。無理に引きとめるよりは、さっさと用件を聞き、帰してやったほうが良いと、控次郎もそう思い直した。

「そうかい、じゃあ、話してくれ」

「先日、お話しした生方という御家人のことですが、七節の調べで、生方と大神が小名木村にある和泉屋の二つの別宅を私物化し、互いに行き来する間柄であることが判明しました」

「やはり、おめえの言った通りってことか。ともに旗本の養子に収まることと言い、同じ穴の狢《むじな》とみて間違いなさそうだな」

「そう思います。ですが同じ悪党でも生方の方がより性悪《しょうわる》です。生方は己が出世のために、義理とはいえ、妹まで手に掛けたのです。控次郎殿、私は生方を許せません。今一度夜叉になって生方に天誅《てんちゅう》を加えましょう」

蛍丸の口から発せられた言葉から、控次郎は蛍丸に宿った怒りの激しさを知った。控次郎とてそれは同じだ。その上生方には裏切られたという思いがある。以前の控次郎ならば、二つ返事で蛍丸の誘いに乗ったはずであった。

だが、今の控次郎には、沙世を傷つけたことで自分が取るべき行動に迷いが、生じていた。加えて、先日蛍丸が探し出した下手人一味の存在を木村慎輔に知らせていたからだ。慎輔ならば、その情報をもとに、生方が一味に加わっているかを調べ上げるだろうと控次郎は考えていた。

それゆえ、控次郎は今少しの猶予を蛍丸に申し入れた。

だが、

「何ゆえ、待てと言われるのですか。控次郎殿は、奴らが再び同じことをするまで待つつもりなのですか」

「長くは待たせねえ。俺はある男からの報告を聞いた上で事を起こそうと考えているんだ。ほら、おめえも一度会ったことがあるだろう。勘定奉行根岸肥前守様の家来で木村慎輔という男だ」

控次郎は木村慎輔の名まで出して説得を試みた。七節の調べを信用しないわけではないが、控次郎には未だに生方という人間が悪党とは思えなかったのだ。それゆえ、木村慎輔の報告を聞いてからでも遅くはないと考えていた。

だが、蛍丸から返って来た言葉は、控次郎に対する失望を如実に表していた。

「わかりました。控次郎殿は自重されるが良い。ですが、私は一人でもやります。妹を手に掛けてまで己の出世を目論む生方を見逃したのでは、夜叉に化けてまで悪を懲らしめんとした信念に背くこととなります。控次郎殿、お伝えすることは以上です。では、これにて」

いうが早いか、蛍丸は外に飛び出してしまった。慌てて控次郎が呼び止めたが、蛍丸は振り向きもしなかった。

後日、控次郎はこの時のことを悔いた。蛍丸が生方を異常なほど憎んだ理由が、嫉妬《しっと》に狂った母の言いつけに逆らうことが出来ず、妹の楓《かえで》に辛く当たった自分に重なっていたことを何故気づかなかったのかと。

五

おかめの暖簾《のれん》を勢いよく掻き分けた常連達が、店内の異様な雰囲気に驚き、肩をすぼめながら、次々といつもの卓に座っていった。常連達は一様に、小声で先に来ていた客に理由を問い質《ただ》すのだが、誰一人その理由について答えられる者はいなかった。

それくらい、この日の控次郎は辛気《しんき》臭く思えた。

押し黙ったきり、肴には手を付けず酒だけを飲み続けている。

いつもなら愛想よく話しかける女将も、この日はお手上げといった感じで、板場に掛けられた暖簾の傍から様子を見守っていた。

それでも女将に限らず、客達までが文句も言わず心配そうな目で控次郎を見ているのは、この男が自分達にとって好ましい存在であったからだ。

誰もが小声で話し始めたため、店の中はお通夜のように静まり返っていた。

時折、おかめの末娘お光が入り口付近までやってきて、外の様子を見に来る時の下駄を鳴らす音にも、はっとしたように振り返るほどだ。

お光はこの状況を変えることが出来る二人の客を待っていた。

一人は定廻り同心の高木であり、こちらは田宮道場の後輩ということもあるが、人生の大半を共に過ごした腐れ縁が、互いに言いたいことを言い合える関係を作り上げていた。もう一人は地本問屋播州屋の手代で辰蔵。一見調子の良さだけが取り柄のように思われるが、控次郎の前では真面目で神妙なところも見せられる男だ。その二人のどちらかでも来てくれればと、お光は再三に亘って店の外を確かめに行ったのだが、生憎どちらも姿を見せることはなかった。

常連客が皆帰ったというのに、控次郎は相変わらず塞《ふさ》ぎ込んでいた。

時々、思い出したように酒を口に運ぶが、それを飲み干すと盃を卓に置いたまま、考え込むという繰り返しだ。

何度目かの手酌で、酒がないことに気付いた控次郎が、やっと我に返った。悩みがあるとはいえ、自分一人の世界に入り込んでいたことに気付き、思わず控次郎が苦笑を漏らした時、目の前にある自分の盃になみなみと酒が注がれていった。

いつの間に板場を抜け出したのか、親父の政五郎が徳利を手にしたまま、傍らに座っていた。

「とっつあん、もうそんな頃合いかい。そう言やあ、常連達の姿も見えねえな。もしかして迷惑を掛けちまったかい」

その場の状況を察した控次郎が詫びると、政五郎は黙って首を横に振った。

「たまにゃあ腰を据えて、秋の夜長をじっくりと味わうのも乙なもんじゃあござんせんか。あっしのようなもんが傍にいたんじゃあ、酒も不味《まず》くなるかもしれやせんが」

「とんでもねえぜ。本音を言やあなあ、酒の味なんか全然わからなかったんだ。気が晴れねえから酒に紛らしていただけよ」

「そうですかい。先生に悩みがあるなんて滅多にあることじゃあござんせんや。なんだか、身近に思えて来やしたぜ」

「よく言うぜ。悪御家人に痛めつけられても、一言の相談もしてくれなかった癖によ。だがなあ、今はあの時のとっつあんの気持ちがわかるぜえ。悩みって奴は、決して人に漏らしちゃあいけねえや。聞かされた方が暗い気持ちになるばかりだ。だからよお、とっつあん。俺は悩みを打ち明けたりはしねえぜ」

「わかっていやすよ。それでこそ先生だ。さあ、もう一杯行きやしょう。味なんかわからなくたって、紛らすことは出来るかもしれやせんぜ」

「いけねえなあ、飲み屋に来ていながら、味がわからねえとは、我ながら間抜けたことを言っちまった。とっつあん、よくよく味わってみたら、実に旨い酒じゃあねえか」

前言を翻した控次郎が笑顔で言うと、政五郎も弾けた様に大きな声で笑いだし

た。すると、

「おお、随分と盛り上がっているみたいじゃないですか。遅ればせながら、俺も仲間に入れてもらうぜ」

　暖簾を頭でこすり上げるように同心の高木が店に入ってきた。お光が、「今頃になって」と恨めしそうな目を向けたが、高木にわかるはずもなかった。

「女将、何はともあれ、まずは飯をくれ。今日は一日中走り回されて飯を食う間もなかったんだ。それが済んだら酒だ。お夕、とっつあんはあがっちまったみてえだから、適当に肴を見繕ってくれ」

　矢継ぎ早に注文を出すと、高木は控次郎の正面に座り、改めて控次郎に向き直った。控次郎が「何だ」といった目で高木を見る。

「今朝方、また娘の土左衛門が上がったんですよ。その検死結果と調書を奉行所に提出してきたんですが、ちょうど七五三之介《しめのすけ》殿がいらっしゃいましてね。つい先日も同じような事件があったではないかと言われたんです。それでその通りだと答えたところ、七五三之介殿は私にこう言われたのです。二つの事件に関連性は見られますかとね。そこで私は、まだわからないと答えたんですよ。そうしたら、わからないということは関連性があるともいえる。したがって、第三の事件が起こらぬよう警戒を強めてくれと言われました。と、そこまでなら並の与力でも言えますがね。いやあその後が凄かった」

「おめえ、わざと焦らしていねえかい」

「おや、勘が鋭い。愚兄賢弟《ぐけいけんてい》というのはよく耳にしますが、どうやら先輩は全くの愚兄という訳ではないらしい。いいですか、七五三之介殿はこう申されたのです。奉行所が犯罪を待つ必要はない。いくら下手人を捕らえたところで、娘を殺された親の気持ちは晴れることはないのだと。どうですか、これが七五三之介殿なんですよ。偉そうにふんぞり返っている他の与力とは大違いだ」

得意げに話す高木の横では、政五郎がさも感心しきった様子で何度も頷き、控次郎はというと、一言「そうだな」と言ったきり考え込んでしまった。

その様子を正面で見ていた高木が、まさか「愚兄」という言葉で拗《す》ねたのではあるまいなといった顔をしたが、控次郎の表情が殊の外険しいことに気付くと、おちゃらけ気分を一変させ、真面目な表情になった。

「先輩、何か思い当たる節でもあるんですか。いや、何か知っているんでしょう」

役目柄、高木の勘は鋭い。控次郎が何かを隠していると、すぐに見抜いてしまった。

控次郎は言葉に詰まった。なぜなら、高木は蛍丸のことを知らないからだ。その蛍丸からもたらされた情報しか知らない控次郎に、情報を開示することはできなかった。

いつになくきつい目で控次郎を凝視している高木を前にして、控次郎もほとほと弱り果てた。渋面を幾度となく造り上げ、苦しげに唇を噛んだ。

悩み抜いた末、控次郎は自分の気持ちを正直に伝えるしかないと結論付けた。それをどう取るかは、高木が決めることだ。

「すまねえ、双八。俺はおめえに隠し事はしたくねえんだ。だが、今はそういう訳にはいかねえ。確かにおめえが睨んだように、俺は事件に絡んでいる人間を知っている。それでも、俺の中ではそいつが下手人でねえことを願っている、もう一人の俺がいるんだ。双八、俺を信じて、今少し待ってやっちゃあくれねえか」

喋り終えた控次郎が高木の反応を窺《うかが》うと、烈火のごとく怒り出すだろうと思っていた高木が、何故か吃驚《びっくり》したような顔をしている。何が高木をそうさせたのだろうと、自分が言った言葉を思い返していると、

「厭だなあ、先輩はすでに下手人にまでたどり着いているということじゃないで

すか。私はこれでも役人ですぜ。その役人が一日中走り回って、似顔絵一枚作るのがやっとだっていうのに。わかりましたよ。先輩にそこまで言われちゃあ、待つしかないでしょう」

「ありがてえ、流石《さすが》は双八だ。そんじょそこらの役人とは器が違わあ」

「煽《おだ》てても駄目ですよ。私は自分の器って奴を知っていますからね。今日の飯代を払っていただければ、それで結構です」

まさに言葉通り、器の小さいけちな一面を高木は披露した。


小名木川と中川がぶつかる辺り一帯が、小名木村と呼ばれる地域である。合流地点には中川番所があり、塩を始めとする様々な物資が小名木川を通り、江戸の河岸まで運ばれるほど、この川はたくさんの船が行き来していた。だが、一度陸路に目を転じれば、まばらに家々が点在する農村にすぎなかった。

夕暮れ時の小名木村は、墨絵のごとき淡い色彩に包まれていた。

広大な田畑には、収穫を前にした稲穂が水を抜かれた状態で垂れ下がっていた。

すでに百姓衆もこの日の作業を終え、田畑には誰もいないと思われたが、水が抜かれた田んぼの畦道《あぜみち》に、麻袋を手にした百姓が一人だけ残っていた。百姓は何かを探しているらしく、広範囲にわたって歩き続けては、時折屈みこみ、左手に提げた麻袋の中に捕った獲物を放り込んでいた。

すでに麻袋の中は、かなりの量が入っているようであったが、百姓はまだ捕り足りないのか、再び辺りを見回した。

百姓の目が鋭く光り、畦道から田んぼの中へと逃げ込む獲物の姿を捉えた。百姓が敏捷《びんしょう》な動きでその首を掴むと、獲物は縞模様の身体をくねらせて抵抗したが、手慣れた百姓の動きに抗《あらが》うことは出来ず、難なく袋の中へと放り込まれてしまった。

作業を終えた百姓は、獲物の詰まった麻袋を草叢《くさむら》に隠し、百姓にしては不似合いの煙管を取り出した。一仕事終えた後の煙草をくゆらしながら人を待つ。まさにそういった観が、百姓の表情からは見受けられた。

暮れかかった空に一番星が見え始めた頃、ようやく、その百姓の傍らに二つの影が駆け寄った。

いずれも山伏姿の男でたっぷりと膨らんだ麻袋を手にしていた。

「七節、小鍬《こくわ》、ご苦労だったな。これだけあれば、敵の数など問題にならぬ。打合せ通りに始めてくれ」

　百姓は二人の労《ねぎら》を労うと、自分の麻袋を彼らに手渡し、着ていた野良着を脱ぎ捨てた。夜目にも鮮やかな白装束姿が目を奪う。だが、七節はその目立ちすぎる装束を気にした。

「蛍丸様、どうしても夜叉になるおつもりですか」

　七節としては、万が一撤退する場面に遭遇した時、白装束では目立ちすぎるという意味で言ったのだが、蛍丸の真意は別にあった。

「そうだ。夜叉は私の姿だ。母を裏切った父、嫉妬《しっと》に狂い、腹違いの妹を虐《いじ》め抜いた母、そして、折檻《せっかん》に耐え切れず泣いて助けを求める妹を打擲《ちょうちゃく》した私と、いずれも鬼の心を持った夜叉なのだ」

「そんなことはありません。蛍丸様は、もう十分に苦しんだではありませんか」

「その苦しめた相手は尼になってしまった。七節、もう私は楓に償《つぐな》うことが出来ない身だ。それゆえ、控次郎殿のように、罪もないのに苦しめられる人達を救いたいと考えたのだ」

「でしたら、控次郎殿が言われるように、今少し待ってもよろしいのではありませんか」

「どれだけ待てばよい。今の控次郎殿は娘御と暮らしているのだぞ。それもやっと親娘になれたばかりだというのに、その娘御から控次郎殿を奪えというのか。七節、小鍬、私達は幼い頃より不幸を背負って生きて来た。親に捨てられ、親に裏切られ、家族の温もりなど知らずに生きて来たのだ。七節、覚えているか。いつだったか、尊師のもとでの修行に音を上げた私とお前が町へ逃げ出した時、町の人間は、病気がうつると、寄ってたかって私達を追い回したではないか。私はそんな世間を恨んだ。そして私をそんな境遇に追い込んだ世間を憎んだ。七節、お前は気づいていたのではないか。遠州屋の使用人であった鮫蔵《さめぞう》と丑之助《うしのすけ》の話に乗り、親の仇《かたき》を討とうとした私が、さほど親の死を悼《いた》んでいなかったことを。私はただ殺したかったのだ。うわべは穏やかな人間を装って、私に害を為した人間を殺したかったのだ。そんな私をお前達は兄弟のように慕ってくれた。私が少なからず人間の心を持ち続けることが出来たのは、お前達がいたからだ。それゆえ、私は何があってもお前達だけは守ろうとした。だが、控次郎殿は違うのだ。縁も所縁もない私や妹の為、御節介とも思えるほど親身になって、助力をしてくれた。その後控次郎殿のお蔭で一命を取り留めた私は、控次郎殿のように生きたいと願うようになった。人を恨むこと無く人を愛する、そんな人間に生まれ変わりたいと思ったのだ。七節、小鍬、年長の私が唯一信ずるに値する人間を、不幸にさせたくないという最後の願いを、どうか聞き届けてくれ」

蛍丸は切なる思いを口にした。そしてその思いの強さがわかるだけに七節と小鍬は黙って従うしかなかった。蛍丸が口にした最後の願いという一言が気になりながらも、二人は頷いた。彼らは蛍丸が生方を憎む理由を、かつて蛍丸自身が妹の楓を虐待した自分と重ねているせいだと思っていた。それゆえ、二人は蛍丸がそのことに触れる度、十分苦しんだではないかと擁護《ようご》した。だが、贖罪に対する意識は人によって違う。感受性の強い者が家族のほとんどを失い、ただ一人残った妹への虐待の過去を清算しきれずにいた時、温かみのある人間に接することは必ずしも良い方向へ導かれるとは言い切れない。ましてや自分に厳しい蛍丸のことだ。控次郎のように成りたいと願えば願うほど、自分が犯した罪の深さは大きくなる。七節と小鍬は、まさか蛍丸の贖罪に対する選択肢が、死を含めたものだとは思ってもみなかったのだ。

生方が管理を任された別宅では、浪人達が新屋敷から持ち込んだ酒を飲みながら、不平不満を募らせていた。新屋敷に配置された者達が定期的に色街へ繰り出し、夜は酒盛りが許されているのに比べ、自分達は日がな鍛練《たんれん》に明け暮れ、酒も満足に飲むことが出来ないことが彼らの不満となっていた。

「けしからん。新屋敷の者達は金も貰っているというではないか。我らが金を支給されないのは、生方めが我らの金を着服しているからだ」

しまいには、そんな意見まで飛び出すようになった。

「おおい、酒が無くなったぞ。誰か新屋敷まで行って、酒を取りに行って来い」

肴一つ無い酒盛りだというのに、その酒まで切らしてしまった苛立ちから、一人の男が叫んだ。

「よし、俺が行ってくる」

その声に反応した別の男が立ち上がり、もつれた足取りで部屋を出ようとした時だ。黒っぽい塊が、「ぼとっ」と音を立てて落ちて来たと思う間に、畳の上をにょろにょろと這い回りだした。

男は何だといった目で動き回る物を見ていたが、やがてその正体に気付くや、武士とは思えぬ悲鳴を上げた。

「へ、蛇だ。蛇だあ」

驚きのあまり腰から畳に落ちた男が、何処《どこ》から蛇が入って来たんだと、天井に目をやった時、鴨居《かもい》の至る所を這いまわる無数の青大将に気付いた。

「うわあ、蛇だ。助けてくれえ。俺は蛇が苦手なのだ」

恐怖に顔を歪《ゆが》めた男達が、我先に隣の部屋に避難しようと襖《ふすま》を開けた。

だが、そこで男達が目にしたものは、畳はおろか、障子の桟にまで群がる無数の蛇群であった。

阿鼻叫喚《あびきようかん》と化した室内に、大の男達の悲鳴が響き渡った。

只ならぬ騒ぎに、奥座敷にいた生方が廊下に出ると、鎧三蔵が報告に来た。

「蛇でござる。それも青大将に縞蛇、山棟蛇《やまかがし》に加えて蝮まで、無数の蛇が一度に屋敷内に現われました」

「蛇か」

三蔵の知らせを聞いた生方が、そう答えた後で訝《いぶか》しさを感じ表情を変えた。

「三蔵、いくら蛇とはいえ、違った種類の蛇が一度に現われるとは思えぬ。何者かが蛇を使って屋敷に乗り込もうとしてるやもしれぬ。お主は屋敷の外を見張れ。わしは庭に出て、曲者《くせもの》がすでに屋敷内に入り込んでいるのなら、それを迎え撃つ」

言い放つや、生方は廊下に置いてあった愛用の槍を引っ提げ、庭へと向かった。

旗本気取りの大神とは違い、生方は足袋を履《は》いていない。裸足のまま大地に飛び降りると、狼狽《うろた》える浪人共を叱咤《しった》した。

「戯け、大丈夫たるものが、何故蛇ごときを恐れるのだ。これだけの人間がいれば、蛇の方から逃げて行く。良いか、真の敵は蛇にはあらず。この機に乗じて、攻めてくる敵だ。各々、油断するでないぞ」

庭の中央に仁王立ちとなった生方は、自慢の長槍を抱えたまま、四方を睨み付けた。颯爽《さっそう》たる雄姿が腰砕けとなった浪人達に活《かつ》を入れた。

武士達は生方のもとに馳せ参じると、その周囲を取り囲むようにして新たなる敵に備えた。

「燭台《しょくだい》を集めよ、庭には篝《かがり》を焚《た》けい」

生方の的確な指示が飛んだ。一度腰砕けとなった連中を立ち直らせるには、指示を簡略し一つのことに集中させる。それが生方の狙いであった。

庭の中央に赤々と篝火が焚かれ、座敷へと上がる廊下には、五基の燭台が集められた。

雲に遮られた夜空には星も見えない。

静寂《さえぎ》が辺り一帯を押しつつみ、咳一つ立てる者もいない中、篝火から燃え立ったひときわ大きな火の粉が、中空に舞い上がった。その時、

「こーん」

夜空に木霊《こだま》する狐の鳴き声が響き渡った。全員が固唾《かたず》を呑んで声の出所を窺う。

「あそこだ。屋根の上だ」

一人の男が叫び、指をさした先には、白装束に身を固め、真っ赤な口をした狐が屋根の上から見下ろしていた。

浪人達に動揺が走った。

もしや、あれが噂の夜叉か。そうか、夜叉なればこそ自由に蛇を使うことが出来たのだと、狼狽《うろた》える声が飛び交った。

浪人達の動揺を振り払うべく、生方は狐に向かって叫んだ。

「貴様が本物の夜叉であるなら、人間ごときが何人いようと恐れぬはず。降りて来い。それが出来ぬのならば、貴様は狐の面を被っただだのこけおどしに過ぎ

ぬ」

声に応えて夜叉が屋根の上から飛び降りるかと見えた瞬間、屋根に気を取られている一同の隙をついて庭内に黒装束姿の者が現われ、手にした竹筒の中に入っていた焼酎を草叢目《くさむら》がけてぶちまけた。

さらに二人は、懐から新たな竹筒を取り出すと、竹筒の栓を抜き、篝火の中へ投じた。油の入った竹筒に引火した篝火が、巨大な火の塊となって宙を覆うと、近くにいた者達の着物に飛び火した。

焼酎を嫌う蛇の群れが、草叢から浪人達の方へと這い寄って行く中、火に身体を焼かれた者達が、地面を転げまわる。

用意周到な敵の策略を前に、生方の機略も潰え、館の守備陣形はもろくも崩れ去った。

上空でその光景を見ていた狐が、屋根側を蹴って飛び立ったのはその時だ。軽やかに地上に降り立った狐は、懐から二挺の鎌を取り出すと、群がる武士団を睥睨《へいげい》した上で、冷ややかに言った。

「我は夜叉なり。今宵命を欲するは、生方喜八ただ一人。無用な邪魔立てをして、あたら命を失うでない」

くぐもった声が、その不気味な存在と相まって、守備側の者達を怖気《おじけ》づかせた。

狐が一歩前に出る度、浪人達は一歩後に退いた。

敵はたったの三人だというのに、その二十倍はあろうかという浪人達が、じりじりと後退しているのだ。あまりの情けなさに。後方で見ていた生方は怒る気力もなくなり、ただただ呆れるしかなかった。

「滑川め、よくぞ、こんな腑抜けばかりを集めてくれたものだ」

浪人達を館に送り込んだ滑川師範の顔を思い出し、生方は毒づいた。

そこへ、生方の命を受け、屋敷の外を見張っていた三蔵が戻って来た。

生方の、いかにもやり切れんといった表情を見て取った三蔵は、おどけた口調で言った。

「おや、どうなされた。まさか、この連中が使えぬ者達であることを知らぬわけはござるまいに」

「うるさいぞ、鎧。わかってはいるのだ。わかってはいても、これほどまでにだらしない姿を見せつけられては、奴らを叱咤する気もなくなるというものだ」

「ならば、某にお任せくだされ。どうせ役にも立たぬごろつき共ならば、狐の餌にしても惜しくはないはず」

生方の耳元で囁いた三蔵は、腕に覚えのある浪人達のもとへ行き、見事狐を討ち取った者には、生方から五十両の金が与えられると叫んで回った。

三蔵の狙い通り、五十両につられた浪人達は、我先にと狐に向かって闘いを挑んだ。

上段に構える者、下段に落とす者、構えは違えども金に対する執着心は皆同じだ。彼らは真っ先に狐を討たんと、一斉に敵の間合いに飛び込んで行った。

だが、すでに夜叉こと蛍丸の二挺鎌は回転を始めていた。

最大一丈（約三メートル）の距離が二挺鎌の届く範囲だ。そうとは知らぬ浪人達は、自らの間合いに詰め寄ることも出来ぬまま、顔を斬られ、また或る者は足を斬られ、忽《たちま》ち戦闘不能となった。

想像を絶する二挺鎌の威力に、慌てて身構えるも時すでに遅く、血に飢えた鎌は存分に浪人達の血を吸いつくした。

蛍丸が右手を挙げ、その手首を中心に回った鎌は、左手の操作によってその軌跡を大きく変え、敵の肉ごと衣服を切り刻んだ。そして敵の目が鎌の回転に慣れるや、今度は蛍丸の指先で小さく回転された鎌が、鎖鎌の分銅に似た動きで直線的に敵目がけて投げつけられ、さらには強く引き戻された鎌が、敵の背中から腹に亘《わた》って斬り裂いた。

その圧倒的な威力を前に、敢えて立ち向かわんとする者はいないかに思えた。ただ一人、生方喜八が長槍を引っ提げ、蛍丸の前に立った。

開口一番、生方は蛍丸を称えた。

「二挺鎌の威力、とくと見せてもらった。夜叉とやら、初めに見た時はこけおどしとしか思えなかったが、たった三人で館に乗り込み、多勢を相手の立ち回りは見事という外はない。生方喜八、望み通りお相手仕《つかまつ》る。されど夜叉殿、当方も尋常の勝負を望みたい、その面を外しては如何《いかが》かな」

落ち着き払った口調で生方は言ったが、蛍丸の返答は生方が期待するものとは違った。

「尋常の勝負と申したか。それは笑止《しょうし》。己が栄達の為に、義理とはいえ妹を手に掛けた男の言葉とは思えぬ。我は夜叉なり。今宵極悪非道の生方喜八を討ち果たすため、屋敷に参ったと知れ」

「そう来たか。どうやら拙者は貴公を見損なっていたようだ。技量に優れた者が、必ずしも人として優れているわけではなかったということだな」

「人でなしのいうことなど、聞く耳持たん。生方、いざ」

言い放つや蛍丸は後方に二間程飛び下がり、握っていた鎌の柄から、髪で編まれた紐《ひも》の部分へと握り替えた。

対する生方も足早に距離を取ると、蛍丸の胸元めがけ槍の穂先を定めた。

だが、蛍丸が闘志を剝き出しにしているのに対し、生方の表情にはどこか迷いがあった。いち早くそれに気づいたのが三蔵だ。

三蔵は二人の間に割って入ると、蛍丸に向かって言った。

「お待ちくだされ。この勝負、今少し待ってはいただけぬか」

「その方は、生方の家来か」

「家来という訳ではござらぬ。某は生方殿に私淑しているのでござる。名を鎧三蔵と申す。夜叉殿、今一度お尋ねしたい。お手前は何故生方殿を極悪非道と申されたか」

三蔵は生方の迷いが此処《ここ》にあると見ていた。それゆえ、兵法者にあるまじき、決闘を中断させるという暴挙に出たのだが、三蔵には人の心を和《なご》ませるという徳が備わっていた。

愛嬌《あいきょう》のある顔立ちもさることながら、一途に気持ちを伝える三蔵の表情には、はやる蛍丸の心を揺り動かす力があった。蛍丸は三蔵が信ずるに足る人物と見て取った。そして、この男は生方が悪人であることを知らないのだと考えた。

「娘は屋形船の中で何者かに狼藉を受け、自害した。娘の遺体を川に投げ捨てたのは大神嶮心。娘の死後、生方同様御家人から旗本の養子に収まった男だ。生方、その大神とともに館の主となり、ともに酒を酌み交わした以上、弁解の余地はあるまい」

「えっ、今生方殿が旗本になったと言われたか」

初めて聞く生方の栄達に、三蔵は驚き言葉を失ってしまった。それを蛍丸は、三蔵が生方の悪事を知ったことによるものと捉えた。

両雄は再度対峙した。

三蔵も今度は止めない。すでに和解の余地はない。このまま二人を闘わせるより他にはないと思うに至った。

生方の槍は重さ二十斤（約十二キロ）、長さ二・五間、（約四・五メートル）と通常の槍よりも長く、重さも二倍近くある。その槍を、生方は普段よりも後ろに取り、半身となって構えた。

一方の蛍丸は、二つの鎌を繋ぐ髪で編んだ紐状の部分が、およそ一・五間（約二・七メートル）。鎌の柄と片方の鎌の長さを足しても一丈（約三メートル）強といったところだ。

生方は、すでに二挺鎌の威力も、回転している時の鎌が捉える射程の距離も把握していた。鎌が自分の身体を捉えるには蛍丸自体が回転し、思いっきり腕を伸ばさぬ限り届かぬことに気付いていた。それゆえ、鎌が回転している時の相手の狙いが、槍を握る先の手、つまり右腕であると読んでいた。

そして、それはまさに蛍丸の考えている所でもあった。

二挺鎌が唸りを上げ、回転を始めると、生方は槍を通常より後ろに握り、蛍丸を睨みつけたまま、狙いを相手の胸元に置いた。それに対し、蛍丸はめまぐるしく鎌を回転させ、自らも立ち位置を変えることで、異様な長さの槍に生方の疲労が増すことを図った。

誘いをかけるのは常に蛍丸であり、生方は微動だにしない。

突如、このままでは埒《らち》が明かぬと見た蛍丸が、通常の横回転から襷《たすき》を描くような斜め十字の軌跡に変えた。身体を敵の正面に向けることで危険度は増すが、その分横回転に慣れた目には、両側から斜めに振り下ろされる方が鎌の予測がつきにくいと考えた。相手の隙が見えた所で、一方の手に持った紐を送り、軌跡を変える。両者の気が高まった。

三蔵は先程から、一瞬たりとも瞬《まばた》きをせず両者の動きを見守っている。三蔵の五感が、決着の時を知らせた。

左手で送り込まれた紐により、蛍丸の手元を離れた右の鎌が生方の右腕目がけ放たれた。刹那《せつな》、生方の槍が蛍丸の身体目がけ突き出された。

渾身の力で突き出された槍は、蛍丸の身体を突き刺したばかりか、身体を突き抜けた穂先が蛍丸の血で真っ赤に染まった。

朽ち木のごとく倒れ落ちる蛍丸を見て、七節と小鍬が走り寄って来たが、いずれも浪人達に取り囲まれ、滅多斬りにされてしまった。

蛍丸の鎌で利き腕を負傷し、槍を握れなくなった生方に一矢《いっし》を報いることもなく、七節と小鍬は絶命した。

六

翌日、新大橋の下流で小舟に乗せられた狐夜叉の死体が発見された。小舟は艫《とも》を下に向けた状態で川を下っていた為、不審を感じた川漁師が漁の妨げにならないよう船を漕ぎ寄せた所で、小舟の中に横たわる死体に気付いたという。

狐夜叉が死んだという噂は瞬くうちに江戸市中を駆け抜け、現場一帯は黒山の人だかりとなった。

駆け付けた北町奉行所の同心達が、群がる野次馬達を次々と死体の傍から遠ざけたが、夜叉の死を悼む人々からの怒号が飛び交い、現場は一時騒然となってしまった。

遺体が運ばれて行く時には、その後に続いて念仏を唱える人の列が延々と続くほど人々は夜叉の死を悲しんだ。

その最後尾で、控次郎は一人臍《ほぞ》を噬《か》んでいた。

何故自分を信じ、今少し待ってくれなかったという蛍丸に対する若干の恨めしさもあったが、控次郎を苛む最大の要因は、自分が生方喜八の為人《ひととなり》ばかりに気を取られ、蛍丸の中にある妹に対する贖罪《しょくざい》の念を見落としていたことにあった。

雨の中、自分一人でも生方を成敗すると言い残し、蛍丸が去って行った時、控次郎は慌ててその後を追いかけた。だが、蛍丸は家には戻らず、そのまま姿を消した。翌日になって、控次郎が蛍丸を探しに易を行う両国橋の広場と七節が住む長屋まで出向いてみたが、そこにも蛍丸はおらず、長屋は蛻《もぬけ》の殻となっていた。

控次郎は今一度蛍丸の死体が発見された現場に戻ってみた。

すでに遺体が運ばれてしまったことから、発見された現場には野次馬もおらず、調書を書き記している北町の同心が二人ばかり残っていた。

控次郎が近づくと、二人の同心は警戒しながら用向きを訊いた。

「何用でござるかな」

常日頃から、彼らは人を見かけで判断する癖がついている。相手を身分の高い武士と見れば謙った物言いを心掛け、逆に尾羽《おは》打ち枯らした浪人と見れば、相手を見下す悪い癖だ。ところが、今自分達の前にいる浪人者に対しては、容易に判断を下しかねた。彼らの認識では、浪人者というのは、あれこれと詮索《せんさく》する同心を避けたがるものと捉えている。にも拘わらず、この浪人者には自分達を恐れる素振りなど微塵《みじん》も感じられなかったからだ。

「卒爾《そつじ》ながらお伺いいたす。夜叉の死体が上がったのはどの辺りでござろうか」

おまけに、問いかける言葉も自然で、偉ぶった所がなかった。

「貴公は、どのような理由があってお尋ねになるのかな」

「私は佐久間町にある田宮道場で師範代を務める本多控次郎と申す。狐夜叉が殺されたという話を聞いて、その真偽を確かめたくて伺った次第です。お役人、その死体は夜叉と見て間違いないのですか」

控次郎が自らの姓名と職業を明かした上で尋ねると、同心は控次郎の噂を聞き及んでいたらしく、あっさりと答えてくれた。

「本物かどうかは調べてみなければわかりませんが、舟で運ばれた遺体の傍に『この者市中を騒がせし狐夜叉なり』と書かれた紙きれが添えられてありました。どうせ瓦版に取り上げられるでしょうから、それまでは我々から聞いたとは言わないで下さい」

同心とは思えぬ丁重な物言いを心掛けてくれた。

控次郎もそれ以上は訊くことなくその場を後にした。後は高木に訊けば済む。北町と南町の垣根はあっても、高木ならば必ず聞き出す伝を持っていると、控次郎は見ていた。

その夜、控次郎がおかめで呑んでいると、常連達が帰った頃を見計らって高木が店にやって来た。常連達にあれこれと尋ねられるのを嫌ってのことらしいが、控次郎の前に座るや、高木は自分の方から話を切り出した。

「すでに先輩の耳には入っているでしょうが、今朝方狐夜叉が殺され、死体が舟で流されてきたんですよ」

「本当に夜叉なのかい」

控次郎が調子を合わせる。

「それなんですがね、北も今のところは半信半疑と捉えているみたいなんですよ。夜叉にしては随分な優男らしく、そのうえ竹刀胼胝《だこ》が無えって言うんですよ。つまりはそれが疑惑と見る根拠のようですが、一方で、本物じゃねえかと思われるのが、そいつがどこに住んでいるのかが皆目わからねえって点で、人別のどこを当たっても、該当する人間がいなかったってことなんです」

「双八、他に夜叉だってことを証明する物はなかったかい。例えばそう、刀とか、面とか」

「狐の面が懐に入っていたそうですよ。私は見ていませんがね」

「ということは、夜叉は面を被らずに闘ったということか」

「いえ、そうではないようです。面は血で汚れていましたから。おそらく殺された後で懐に入れられたんでしょう」

「傷はどうなんだ。瓦版によりゃあ、夜叉は相当強えみてえじゃねえか。となりゃあ、十重二十重《とえはたえ》に取り囲んで押し包まなきゃあ、仕留められねえ。傷口がどのくらいあったのかわかっているのか」

「腹を突かれた傷だけです」

高木の答え方が、要点を伝えるだけの断片的な口調に変わった。口には出さなかったが、高木は控次郎が夜叉の正体を知っていると感じていた。

その上で、高木は控次郎の顔を見ながら、ぶっきらぼうに一言付け加えた。

「槍ですよ」


長屋に戻った控次郎は、行燈もつけず暗い家の土間に立った。

そして静かに剣を抜くと、暗い闇の一点を睨みつけた。朧気に生方喜八の姿が浮かび、やがて槍を構えた生方が自分に向かって槍を構える姿に変わった。

その槍に、まずは正眼で対峙する。槍の突きに合わせて正眼から生方の槍を打ち払おうと試みたが、なんどやっても頭の中に広がる情景は、生方の槍を躱《かわ》しきれず、身体を貫かれた己が姿であった。

——正眼では無理だ

そう控次郎は悟った。槍は剣に対し、常に後の先を取ることが出来る。こちらが仕掛けるのを待ってから槍を繰り出しても対処できるのが槍だ。その上、槍が直線的に突いてくるのに対し、剣はその槍を打ち払わねばならない。果たしてそれが出来るか、と自身に問いかけたところで、控次郎が出した結論は、正眼からの払いでは、強靭《きょうじん》な突きに耐えうるだけの力は無いということになった。

控次郎は、昔父の元治が槍の稽古をしていた時のことを思い出した。滅多に武芸の稽古を人に見せない元治が、その時ばかりは人が変わったように鋭い眼差しをしていたことを子供心に覚えていた。

「ええい」

裂帛《れっぱく》の気合いが元治の口を衝いて出て、同時に槍の穂先が突き出された、と見た次の瞬間には、槍は元治の手元に引き戻されていた。元治がどの程度の技量であったかは、その時の控次郎にはわからなかったが、その後で元治が言った言葉だけは覚えていた。

「槍の極意は、突きよりも引きにある」と。

控次郎は刀を鞘に納めると、上がり框に腰を掛け、深い溜息をついた。

どうやっても槍に敵対する術は見つからなかった。上段や下段では、いたずらに隙を作るばかりで、槍を払う前に身体を突かれることがわかり切っていた。

こんな時、控次郎の頭を過《よぎ》るのは、必ずと言っていいほど本多家の用人長沼与兵衛の顔だが、頼みごとをした時の勝ち誇った様な厭らしい顔つきを思うと、控次郎は頼む気にもならなかった。

月が替わって十月。暦上はもう冬だ。

そろそろ百合絵に連れられて沙世が家に帰ってくる頃だと、控次郎は道場が開く時間まで出かけるのを躊躇《ためら》っていた。そして、これ以上は無理だと家を出ようとした所で、万年堂の女中に連れられた沙世が家に帰ってきた。

「遅かったじゃねえか。それに今朝は百合絵さんが一緒じゃねえみたいだが、具合でも悪いのかい」

控次郎が尋ねると、沙世は心配そうな顔で答えた。

「そうなのです。いつもなら早めに迎えに来て下さる百合絵様が一向に現われないものですから、御祖母様にお願いして、沙世が先に行くことを託《ことづ》けてもらいました。お具合が悪くなければ良いのですが」

「そうだな、もし連絡がねえようなら、道場の稽古を終え次第、八丁堀の組屋敷まで様子を見に行くことにしようや。それじゃあ、おいらは出かけてくるからな」

そう言って、控次郎は田宮道場に向かった。だが、稽古を付け始めて半刻もしないうちに、沙世を伴った七五三之介《しめのすけ》の義母文絵から、緊急事態を告げられることになった。

「えっ、今、百合絵殿が勾引《かどわ》かされたと言われましたか」

「そうです。いつものように茂助が付いて行ったんですが、その茂助がふらふらの状態で屋敷に戻って来たのです。茂助の話では、修験者と思われる集団が百合絵の前に立ちはだかったと見えた時、自分は何者かに頭を殴られ、意識が遠のいたというのです」

娘のことが気がかりな文絵は、強張《こわば》った表情で控次郎に事の次第を告げた。その横では、沙世が、今にも泣きだしそうな表情で控次郎を見ていた。

「わかりました。直ぐに百合絵殿を捜しに行きますので、義母上様はひとまず屋敷にお戻りください」

　道場の稽古を高弟二人に託すと、控次郎は沙世と文絵を連れて、八丁堀の組屋敷へと向かった。

　冠木門《かぶきもん》を潜ると、玄関先に七絵を抱いた佐奈絵の姿があった。百合絵のことが気に掛かり、居ても立ってもいられなくなったらしく、佐奈絵は控次郎達に気付くと、小走りに駆け寄ってきた。

「義兄上様、姉はまだ帰って参りません。何か手掛かりは摑めたのでしょうか」

　開口一番、控次郎に尋ねたが、その傍らに沙世がいることに気付くと、狼狽《うろた》えた自分を恥じるように下を向いた。

「佐奈絵さん、すべての責任は俺にある。百合絵殿は命に代えても捜し出すから、吉報を待っていてくれ。ところで、七五三《しめ》には知らせたかい」

「いいえ、未だです。お役目に支障があってはと、控えておりました。知らせた方がよろしいでしょうか」

「そうだな。まだ勾引かしと決まったわけじゃねえ。疑いがあるというだけで、吟味方与力が奉行所を抜け出すわけにゃあいかねえだろうから、一応七五三《しめ》には連絡して、定廻り同心の高木を、手が空き次第寄こすように言ってくれねえか」

高木ならば、百合絵が勾引かされたと聞けば、なにを置いてもすっ飛んでくるはず、と見てのことだ。

控次郎は沙世を七五三之介《しめのすけ》の屋敷には預けず、おかめに同行させた。

これ以上、百合絵の家族に迷惑を掛けたくないという思いもあったが、屋敷に置いて行けば、沙世が責任の重さに耐えられなくなると思ったからだ。

おかめへ向かう道すがら、控次郎は沙世に言い聞かせた。

「沙世、何もくよくよ考えなくていい。今はおめえも俺も、百合絵さんを助けだすことだけを考えるんだ」

果たして、自分の言葉がどれだけ沙世に届いたかはわからなかったが、控次郎が握っていた沙世の指にほんの少し力を入れると、沙世も控次郎の指をぎゅっと握り返してきた。

おかめに着いた控次郎は、早速政五郎に事情を話した。犯人の足取りを摑む上で、元岡っ引きである政五郎の助けは欠かせなかったからだ。

「わかりやした。こんな時でなきゃあ、先生やご舎弟様のお役に立つことは出来やせん。精一杯やらせていただきやす。おい、お夕。俺に代わって今日はおめえが板場に入ってくれ。お加代、俺達が戻るまで、先生のお嬢さんをしっかりお預かりしておくんだぜ。じゃあ、あとは任せたからな」

政五郎が一声かけると、

「あいよ。お前さんしっかりやるんだよ。手掛かり一つ摑まずに帰ってきたら、家に入れないよ」

亭主が思わず舌打ちするほど、きつい言葉が返ってきた。

政五郎は、修験者達の足取りから追うことにしたらしい。

「茂助さんの話じゃあ、修験者の数はかなりいたってことですから、それだけの人間が現われたとなりゃあ、嫌でも人目に付きやす。となりゃあ、行きも帰りも船を使いたくなるのが人間の心理って奴だ。あっしが思うに、逃げる際、川上に向かって舟を漕がせるなんてことは考えられねえ。それに船を選ぶなら屋根船か屋形船だ。まずは手近な昌平河岸からあたって見やすから、その間、先生は神田川沿いを柳原に向かって、屋根船か屋形船を見た者がいねえか、探してみておくんなさい。出来れば長屋をあたって、朝の早い豆腐屋か蜆売りのような棒手振りに訊いてみるのが手っ取り早いんですがねえ」

「わかった、やってみるぜ。それで、もし俺が手掛かりらしきものを摑んで、柳原からその先へと足を延ばした時は、どう繋ぎを付けたらいいんだい」

「心配いりやせんよ。こちとら本職でさあ、先生の進まれた先をちゃんと追いかけて行きやすよ」

心強い言葉を残し、政五郎は昌平河岸近くにある長屋を目指して歩き出した。

控次郎も政五郎に負けじと、神田川沿いの道を下って行った。

ところが、政五郎から言われた時には簡単そうに思われた聞き込みが、実際にやってみると殊《こと》の外難しかった。

控次郎の選んだ人間が悪いのか、それとも訊き方が悪かったのか、一向に手掛かりらしきものは摑めなかった。とうとう柳原通りを通り過ぎ、浅草御門までやって来たところで、偶然通りかかった乙松と遭遇した。その伝手で漁師の所に案内され、やっとのこと手掛かりといえるものを摑むことが出来た。

「そうさなあ、人を大勢乗せた屋形船なら、今朝方見たっけなあ。ええ水に浸《つ》かった船じゃ、そう思って見ていたから覚えていたさあ」

やはり柳原界隈で乙松の人気は知れ渡っているらしく、漁師も鼻の下を伸ばし、機嫌よく話してくれた。

「ねえ、まさかとは思うんだけれど、親父さんはその船が戻ってくる所までは、流石に見ていないわよね」

「見たよ。大川に出て、そのまま上流へと上って行った。そういやあ、その先の河岸で五、六人降りて行ったなあ。あんだけ水に浸かっていりゃあ、船も進みづらいからな」
五、六人が下りたと聞いて、横から控次郎がどんな身形《みなり》の者だと尋ねると、漁師はたちまち面倒くさいといった顔つきになった。すかさず乙松が手を合わせて拝む真似をすると、忽ち相好を崩し、
「妙な格好をしておったなあ。ありゃあ、何といったかなあ」

と答えた。

「修験者《しゅげんじゃ》みたいな？」

「そうだ。その修験者という奴だ」

「ありがとうね、親父さん。漁、頑張ってね」

「おお、今日は弁天様に会えたから、この後も頑張るかなあ。きっと大漁だべえ。ひっひっひ」

最後は下卑た笑い声を立てて、漁師は名残惜しそうに乙松を見送った。

七

大川を吹き抜ける風が、冷気を伝えた。

川岸に佇む控次郎の姿が、乙松には寂しげに感じられた。

だが、乙松にはこの後、お座敷が待っている。化粧と身支度にかかる時間を減らしてでも控次郎の役に立ちたいと考えていた乙松だが、生憎政五郎が追いついてしまった。

「あら、とっつあん、いえ、今日は政五郎親分ですよね。ご苦労様、あたしはお座敷がありますので、これにて失礼いたしますけれど、親分が一緒ならばきっとそのお嬢さんも見つけられると信じていますよ」

そう言って立ち去ろうとした乙松に、控次郎が謝意を口にした。

「乙松姐さん、有難うよ。姐さんの助けが無かったら、とてもじゃねえが俺一人では手掛かりなど摑めなかったぜ」

乙松はにっこり微笑むと、後姿にも色香を感じさせる歩様で去って行った。

「そうだったんですかい。姐さんが一緒に訊き回ってくれたってことなんですね。こんなことを言っちゃあ何ですが、あの人は先生が困っていると、必ずと言って良いほど、現われてくれるんですねえ。おっと、お気に障ったなら、年寄りの世話焼きと思ってやっておくんなさい。ところで、先生。あっしが聞き込んできた限りじゃあ、百合絵様をかっさらって行ったのは修験者どもと見て間違いありやせんぜ。あの日、川で釣りをしていた御隠居が河岸に屋形船が停まっているのを見ていたんです。随分と長い間停まっていたそうですから、奴らは事前に百合絵様があの場所に現われるのを知っていたってことです」

控次郎は、今更ながら政五郎が、「隼《はやぶさ》の政」と呼ばれただけの目明しであることを思い知らされた気がした。

「大したもんだぜ、とっつあんは。それに引き換え俺ときたら、乙松姐さんの助けを借りなきゃあ、何一つ手掛かりも摑めねえ役立たずだ。我ながら情けなくなってくるぜ」

「何を言われますか。先生じゃなかったら、姐さんも助けちゃあくれませんぜ。で、さっき言っていた手掛かりっていうのは」

「うん、そのことだがな。とっつあんが先程言ったように、修験者達を乗せた屋形船が、この先の桟橋で五、六人降ろして大川を上って行ったたって話だ」

「なるほど、でもその先をどちらに向かったか、までは見ちゃあいなかったってことですね」

「まあ、そういうことだ。だが、俺は大川をずっと上流まで遡《さかのぼ》って行ったんじゃねえかと思っているんだ。そうでなきゃあ、途中で仲間を降ろすはずがねえ」

「へえ、素人とはとても思えねえ。確かにおっしゃる通りでさあ。となりゃあ、途中で降ろされた奴らをとっ捕まえて、口を割らしてえ所ですが、今は何を置いても百合絵様を救い出すことが先決でさあ。先生、この際下っ端《したぱ》は放っておいて、屋形船を追いましょうや」

政五郎の決断は、控次郎と同じだ。百合絵の身に危害が加えられてからでは、助けたとは言えないからだ。

二人は一気に吾妻橋まで駆け抜けると、百合絵がさらわれた時刻から計算し、五つ半（午前九時）から四つ（午前十時）に絞って、屋形船が通るのを見た者がいないかを聞きまわった。

政五郎は真っ先に駕籠《かご》屋を当たった。

走ることを生業とする駕籠かきは、自分達と並んで動くものを見ながら競い合う癖がついている。それゆえ、何を置いても駕籠屋だ、と政五郎は言った。

その言葉通り、屋形船と並んで走った駕籠屋を探すのに手間取りはしたが、駕籠かきの証言から屋形船が吾妻橋より上流に向かったのは明らかとなった。

そして、ついに二人は、真埼の渡し場で、川の反対側に停められている屋形船を探し当てた。

渡し船で向こう岸に降り立った控次郎と政五郎は、無防備にもあくびをしながら舟の見張り番をしていた修験者を捕らえ、口を割らせた。金で雇われた修験者が、捕縛術に長《た》けた政五郎の骨と骨の間を責め立てる急所攻撃に耐えられるはずもなく、修験者は百合絵を勾引《かどわ》かしたことも、一味の者がどちらの方向に向かったかも素直に吐いた。

政五郎は懐にしまっておいた捕り縄を取り出し、修験者の身体を縛り上げると、縄の一方を握りしめ、まるで犬っころでも扱うように引っ立て、控次郎に遅れじと走りだした。前を行く控次郎が走るのをやめ、周囲を見回したのは、葛飾に入ってすぐのことだ。

「先生、どうしなすった」

控次郎に向かって訝し気に呼び掛けた政五郎だが、すぐに鼻を突く異臭に気付いた。

「血の臭いがしやすねえ」

そう言いつつ、控次郎の見詰める先に目をやると、畑の中に横たわる修験者の死体が目に入った。しかも、一つや二つではない。草叢の陰や水路の中、至る所に修験者達の死体が転がっていた。

「こいつはひでえや」

死体の数を数えていた政五郎が、あまりの惨《むご》たらしさに声を上げた。ほとんどが、目を剝いた状態で死んでいたからだ。

「とっつあん、こっちに倒れているのは修験者ではねえぜ」

控次郎が呼んだ先には、たっつけ袴の武士が二人倒れていた。

「どういうことなんでしょう」

「俺にもわからねえが、それでもちいっとばかり気になる所があるんだ」

「気になる所とおっしゃいやすと」

「多分、この男達の刀だとは思うが、それにしちゃあ、二人とも随分と離れた場所に刀を投げ捨てている」

「言われて見りゃあ、確かにそうですねえ」

「しかも、投げ出した刀が血で塗れている。とっつあん、普通、目を剝いたまま斬られた奴が、刀を投げ出すかい」

「そいつは、あっしには何とも……。ですが、言われて見りゃあ、そんな気も……」

政五郎が自信無さげに答え、その理由を探していると、その間にも控次郎は他の死体に駆け寄り、次々と斬り口を調べ始めた。

控次郎が何かに気付いた。驚いたように立ち上がると、今度は草叢の中をあちこち探し回り、ようやく目指すものを手に入れた。

「あったぜ、とっつあん」

草叢の中から控次郎が見つけ出したのは、死体の数から逆算して一本分少ない血脂《ちあぶら》に塗れた刀であった。

政五郎には全く意味がわからない。そこで控次郎に尋ねると、驚くべき事実を聞かされることとなった。

「恐ろしく腕の立つ奴の仕業だ。これだけの人数をたった一人で片付けやがった。それも、敵の刀を奪いながらだ」

「刀を奪うって、何でわざわざそんなことを」

「血脂だ。一度人を斬った刀は血脂が浮いて斬りづらくなる。それでそいつは、人を斬るたびに相手の刀を奪い、次々に片付けたってことだ。とっつあん、油断するんじゃねえぜ。まだ、そいつが近くにいるかもしれねえ」

控次郎は政五郎に注意を呼び掛けると、立ち上がって四方を見渡した。

敵の姿は見えないが、控次郎の五感が敵の存在を告げていた。

「とっつあん、間違いねえ。そいつは近くで俺達を見ている」

きっぱりと言い切った控次郎の視線が、畔から草叢に広がる薄の原で止まった。

――そこだ
五感が知らせるまま、脱兎《だっと》のごとく畑を駆け抜け水路を飛び越えた時、居場所を知られたと感じた敵が、薄の原からゆっくりとその姿を現わした。

くたびれ果てた羽織に野袴《のばかま》姿の鎧三蔵が、まるでかくれんぼをして見つかった子供のように頭を掻きながら現われた。

その顔は想像していた敵とは、あまりにかけ離れていた。多数の人間を手に掛けた男とは思えぬ人懐っこい顔をしていた。

本当にこの男が、と意外そうな目を向ける控次郎に三蔵は言った。

「娘御を救出に来られた方々か」

「その通りだ。女を勾引かすなど武士として見逃すわけにはいかねえからな。ところで、ここに倒れている者達は、皆、おめえさんが斬ったのかい」

「左様でござる。貴殿が言われる通り、女を勾引かすなど許せるものではござらぬ。某《それがし》がこの者達を手に掛けました」

「それで、その娘はどうしたんだい」

「娘御は我らがお連れ申した」

「そうかい、返すとは言わねえんだな」

控次郎の目が鋭く光り、左手が刀の鯉口《こいぐち》を切った。

「ほう、某を斬る、と言われますか」

意外そうな面持ちで三蔵は言った。その物言いには、これだけの人間を一人で始末したと知りながら、尚も闘いを挑もうとする控次郎に対する揶揄《やゆ》が混じっていた。

「おめえさんは、俺を向こう見ずな男だと思っているようだな」

「否定は致しません。お手前が斬り口を見て、某一人の仕業と見抜いたことには敬意を払いますが、所詮は江戸の鈍剣術、ご自分の腕を過信してはならぬと、ご忠告申し上げる」

「礼を言った方がいいのかい。だがな、今のおめえさんの言葉は、江戸で剣術を教えている俺に、闘えと言っているのと同じだぜ」

「では、言い方を換えましょう。当方には娘御に危害を加えるつもりはさらさらござらぬ。訳あって、すぐには返せないが娘御は必ずお返しする。それを聞いても、まだ某と立ち合い、危険を冒されるか」

いくら言葉を換えようとも、三蔵がこちらを見下しているのは明らかだ。

控次郎は切れた。

「もういい、斯くなる上はお主を捕らえ、口を割らせるのみ」

言うが早いか、控次郎は剣を抜いた。問答無用といったところだが、捕らえた上で口を割らせる、という物言いが三蔵の気分を害した。

「某の口を割らせると申されたか、随分と傲慢《ごうまん》なお方だ」

薄笑《さやばし》いを浮かべた三蔵は、鯉口を切ると同時に、刀の柄に手を掛け、一気に剣を鞘走らせた。

まるで水澄しを思わせる軽やかな動きだ。さらに身体の正面を控次郎に向け、片手下段に構えた。よほどの自信が無い限り取れる構えではない。だが、その泰然たる構えには見覚えがあった。

「鹿島新当流」

　控次郎が無意識のうちに声を発した。それは控次郎がいまだ目録にも達していなかった頃、本多家の用人長沼与兵衛が一度だけ稽古をつけてくれた時の構えであった。

　一方の三蔵も、いきなり流派を指摘されたことで、目の前にいる男を些《いささ》か見縊《みくび》っていたことに気付いた。

　三蔵が構えを片手下段から正眼に変える。それまでは、片手下段の方が仕留めやすいと見ていたのだが、控次郎に流派を見抜かれたことで、慎重を期すようになった。対する控次郎は上段だ。道場ではめったに使わぬ上段だが、真剣勝負となれば威力を発揮する。まともに決まれば必ずや命を落とすし、仮に受けたとしても鍔《つば》迫り合いになったら、上になった方が有利だ。加えて、長身からの打ち下ろしは重さが加わり敵には厄介《やっかい》だ。三蔵もそれを感じた。この体勢では不利と見て、三蔵は控次郎の利き足と反対方向の右に向かって全力で駆け抜けた。

　三蔵の右は、控次郎からは左だ。上段に構えたままで、利き足と逆の方向には走りづらい。瞬く間に距離を開けられてしまった。その上、控次郎が履いているのは雪駄《せった》だ。畑を走るのには適していない。

荒れた畑に控次郎が足を取られた。その一瞬を逃さず、猛然と三蔵が攻撃に転じた。左に体勢が傾いた控次郎の右肩を狙って力任せに突いてきた。あくまでも体を起こさせまいとする三蔵の狙いだが、控次郎はそれを左手一本で撥《は》ね退《の》けた。尚も下から切り上げる三蔵。が、今度は刀の峰で受け、同時に体勢を立て直した。再び向き合うも、ともに全力で疾走した為、息遣いが荒い。息を整え、控次郎が相手の出方を窺っていると、はるか後方で自分の名を呼ぶ声がした。

控次郎の足取りを追って、ようやく高木が、追いついたのだ。

その横では、高木が手札を渡した目明し二人が呼子《よびこ》を吹き鳴らしていた。

三蔵は剣を引き、控次郎に向かって言った。

「邪魔が入った。勝負は後日」

控次郎よりも一足先に通りへ出ると、瞬く間に半町（約五十メートル）程も引き離した。

「待てい」

控次郎が必死で追いかけるも、着物の裾が絡んで引き離されるばかりだ。

目の前に中川が見えて来たと感じた瞬間、三蔵の身体が宙に舞い、繋いであった小舟に飛び乗った。控次郎が川岸に着いた時には、三蔵を乗せた小舟は岸を離れていた。尚も陸沿いに追いかける控次郎に、三蔵は呼びかけた。

「娘御に危害は加えませぬ。訳あってすぐにはお返しできぬが、時が来れば必ずお返しする。某の名は鎧三蔵。誓って約定《やくじよう》は違えぬが、後を追うならば、その限りではない」

三蔵を乗せた舟は、流れに任せて川を下って行った。川岸で船を見詰めたまま後を追おうとしない控次郎に、追いついた高木が言った。

「先輩、何故追いかけないんですか。陸沿いに追えば、まだ間に合います」

「双八、百合絵さんがあの舟に乗っているわけじゃねえ。追えば百合絵さんに危害が及ぶだけだ」

「何を言っているんですか。百合絵さんは勾引《かどわ》かされたんですよ。そんな連中が、百合絵殿にどんな真似をするか、先輩だってわかるでしょう」

「あの野郎は、勾引かし一味じゃねえ。それに、後を追わなければ、百合絵さんにゃあ、危害を加えねえと言った」

「その言葉を信じるんですか」

「仕方がねえだろう。追えば、百合絵さんの身が危うくなるんだ。それにな、双八。俺はあの野郎が嘘偽りを言うようには思えねえんだ」

「でも、勾引かされた百合絵殿の気持ちを思うと」

「わからねえ野郎だな。あの男は勾引かし一味じゃあねえ。畑の中で死んでいる連中が一味なんだよ」

「怒鳴らないで下さいよ。私にはまだ状況が見えていないんですから。それにしても先輩、みすみす百合絵殿を連れ去った男を取り逃がしたと知れたら、七五三《しめ》之介《のすけ》殿や片岡家の方々からは非難を受けるんじゃあないですか」

「それも覚悟の上だ。ここまで追いつめながら、手を拱《こまね》いて見送った俺を許してくれるとは思っちゃあいねえ。だが、他に手はねえんだ。あいつに騙《だま》されたとしたなら、その時は腹を切って詫びるしかねえ」

控次郎の言葉を聞くと、高木は腹立ち交じりに地面を蹴り上げた。控次郎の気持ちはわかったが、ここまで追いつめながら手出しの出来ぬ状況が、高木には腹立たしかったのだ。

政五郎は縛り上げた男を高木が連れてきた目明しに引き渡すと、未だ怒りが収まらぬ高木に聞かせるよう、控次郎に向かって言った。

「あっしは先生の目を信じやすよ。確かに、鬼のように強え野郎でしたが、あっしが見ても嘘を言うような奴には思えませんでしたからねえ」

「……」

「大丈夫ですよ」

八

小名木村の別宅に帰った三蔵は、百合絵の縄目を解き、生方のいる奥座敷へと誘ったのだが、美しい顔立ちからは想像もつかない百合絵の気の強さに手を焼くこととなった。

「御不自由をおかけして申し訳ござらぬが、暫《しば》しの間、この館で過ごしていただきたく存ずる。なれど、時が来れば必ずお屋敷にお帰しいたすので、御心を安んじられよ」

三蔵としては、軟禁された百合絵を気遣い、極力言葉を選んだつもりでいた。

ところが、

「下郎《げろう》、賢《さか》しら顔で人の言葉を話すでない」

「えっ、今、某を下郎と申されたか」

「当然です。女を連れ去った上、軟禁するなど男のすることではない。よって、下種《げす》下郎と申したまで」

「はあ、そうなりますか。ですが、御女中は考え違いをしておられる。某は勾引かし一味から御女中を助け出したものでござれば、下種下郎呼ばわりは少しばかり手厳しいかと」

「言うな下郎」

眉を吊り上げて猛り狂う百合絵に、三蔵は自分では手に負えぬと見て、生方のいる奥座敷へと連れて行った。

百合絵の顔を一目見た生方もまた、百合絵の気の強さに驚いた。

並の娘ならば、勾引かされ、男の前に連れだされただけで震え慄《おのの》くものだが、この娘は、怯えなど一切なく燃え盛るほどの怒りの目を向けていたからだ。

生方は、三蔵の方に視線をずらし、「何かしたのか」と目で問いかけた。

三蔵は顰《しか》め面で首を横に振った。

事情を察した生方が頷き、百合絵に詫びを入れた。

「拙者は生方喜八と申し、直参でござる。そこもとをここへお連れしたのは、本意ではない。しかし、勾引かした者達が我らの仲間である以上、その者達を成敗するまでは帰すわけにはいかぬのだ。理不尽とは思うがご容赦願いたい」

　生方は三蔵が理由を告げなかったことで、この娘にてこずらされたと思い、勾引かし一味が自分の仲間であることを告げた。ありのままを告げなければ、この娘が納得しないと見てとったのだ。

「今、直参と申しましたな」

「左様」

「嘆《なげ》かわしい。直参ともあろう者が言い訳をするとは。生方殿、そのような者達を仲間に持つこと自体、不徳と言われても仕方がないのです」

「面目ない。そこもとが言われる通りだ。だが、その者達を悉《ことごと》く成敗するまではそこもとを家に帰すことは出来ぬのだ。何故ならば、我らにとって大切な方に、迷惑が及んでしまうからだ。それゆえ、お頼みする。暫くの間、この館に留《とど》まってはくれぬか」

　腹を割って事の次第を打ち明ける生方の顔を凝視すると、百合絵は覚悟を決めた。

「わかりました。私も与力の娘、勾引かされたことが知れれば、家の名折れになるだけです。貴方の申し出に従いましょう。されど生方殿、誓って偽りを申されますな」

「拙者も武士、決して嘘偽りは申さぬ。そしてそこもとには一切危害を加えぬことをお約束する。鎧、聞いての通りだ。この方が館の中に居られる限り、自由に、そして安全に過ごせるようお主に世話を頼みたい」

生方は百合絵に誓った。

実直を絵にかいたような生方の態度に、百合絵も警戒心を解くようになった。

一人、不服そうに生方を見ている三蔵に百合絵が言う。

「鎧とやら、何分にも。よしなに頼みます。私も一度約したからには、この館でおとなしく過ごすことを心掛けまする」

自分が居処としていた奥座敷を百合絵に明け渡した生方は、三蔵が寝起きしている布団部屋に、無外流の山辺源之亟と手槍の平河兵馬を呼んだ。両名は三蔵に命じられ、勾引かし一味に加担した上で、一味の動きを事前に知らせていた。

「鎧、わしはこれより両名を連れて新屋敷へ乗り込む。如何に厚顔無恥《こうがんむち》な大神とはいえ、勾引かしに加わった両名の証言があれば、言い逃れは出来まい。まずは大神を捕らえ、その後で滑川の息の根を止める」

昂然と言い放った生方は、すでに自慢の長槍を手にしていた。

「某は連れて行けぬということですか。ですが生方殿、新屋敷には大神に従う者達が多数おりますぞ。ましてや生方殿は、未だ右腕の傷が癒《い》えておりませぬ。何卒、某もお連れ頂きたく存ずる」

三蔵は、夜叉に負わされた生方の右腕を気づかった。

「鎧、お主はこれしきの傷で、わしが大神ごときに手を焼くとでも思ったか。案ずることはない。大神の剣などは蟷螂《とうろう》の斧《おの》にも等しい。大神を捕らえ、滑川を討ち取って戻るまで、お主はあの娘の警護をしておれ」

「某とて、生方殿の実力を疑うつもりはござらぬが、山辺はともかくとして、平河兵馬は未だ信用できかねます。どうしてもと言われるのならば、山辺をあの女人の世話係にして、某をお連れくださるよう切に願い上げます」

重ねて頼み込む三蔵であったが、生方は三蔵の申し出を笑いながら退けた。

「鎧、お主はあの娘の世話をしたくないだけではないのか。この際、気の強い女を往《い》なすのも修行の一つと思い、励んでみたらどうだ」

「励むも何も、某にとってあのように気の強い女性は、生まれてからこの方、一度も見たことがござりませぬ。精神修行どころか、心がずたずたに引き裂かれるのが目に見えております」

「ははは、それもまた一興。だがな鎧、娘の世話はお主に任せると誓ってしまった。それゆえ、お主の願いを聞き届けるわけにはいかぬのだ。任せたぞ、鎧」

愉し気な笑いを残し、生方は山辺、平河の両名を連れて新屋敷へ乗り込んで行った。

いきなり襖が蹴破られ、中にいた大神と取り巻きの御家人達は刀を引き寄せる暇もなく、ただ狼狽《うろた》えた。

目の前には鬼気《きき》迫る形相の生方が長槍を手にしていたからだ。御家人である以上、誰もが生方の天下無双の槍を知っていた。毎年行われる槍術大会で五年連続勝利し、あまりの強さに参加者が激減した為、ここ二年ほどは出場を見合わせたという生方の噂は、今や御家人の枠を超えて、知らぬ者は無いほど轟き渡っていたからだ。

「生方、何の真似だ」

かろうじて威厳を繕《つくろ》った大神が叫んだ。だが、生方の背後にいた山辺と平河に気付くと、その勢いも萎《しぼ》んでしまった。その大神に、生方は槍を突き付けて言った。

「大神さん、性根を据えて答えることだ。あんたは娘達を勾引かしては商人や旗本の慰みものにした。弁解は聞かぬ。拙者と共に盟主の所へ行き、すべては滑川の指示によるものと証言するか、さもなくばこの場でこの槍の餌食《えじき》となるかだ」

「ま、待て、生方。わしには何のことだかわからぬ」

「弁解は聞かぬと言ったはずだ。あんたの悪行は、わしがひそかに潜り込ませた山辺と平河によって調べは付いているのだ。今一度訊く、貴様が勾引かし、自害させた娘が我が義妹であると知っても、まだ知らぬと言い張るか」

生方の目に殺意が宿った。大神は態度を改めた。

「認める。生方、お主の言うことをすべて認める。だが、信じてくれ。わしは知らなかったのだ。お主の義妹だと知っていれば、断じて滑川の指示には従わなかった。聞いてくれ、生方。わしは今の世を変えるという滑川の改革に賛同すればこそ、武士にあるまじき行為と知りながら承知したのだ」

「ならば、我らと同行して貰おう。我らとともに和泉屋に行き、すべてが滑川の企てによるものと証言するのだ。貴様を成敗するかどうかは、その後で決める。大神、両刀を山辺に渡せ。そして貴様の生殺与奪の権は山辺に委ねる」

生方の命を受けた山辺が大神の両刀を取り上げた時、生方の槍が唸りを挙げ、横にいた御家人の右肩を貫いた。男の左手が傍らにあった刀に手を掛けた一瞬を逃さぬ電光石火《でんこうせっか》の早業であった。

久造に案内され、生方が利助のいる部屋に入るや、滑川は顔色を変えた。生方の後ろから、丸腰のままの大神が入って来たからだが、この時には滑川はすでに開き直っていた。

「これは生方殿ではござらぬか、それに大神殿も一緒に参られるとは、小名木村の屋敷を預かる御両名にしては些か不用心に思えるが」

そんな二人の会話を利助は訝《いぶか》し気に聞いていた。

生方が部屋に入って来た時の態度もどこか荒々しさが感じられたし、それに対する滑川の言葉も挑戦的に思われたからだ。

「生方様、これは一体」

理由を問う利助に、生方は力任せに大神を座らせた後で答えた。

「盟主は、この者がそこにいる滑川の命を受け、婦女子を勾引かし、商人や旗本の生贄《いけにえ》としたことを知っておられたか」

「えっ、生方様、それは一体どういうことでございましょう」

「やはり、ご存じなかったようですな。盟主、わしは貴方の理想とする国づくりに賛同し、一命を賭して貴方の手助けをしようと決意しました。だが、その為に罪もない婦女子を勾引かし、自害に追い込んだとなれば話は別です。この大神が生き証人です。この男の口から、滑川が改革に付け込み、どのような悪事を行ってきたかをお聞き願いたい」

利助は、信じられぬといった顔で生方と滑川の顔を交互に見比べていたが、この場に生き証人がいることから、まずはその話を聞くことが先であると思い直した。利助が大神に目を向けた時、滑川が高らかに笑い声を上げた。

「そうだ、わしが命じた。理由はお前達に世直しをすることなど到底不可能であるからだ。利助、わしはお前に教えたはずだ。一度志を抱いたならば、その志を遂げるため、すべてを犠牲にしなければならんとな。それがどうだ、お前は未だに何一つ犠牲にすることも出来ぬ。この和泉屋の財産も名声も、そしてなにより、取るに足りぬ正義感、そんなものに拘っていて世直しが出来るとでも思っているのか。だから、わしがお前に代わって事を進めたのだ。お前達が後戻りできぬ状況を造り上げてやったのだ。娘を勾引かしたのも改革の為、客となった商人からは金を搾《しぼ》り取り、旗本達には公儀《こうぎ》に訴えると脅すことで養子をとらせるよう仕向けた。あと少し、あと少しという所までわしの計画は進んでいたのだ」

すでに死を覚悟したか、滑川はこれまで自分の中に秘めていた企てを洗いざらいぶちまけた。

「師範、確かに私は理想の国づくりを目指しました。そして私が師範の言われる通りすべてを犠牲にしていなかったことも認めます。ですが、婦女子を勾引かすなど、人として許されるものではありません。虐げられた人々を救う為の改革が、虐《しい》げた人の上に成り立つものならば、そんな改革は全く無意味なものになってしまいます。師範は変わられた。私が尊敬してやまなかった師範は一体どこに行ってしまわれたのですか」

「だからお前は甘いのだ。所詮は裕福な札差の家に生まれた者の御託《ごたく》に過ぎん。一握りの覚悟も持たぬ奴が、目の前で物乞いをしている者達を見て、憐憫《れんびん》の情が募って救済策を思いつき、そして世直しへと発展した。だがな、お前の理想とする国に辿り着くまでに、お前の描いた絵には道が書かれているのか。あるまい。あるはずがないのだ。だからわしが描き足してやったの……ぐっ」

滑川が苦しげな声を上げた。持論を吹聴することばかりに気を取られ、生方の目に殺気が宿ったのを見逃してしまった。生方の脇差が滑川の腹部を刺し貫いていた。

「この腐れ儒者。だったら貴様は何なのだ。盟主の金を湯水のごとく使った挙句、役にも立たぬごろつき共を雇い入れただけではないか。あのような輩《やから》で戦《いくさ》を起こせるとでも思ったか」

利助を愚弄《ぐろう》したことに対する怒りと義妹を辱《はずかし》められた恨みを込め、生方が罵倒すると、滑川は口から溢れ出る血を吐きだし最後の言葉を継いだ。

「もう遅い。わしを殺したことで、改革を企てた首謀者はお前達になった。利助、あの世でお前達の世直しとやらを見届けてやる。生方、わしに代わって、利助を支えてみるか。幕府に謀反を企てた悪逆非道の輩として……」

最後まで言い終えることが出来ぬまま滑川は息絶えた。

その死を見届けた生方が大神に向き直り、今まさに義妹の仇を討たんと脇差を振りかざした時、利助が生方と大神の間に分け入った。

利助は生方が大神を生き証人と連れて来た時から、大神共々滑川を誅するつもりであると気付いていた。それでいて気付かぬ振りをしたのは、このような者達の為に、これ以上生方に人殺しの罪を着せたくなかったからだ。怒りの収まらぬ生方に利助は言った。

「生方様すべての罪は私にございます。もし、大神様まで殺めると言われるならば、私も一緒に成敗してくださいませ」

九

浅草平右衛門町にある乙松の長屋は、浅草御門から蔵前に向かって一本目の路地を入った所にある。数学者上原如水の塾と屋敷は、その一本先の路地であり、通りを更に真っ直ぐに突き抜けると、通称蔵前通りと呼ばれる札差三町、天王町、片町、森田町に出る。

森田町の札差和泉屋が店仕舞をしたらしいという噂は、乙松の耳にも届いていたが、乙松にとってそれ以上に気になっていたのは、ここ数日、如水の屋敷を沙世が訪れなくなったことだ。その時刻になると、乙松は自然と意識がそちらに向かってしまい、沙世と一緒にやってくる美しい娘の姿を見ては溜息をついていたからだ。

――どうしちゃったんだろう

心に深い痛手を受けても、沙世に対する思いは変わらなかった。

そこへ、ちょうどいい具合に現われたのが弟の辰蔵だ。乙松が理由を訊くと、辰蔵は言いづらそうに答えてくれた。

「えっ、じゃあ、百合絵さんを助け出すことは出来なかったのかい」

「しっ、姉ちゃん、声が大きいよ。これは内緒のことなんだぜ。おかめのとっつぁんと高木の旦那が小声で話しているのを、悪いとは思ったけど店の外から聞いてしまったんだ。どうやら先生は百合絵さんを連れ去った男が言った、後を追わなければ、百合絵さんに危害を加えないという言葉を真に受けて、男を見逃しちまったらしいんだ。それで先生、七五三之介《しめのすけ》さんの舅《しゅうと》からかなり怒られたらしいんだ」

「しょうがないねえ。なんだって、そんな奴を見逃しちまったんだい」

「だよなあ、俺も聞いた時はそう思ったよ。でもとっつぁんの話では、自分もそいつが約束を違《たが》えるようには見えなかったってことだから、先生もよくよく考えてのことだったんじゃねえか。それでなあ、姉ちゃん。俺も及ばずながら先生の役に立ちてえと思っているんだ。だからしばらくの間、俺が姿を見せなくても心配しないでくれな」

乙松の前ではふざけた花魁《おいらん》言葉を使わず、姉弟の情愛が感じられる言葉で辰蔵は言った。

「辰ちゃん、気を付けておくれよ。危ない奴らだからね。とはいえ、先生の気持ちを考えれば、そんなことは言っていられないけど」

「わかってるよ。俺はその為に行くんだぜ」

辰蔵はそう言い残して、乙松の家を後にした。高木が話していた北十間川と中川がぶつかる合流地点を目指しながら、乙松の心配が果たして自分と控次郎のどちらにより傾いていたかを思い出していた。

――百合絵さんのことを知った時にゃあ、妙にさばさばしていたが、やっぱり姉ちゃんは、先生が好きなんだな。やくざな弟はおまけに決まってらあ
「控次郎殿、夜分畏れ入る。木村慎輔でござる」

腰高障子の向こうで呼びかけてきた慎輔の声に、すぐさま反応した控次郎が、戸を開けると同時に文句をつけた。

「おめえ、何をやっていやがったんだ。おれからの情報を聞くだけ聞いておきながら、その後は全くのなしの礫《つぶて》じゃねえか」

「すみません。常陸まで調べに行ってきました。控次郎殿、肥前守様がお出《い》でになっております」

よく見ると、慎輔から少し離れた所に人の姿があった。

謝罪の言葉は普通の声音で、根岸肥前守の来訪は小声でと、慎輔も使い分けが大変だ。控次郎もつられて、小声で「そうかい」と返事をする。

家に入ってきた肥前守は、沙世を見るや相好を崩した。

「控次郎、お主も数年後には娘御のことでやきもきしそうじゃな。娘御は間違いなく絶世の美女になるであろうからな」

おまけに、今まで聞いたことが無い世辞まで口にした。

見るからに身分の高そうな武士が、突然家の中に入って来たばかりか、自分に向かって微笑みかけてくれたことで、沙世は驚きのあまり言葉を発することも出来ず、只々お辞儀だけを繰り返した。

「肥前守様がこのようなむさくるしい家にやって来られるとは夢にも思わず、大変失礼いたしました」

控次郎が詫びると、肥前守は穏やかな表情で首だけを横に振った。

「そのことだがな、控次郎。実は由々しき事態が起こりつつあるのだ。どうやらこのことは町方も気づいておらぬらしい。慎輔、仔細はお主から申せ」

控次郎への話を託された慎輔もまた、沙世に笑顔を見せた後で話を切りだした。

どこまでも肥前守に倣《なら》っているらしい。

「勘定方に配された御家人の口から、小名木村に別宅を持つ和泉屋が新たな屋敷を建てたという報告がありまして、密かに人を送り込んでいた所、滑川という男の名が浮上しました。彼の者は以前江戸で陽明学を教えていたのですが、過激な言動が法度《はっと》に触れ、江戸を追放されておりました。それが生まれ故郷である常陸の国に戻ったという知らせを受けたことで、控次郎殿には申し訳ないと思いながらも、私は常陸に赴かざるを得なくなったのです」

「慎輔、前置きがくどいぞ」

なかなか本題に入らぬ慎輔に焦《じ》れたか、後ろから肥前守が口を挟んできた。

慎輔は肥前守に顔を見られぬよう、控次郎に向かって顔を顰めたが、相手が慎輔となると、からかわずにはいられないのが控次郎だ。

「何だい、その顔は」

いきなり素っ破抜《すっぱぬ》いた。

慎輔は顰めた顔を渋面《じゅうめん》へと作り替えると、「裏切り者」といった目で控次郎を睨みつけ、背後にいる肥前守への弁明を交えて喋り出した。

「あっ、いえ、何やら虫が顔の辺りを過りましたので、つい。うぉほん、控次郎殿、その滑川が江戸に舞い戻り、小名木村の二つの屋敷に、浪人者や御家人を相当数送り込んだというのです」

慎輔の話が小名木村の別宅に及んだ時、控次郎は直感的に、百合絵が連れ込まれたのはそこだと感じた。だが、そんなことはおくびにも出さず、やっとのこと窮地を脱した慎輔に向かって、嫌がらせの作り笑いをして見せた。すると、

「お前達、何をこそこそやり合っておるのだ。肝心の話がちいっとも進まぬではないか」

肥前守が控次郎の物言いを真似、真面目にやれと注意を促してきた。

「はっ、申し訳ございませぬ。それでは本題に移ります。控次郎殿、実はその滑川が浪人や御家人達を送り込んだ二つの館ですが、その管理を任されているのが下谷御徒組御家人生方喜八と深川御徒組御家人大神嶮心で、この二人はすでに旗本の養子縁組届を出しております。その上、両組屋敷とも支配役たる旗本が病気を理由にお役目を退いておるのです。このことから肥前守様は、何やら謀反《むほん》の動

きがあるのではと思われたのです」

そこで慎輔は急に話を止めた。控次郎の表情に微妙な変化を感じ取ったのだ。

「控次郎殿、どうやら両名に心当たりがあるようですな」

慎輔が尋ねると、控次郎はちらっと肥前守を盗み見て、果たして告げて良いものかと暫し迷った後で、徐《おもむろ》に口を開いた。

「確かに私は両名を知っております。そしてその者達が娘の勾引かしに関係しているのではないかとも疑っておりました。ですが、先程木村殿が申されたことから、今の私は、その者達が勾引かしに関わっていたのは、ほぼ間違いないと思うようになりました」

控次郎は肥前守を意識した口調で言った。すぐさま、肥前守が反応した。

「何と、そ奴らは娘の勾引かしにまで加担していたと」

「目的は、おそらく金集めでしょう」

「しかし、当方の調べでは、滑川は札差の和泉屋に出入りしているということだ。となれば金目当てと見るのは、少々筋違いかと思うが」

控次郎は和泉屋という札差の介在を知らなかった。それゆえ、肥前守から指摘されると、考え込まざるを得なかった。

自分の読み違いであったか、そう思い始めた時、急に鎧三蔵の顔が頭に浮かんだ。あの男は勾引かしが許せぬゆえ、この者達を斬り捨てたと言っていた。一体、あの男はどちらに与《くみ》しているのだ。生方か、はたまた大神なのか。とそこまで思いをめぐらしたところで、控次郎の中で一つの仮説が生まれた。

蛍丸は否定したが、控次郎には娘の遺体に取りすがっていた時の生方の嘆きようが、お袖を亡くした時の自分と同じに思えてならなかった。故に、あの三蔵が生方側の人間であったとしたら、すべてのことが一本の線で繋がるのではないか、と控次郎は考えたのだ。それに、いつまでも百合絵をこのままにしておくわけにはいかない。控次郎は腹を括《くく》った。

「肥前守様にお願い申し上げる。木村殿の話によれば、すでに密偵を館の中に忍び込ませている様子。生方と大神のどちらかの館に、一人の娘が軟禁されていないかを調べていただきたい。そして、もし娘が生方の館に軟禁されているとしたら私の仮説が真実味を帯びてまいります」

「控次郎、お主の仮説とやらをこの場で聞くことは出来ぬのか」

「いまだ仮説にござれば、ご容赦のほどを」

「わかった。調べがつき次第、慎輔に報告させよう。それにしても、お主という男は町方も舌を巻くほどの洞察力を有しておる。控次郎、いっそわしの下で働かぬか。弟の七五三之介とお主、どちらも得難い人材だ。わしはまもなく町奉行職に就く。どうじゃ、悪党どもから江戸市民を守る為、共に手を取り合う気にはならぬか」

傍で聞いていた慎輔が思わず声を上げるほど大事なことを、肥前守はあっさりと口にした。だが、

「お断りいたします。私は今の暮らしが性に合っています。それ故、窮屈な役人勤めなど真平御免」

「手厳しいのう。少しぐらいは、考える振りでもして見せんか」

すぐさま冗談で返すあたり、肥前守には、控次郎の返答がわかっていたようだ。


それから二日後、小名木村の別宅に潜り込ませた間者からの情報を受け、木村慎輔が再び控次郎の長屋を訪れた。控次郎の顔を見るなり、慎輔は百合絵が置かれた状況を伝えた。

「少々薹《とう》が立った気の強い娘が、元々あった和泉屋の別宅で、奥座敷を与えら

れ、気儘《きまま》に過ごしているそうです」

「おめえもかなり口が悪いなあ。薹が立ったなどという言葉を女に使っちゃあいけねえぜ。それに見ただけで気の強さはわからねえだろう」

「私は聞いた通り申し上げただけですよ。何しろ間者には、出来るだけ詳細に報告しろと言っておきましたので。という訳で、気の強さを伝える明確な事実については聞き及んでおります」

「明確な事実？」

「はい。何でも、その娘の世話をする男が滅法《めっぽう》腕の立つ男らしいのですが、その男がまるで下僕のごとく扱われていると、間者《かんじゃ》はそう伝えてまいりました」

「そいつは俺の知っている娘に間違えねえな。ところで、元からあった別宅の管理を任されているのは生方かい」

「そうです」

「やっぱりな。どうやら俺が立てた仮説が本筋になってきたようだぜ。奴らは一枚岩じゃあなかったってことだ。慎輔、娘達を勾引かしたのは大神だ。そしてそれを止めさせたのが生方。つまりこの二人は互いに反目《はんもく》しあっていると見て間違えねえ。問題は札差の和泉屋と滑川がどちらについているかだが、浪人者を屋敷に送り込んだことから、滑川は大神と手を組んだと見るべきだろう。慎輔、和泉屋についての情報はねえのかい」

「ありますよ。これは私が調べたものです。主の名は利助。歳は若いが仕事ぶりは真面目で、札差業務は一日も欠かすことなく、札旦那との揉《も》め事も一切ありません。そして何より、難民に対し定期的に施し米をするほど評判の良い男です」

「そうかい、ならば生方はどうだい」

「こちらは、まさに御家人の鑑といったところですな。質素倹約を心掛け、人望も厚い。その上、槍術は番方を代表する猛者達が出場した槍術大会で、五年連続勝ち残り、一度として負けたことがありません。無類の強さに、近年は出場する者が減って来た為、已《や》む無く生方は出場を見合わせるようになったとのことです」

「ふうん、評判の良いもの同士ってことかい。だとすりゃあ、大抵はこの二人がくっつきそうなもんだが、人間て奴はわからねえからな」

「ですが、難民に施し米をするような人間ですよ。それが勾引かし一味と手を組むでしょうか」

「滑川は江戸で陽明学を教えたって言ってたな。ならば、利助が滑川から教えを受けていたとしたらどうなる。札差なんてえものは、自然に転がり込んでくる金を湯水のごとく使い果たす生き物だぜ。それが仕事熱心で、難民に施し米をしているとなりゃあ、何らかの関連があっても不思議じゃねえ。慎輔、常陸での滑川の暮らしぶりはどうだったい」

「勿論調べは付いてますよ。控次郎殿に文句を言われるとわかっていながら、常陸に出向いたのですから。まあ、それはともかくとして、滑川の暮らしは悲惨なものでしたよ。何しろ彼の地では陽明学を学ぼうとする者が居りませんからね。滑川は、乞食《こじき》同然の暮らしを余儀なくされたそうです。それに事件も起こしています。按摩の家に押し入り、小銭をかっさらって逃げたんです」

「まさに恥も外聞もかなぐり捨てたってわけか。となりゃあ、常陸にゃあいられねえし、金の為なら何でもするってことになりゃあしねえか」

「成程。それで滑川は江戸に舞い戻り、利助を頼ったってことですね」

「そう考えりゃあ、筋が通る。慎輔、肥前守様に伝えてくれ。俺の立てた仮説は今話した通りだが、仮に違っていたとしても、連中が女を勾引かしたこと、そして御徒組、御先手組の秩序を乱したことは事実だとな」

「しかと承りました。それで控次郎殿はどうなさるおつもりですか」

「勘定奉行は町奉行と違い、悪人を捕まえることは出来ねえ。かといって俺の仮説だけで町奉行所を動かすことは出来ねえだろう。となりゃあ、俺が知っている娘を助け出すにゃあ、方法は一つしかねえだろう」

「単身乗り込むおつもりですな。ですが、それはなりません。控次郎殿、娘御の為にも、死地へ赴く事だけはおやめください。肥前守様は申されました。旗本、御家人が絡んだ事件ならば、若年寄に訴え、町奉行所を動かす事も出来ると」

「そいつは無理だ。仮説で若年寄を動かせるとは思えねえし、何よりも大仕掛けにすりゃあするほど敵に気づかれるさ。いざ踏み込んで見たら、女はいねえ、滑川や利助までもいなかったら、肥前守様の立場が悪くなるだけだぜ」

「それでも、肥前守様は何かしら策を講じているはずです。控次郎殿、ここで私と娘御に誓って下さい。敵陣に乗り込む時は、事前に教えると」

「わかった、そうするぜ。どうせおめえのことだ。この家を誰かに見張らせているだろうからな」

「おっしゃる通りです。ですが、急な思い付きで敵陣に乗り込まれては、我々としても手の打ちようがないのです。今一度約束してください。闘いを挑まれるのなら、最低でも一日の猶予を我々に与えることを」

そう言うと、慎輔は不安そうな表情のまま立ち去ろうとした。そこで、土間に置かれた草履がきちんとそろえられていることに気付き、沙世に向かって礼を言おうとした。だが、沙世は下を向いたきり、顔を上げようともしない。

慎輔は堪らなくなった。今日は控次郎から託された件についてのみ報告するつもりでいた。さらには、「薹が立った」などと、控次郎が絡んできやすい言葉を用い、笑いを取ることで沙世に不安を与えないよう心掛けた。ところが、話は予期せぬ方向へと変わり、成り行きとはいえ沙世の不安を募らせる結果となってしまった。

――やはり、娘の前でする話では無かったのだ。可哀相に、こんなに怯えて

慎輔は自分を責めた。何とかして、控次郎を救う手立てはないかと考えた。

そして腰高障子に手を掛けた所で、慎輔は思い出したように言った。

「そう言えば、西尾《にしお》頼母《たのも》の屋敷でお目にかかった御老人はご健勝ですか。失礼な言い方かもしれませんが、あのような年寄りでは足手まといにしかなるまいと、皆が申しておりましたゆえ」

「与兵衛のことかい。あれは実家の用人さ。果たして生きているかどうか」

控次郎が答えると、慎輔は今一度控次郎に向かって「約束ですよ」と念を押し

た。

慎輔が去って行くと、控次郎は畳の間でうなだれている沙世の前に座った。

「沙世」

返事はなかった。それでも控次郎は言葉を続けた。

「俺は一生、おめえと二人で生きて行こうと思っていたんだ。今だってそうだ。おめえがこの世で一番大切だって気持ちに変わりはねえし、何時までも一緒に暮らせたらと思っている。だがな、百合絵さんを見殺しにするわけにはいかねえんだ。恩を受けたら、人は必ず報いなけりゃあならねえ。だからな、俺達はずっと一緒だと言った約束も、守れねえかもしれねえな」

最後は、控次郎も悲痛な思いに耐え切れず、弱々しい口調になった。

沙世が顔を上げたのは、その微妙な変化に気付いた時だ。

大きな目に溢れ出る涙を隠そうともせず、沙世は控次郎に言った。

「父上、沙世も同じです。百合絵様にもしものことがあったなら、沙世も生きてはいられません。でも、父上。沙世は死に方を知らないのです」

「そんなことを言うんじゃねえ。おめえは何があろうと、死んじゃあだめだ。辛いだろうが、この俺を信じ、百合絵さんが助かることだけを考えるんだ」

「でも」

「今までだってずっと、俺はおめえの所に帰って来たじゃねえか」

そう言うと、控次郎は涙で濡れた沙世の頰に、そっと手を当てた。

「父上」

感極まった沙世が控次郎の膝《ひざ》に突っ伏した。

十

落縁に腰かけ、利助は戦いの後を偲《しの》ばせる枝の傷跡を眺めていた。

小名木村の別宅に身を寄せてからすでに十日余りが過ぎていた。

その間、久造をはじめとする使用人達には、暇《ひま》と過分の金を取らせ、迷いはすべて振り払ったつもりでいたのだが、ここ数日、百合絵と言葉を交わし続けるうちに、利助の中に百合絵を帰さなくてはならないのか、という新たな迷いが生じるようになった。

生方からは再三に亘《わた》り、

「あの女性《によしよう》は、やたら気の強さばかりが目立ちますが、かなりの聡明さを持ち合わせておりますぞ」

と言われていたのだが、予想を上回る百合絵の美しさと聡明さに、利助はついつい心を惑《まど》わされてしまったのだ。

「私を屋敷へ帰せぬ理由をお聞かせくださいますか」

と問われた時、利助は万民が豊かに暮らせる為の国づくりだと答えたのだが、

「では、全ての者が豊かになるまで、私を帰さぬおつもりですか」

と言われてしまった。利助は返答に窮した。

なぜなら、利助の考える世直しとは、番方を掌握した上で支配役の旗本を入れ替える、つまり下部組織から切り崩して、行《ゆ》く行《ゆ》くは政を行う老中にまで圧力を加えるという遠大な計画でもあったからだ。それが滑川の専行により、思いもよらぬ娘の勾引かしに加担する羽目になった。自分達がしたことではなかったが、結果的に百合絵というお荷物を背負い込む事となってしまった。

とはいえ、高が娘一人説得できないとあっては、理想の国づくりなどできる筈もない。

そこで、利助は百合絵が知るはずもない難民の話を持ち出した。

「お嬢様は、難民の暮らしなどご存じないでしょう。彼らだって人間でございます。少しでも暮らし向きが良くなるよう、毎日精いっぱい働いているのです。なれど、一度干ばつや洪水が起き、税を納められなくなれば、彼らは田畑を売るしかなくなります。代々続いた田畑を手放し、難民になるしかないのです。これは、あまりに理不尽ではございませんか」

利助にしてみれば、目の前にいる娘がいくら魅力的であろうとも、所詮《しょせん》は世間知らずのお嬢様だという思いがあった。それゆえ、難民が置かれている現実を伝え、その後で、自分の世直しがこの世の不条理を正すものであることを知らしめれば、世間知らずのお嬢様に、言い返すことなど出来まいと考えた。

ならばと、利助が熱弁を振るおうと意気込んだ時、百合絵に話の腰を折られてしまった。

「貴方が作ろうとする世の中に、弱者はおらぬのですか」

世間知らずと侮《あなど》った相手からの反撃に遭い、驚きの目を向ける利助に、百合絵はさらなる言葉を投げかけた。

「如何《いか》なる世であろうと、弱者は常にいるのです。たとえ貴方が望む世の中になっても、弱者は必ず出来てしまうのです。和泉屋殿、貴方は札差だそうですね。

ならば、貧しい人達を救う手立ては他にいくらでもあったのではないですか」

「お嬢様、私はこれまで幾度となく貧しい者達に施しをしてまいりました。ですが、それでは貧しい者達を救ったことにはならないのです。人は、真面目に働き、働いた分の幸福を手にした時、初めて貧しさから解放されるのです。ところが、今の為政者達は、貧しい者達のことなど考えもしません。自分達が裕福であるから、貧しさの原因を知ろうともしないのです。そんな人達が政をしている限り、私には今の世が良くなるとは思えません」

「貧しき者とは、弱者をも含めて言うのですか」

「もちろんでございます。この世に泣かされる者はすべて含まれます」

「愚かなことを。和泉屋殿、貴方が言うことは、すべて詭弁《きべん》としか私には聞こえません。貴方は勾引かされた女が、何日も家に帰らないと知れれば、世間がどのような目で見るか、考えたことがありますか。女が弱者であることも気付かぬ者が、どうして弱者を救うなどと言い張れるのですか」

自分に向けられた怒りの目に、うっすらと涙が浮かんでいることを知った利助は、返す言葉もなく、ただ頭を下げるしかなかったのだ。

落縁で、昨夜のことを思い出していた利助の横に、生方が腰を下ろした。

「昨夜、あの女性に何か言われましたかな」

利助の顔を見ることなく、正面に目をやったまま生方は訊いた。

「あ、いえ、そのようなことはございません」

「そうですか。それなら良いのですが、拙者には、どことなく盟主が塞ぎ込んでいるように見えましたので」

「だとしたら、それは私が滑川師範の言われた言葉に拘《こだわ》っていたからだと思います。あのお方は、もう後戻りは出来ぬと言われましたが、私も今はその通りだと思っております。生方様、責任はすべて私にあります。兄のように慕っていた師範が娘を勾引かすなど、思いもしなかった私が悪いのでございます。本来なら私一人が罪を被り、生方様には元の御家人にお戻り頂きたいのでございますが、大神様共々、旗本との養子縁組を済ませてしまった以上、それも出来ますまい。私の浅はかな考えで、生方様を巻き込んでしまったこと、いくらお詫び申し上げても許されることではございません」

「盟主、それは違うぞ。拙者は貴方の考えに賛同し、万民が幸せに暮らせる世を作ろうと決心したのです。盟主が店を畳まれた以上、拙者も直参の身分を捨てる覚悟はしております。ですが、まだ諦めるのは早いと思いますぞ。あの女性には因果を含め、家に帰してやれば、おそらく家の者も口外はせぬでしょう。あとは新屋敷にいる大神と、勾引かしに関わった者達をすべて始末しさえすれば、我らが咎めを受ける必要はなくなります」

「ですが、御徒組と御先手組、その二つの組の秩序を乱した罪は残ります。生方様こそご自分一人が罪を被ればよいとお考えになっているのではございませんか」

「万民が幸せに暮らす世の中を作るには、盟主には何としても生き延びていただかねばなりません。その為の人柱となるのなら、武士として本望というもの」

「ふっ、どうやら私共は似ているようでございますな。互いに譲らぬというのなら仕方がございません。とりあえずあの女性だけはお帰しして、我らはこの館で時期が来るのを待ちましょう。運良くあの女性が勾引かされたことを口外しなければ、我らは初めの計画通り事を運ぶことが出来るかもしれません。幸いなことに、和泉屋の金の大半は、私が新屋敷に隠しておきましたゆえ、資金に困ることはございませんから」

利助は勾引かされた娘やその家族が、自分達の恥になることを口外するはずは無いと見ていたが、生方は三蔵からの報告で、凄腕の剣士が目明しらしき者と後を追ってきたことを知っていた。それゆえ、もはや時間が残されていないと感じつつ、生方は利助に合わせた。

「盟主、何時の間に金を新屋敷に運び込んだ、いや、隠しておいたのですか」

「新屋敷を建てた時です。久造に命じて奥座敷の床下に隠しておきました」

「そうでしたか。ならば、すぐにでもあの女性に因果を含め、屋敷に送り返しましょう」

今はそう答えるしかあるまい。万が一役人が押し寄せてきたなら、その時は利助を逃がし、自分は斬り死にするまでと、生方はそう腹を決めた。

だが、厄介者というのは、思い通りに動いてくれないからこそ厄介者なのだ。

肝心の百合絵が頑として従おうとはしなかった。

「昨日まで帰さぬと言ったものが、今日になっていきなり帰れと言う。その理由は何じゃ。得心が行かぬ限り、私は帰らぬ。誰がそなた達の思い通りになってやるものか」

眉を吊り上げて詰る百合絵に、さしもの生方も呆れる外はなかった。

もしや、付きっ切りで百合絵の世話をしている三蔵ならばと、期待をしてみたが、三蔵は首を横に振るばかりであった。

「某はあの娘に命じられ、着物から腰の物まで買いに行かされました。なのに、その腰の物を人目に付く場所に干したというだけで、口を利いて貰えぬばかりか、近づくことも許されぬようになりました。某には無理でござる」


神田川沿いの道を控次郎はわき目も振らずに歩き続けた。

厳しい表情が、その覚悟のほどを伝えた。

唯一、控次郎が町並みに目を留めたのは、佐久間町に入った時だ。

人生の大半を共にした田宮道場に向かって一礼すると、控次郎は胸の中で師の田宮石雲に別れを告げた。

今度ばかりは生きて帰れぬ。積年の恩を返せぬことへの謝罪を込めて、控次郎は暫しの間瞠目《どうもく》した。

次から次へと、懐かしい人達の顔が脳裏に浮かんだ。今は道場を去った師範代の矢島、高弟の面々、そして弟弟子の高木、思い浮かぶのは何《いず》れも笑った顔だ。

それほどこの道場には、楽しい思い出ばかりが詰まっていた。

その者達にも別れを告げると、控次郎は再び両国橋を目指して歩き始めた。

すれ違う人々が一様に怖気づき、道の端に身を寄せるほどその表情は強張って見えた。

両国橋を渡った控次郎は、小名木川沿いの通りではなく、北側から小名木村に入る為、竪川《たてかわ》沿いに進路を求めた。

何分にも昼間のことゆえ、人通りは多い。その中に交じって、見覚えのある年寄りが川岸寄りに佇《たたず》んでいた。

「お待ち申し上げておりました」

本多家の用人長沼与兵衛が、懐かしそうな声を上げ、近寄ってきた。

「与兵衛、今日ばかりはおめえを連れて行くわけにはいかねえ。大方、木村慎輔に言われて来たのだろうが、無駄足だ。おめえは連れて行ってやらねえよ」

「死ぬのは自分一人で沢山だ、というおつもりなら、その言葉は聞こえませんぞ。大恩ある大殿の御子息を、某より先に死なせるわけには行きませんからな」

「最後の最後まで逆らいやがる。与兵衛、年寄りなんてえものはなあ、静かに息を引き取った方が閻魔《えんま》様に可愛がられるんだ。血の臭いなんかさせて前に出てみろ。忽ち地獄行きの札を顔に貼られらあ」

「それは楽しみでございますな。地獄行きの札が与兵衛の浴びた返り血で読めなくなった時、閻魔がどのような顔をするか見とうござる」

「しょうがねえ年寄りだぜ。いくらおめえが加勢した所で、今日ばっかりは勝ち目がねえんだ。たまにゃあ人の言うことに耳を傾けて見たらどうなんだい」

「勝ち目が無いと言うことは、余程敵の人数が多いか、それとも……」

「敵の数は、正直俺にもわからねえ。だが、敵の大将が凄腕ということだけはわかっている。与兵衛、だいたいおめえはこれまで槍と闘ったことがあるのかい」

「ございません。五分の勝負ではありませんからな。どんな達人といえども、剣では槍に勝てません。余程相手が下手糞ならば話は別ですが」

「そいつは期待できねえな。何しろ番方が行う槍術大会を五年連続制している野郎だからな。だがよ、この歳になるまで、厚かましく生きて来たおめえなら、ひょっとして槍に対抗する術を身に付けているかもしれねえかと、そう思ったから言ってみただけのことだ」

「それは生憎でございましたな。槍に抗《あらが》う術はございません。なぜなら、槍はこちらの間合いに入ることなく、ただ一直線に突いてまいります。それに対し、剣には槍を払うという横の動きで躱《かわ》すしか方法がありませぬが、それも槍の名手が繰り出す強烈な突きの前では、槍に触れることなく身体を突きぬかれるのが目に見えております」

「やはりそうかい。俺は一度だけ槍と闘ったことがあるが、その時は側面から襲い掛かったので何とか敵を倒せた。だが、まともに闘えば、結果は違った形になっていたと思うぜ」

控次郎は、かつて蛍丸の窮地を救った時の話を与兵衛に告げた。すると、

「なるほど、その手がありますな。二人がかりで闘えば、その状況を作り出すことも可能かと」

与兵衛がわずかながらの勝機を探し出した。とはいえ、敵は多勢だ。与兵衛と控次郎を取り巻く多数の敵と闘う最中、二人同時に、槍の名手である生方と闘う状況を作り出せるとは到底思えなかった。

控次郎と与兵衛が連れ立って歩く通りは、商いをしている者や、近くに住む長屋の子供達が走り回っている場所でもある。足元を駆け抜ける子供達に気を取られていた控次郎は、いち早く自分の姿に気付き、北辻橋から新辻橋へと抜けて行く男には気づかなかった。辰蔵である。

百合絵が捕らえられている場所を捜すため、辰蔵は中川から小名木村までの一

帯にかけて連日調べ回っていたのだ。生憎それらしき場所は特定できなかったが、控次郎の姿を見た辰蔵は、慌てて川の反対側へと身を隠した。

自分が控次郎の為に百合絵を捜していることを知られたくなかったのだ。恩着せがましいことを嫌う江戸っ子特有の拘りもあったが、それ以上に、姉の乙松に対する気遣いが、辰蔵を川の反対側へと回らせることとなった。控次郎のことが大好きで、控次郎の為ならば我身を顧みずに世話を焼かずにいられない癖に、乙松は、それを知られまいとした。そんな姉の気持ちがわかり過ぎるだけに、辰蔵は控次郎に気付かれぬよう川の反対側に回ったのだ。

そして、岸の反対側から控次郎と与兵衛を見守っていた辰蔵は、いつもとは違う控次郎の様子に気付いた。表情もどこか強張っているし、並んで歩く与兵衛にも緊張感が漂っていた。

――いけねえ

そう感じた辰蔵は、控次郎とは反対方向に走り抜けると、一ツ目橋から両国橋を渡り、乙松の長屋に駆け込んだ。

「姉ちゃん、大変だ。先生は殴り込みをかける気だ」

「何だって」

辰蔵の知らせを聞くや否や、乙松は下駄を突っ掛けて通りへと飛び出した。

何故か辰蔵が知らせた方角とは逆の方向だ。

「姉ちゃん、何処に行くんだよお」

懸命に辰蔵が呼びかける中、乙松の後姿はみるみる小さくなっていった。


乙松は走り続けた。

着物の裾が足にまとわりつき、履いていた下駄は幾度となく脱げかけたが、乙松は走るのを止めなかった。

控次郎が死ぬ。その思いが乙松の脳裏を占め、単一の行動へと掻き立てていた。

女の自分が行ったところで、助けにはならない。ならば、神仏に縋《すが》るしかないと、乙松は妻恋稲荷へとやって来た。

そして、今まで一度として、手を合わせたことが無い拝殿の前に立った。

「お稲荷さんは、あたしのような女の頼み事なんか聞いちゃあくれないよね。でも、私のことでなければいいんだろう。今まであれだけ油揚げをお供えしたけれど、一度も願い事をしなかったんだ。お稲荷さん、どうか先生をお沙世ちゃんのもとに帰してやっておくれ。そしてね、百合絵さんというお嬢さんも、無事に先生とお沙世ちゃんのもとに帰しておくれ。頼んだよ、お稲荷さん」

頼むにしては随分と乱暴な言い方だが、乙松は思いの丈《たけ》をぶちまけた。

自然と涙が込み上げてきた。

乙松は袂《たもと》で涙をぬぐうと、この稲荷に来た時に、決まって自分が佇む場所へ向かった。その場所から、辰巳の方角を見詰め、控次郎の亡き妻お袖に語り掛けるのだ。と、そちらに向かって歩きかけた所で乙松は気付いた。

沙世が、まるで感情の無い置物のように立っていた。

「お沙世ちゃん」

乙松が呼びかけても、沙世は虚ろな目を向けるばかりだ。乙松は今一度呼びかけた。だが、沙世からの返事はない。

「お沙世ちゃん、しっかりするんだよ。先生の行った先を知っているんだろう」

乙松は沙世の肩を両手で摑むと、沙世の身体を揺すりながら言った。

かろうじて沙世が首を横に振った。乙松は、瞬時に沙世が控次郎の行く先を知らずとも、最終的に赴く先が死地であることを知っていると感じた。

——このままではいけない

そう思い立った途端、乙松は自分でも信じられない言葉を口にした。

「お沙世ちゃん、それでいいのかい。こんな所でじっと待っているだけでいいのかい。そりゃあ女は戦うことなんかできないさ。でもね、万が一だよ。お沙世ちゃん、これは万が一のことだからね。もし先生が深手《ふかで》を負っただけでまだ生きていたとしたら、介抱によっては助かる場合も有るんだよ。お沙世ちゃん、私は行くよ。ほんの少しでも先生を救う可能性が有るのなら、どんなに辛くても先生が戦う所を見届けるんだ」

そう言うと、乙松は沙世を残し、控次郎のもとへ向かおうとした。だが、着物の袖が何かに引っかかっているように感じ、乙松は振り返った。

着物の袂を握った沙世が、生気を取り戻した目で乙松を見上げていた。

小名木村の別宅は、屋敷の造りも広さも武家屋敷並みに立派ではあったが、町人の持物だけに門はなく、屋敷の周囲も垣根が張り巡らされただけのものであった。玄関先に立った与兵衛が、「頼もう」と一声かけると、入り口の戸が開けられ、一人の男が顔を出した。その男の顔を一目見た与兵衛が、驚きの声を上げた。

「三蔵、鎧三蔵ではないか」

「お師匠、生きておられましたか」

途端に与兵衛の拳固が三蔵の頭を捉えた。師に向かって生きていたか、などという言葉は、あまりに無礼千万だからだ。

「痛い、お師匠、痛いでござるぞ」

閉口した三蔵が恨めしそうな声を上げた。だが、与兵衛は容赦しなかった。

「この戯《たわ》け者が。勾引かし一味に加担するとは、何たることだ。そこへ直れ。わしが成敗してくれるわ」

左手で刀の鯉口を切ると、右手を刀の柄《つか》に添えた。

「あわわわ、お師匠、誤解でございます。某は勾引かしなどしておりません」

「言うな、この大馬鹿者めが。お前は鹿島新当流の名を辱《はずかし》めたのだ。不肖の弟子を見逃すことは出来ん。おとなしく斬られてしまえ」

今にも斬りかかってきそうな与兵衛の剣幕に、三蔵は慌てて屋敷の中へ逃げ出した。それを追って、与兵衛に続き控次郎も屋敷の中へと入って行った。

十一

屋敷の中にいる浪人達は、三蔵が見知らぬ老人に追い回されているのを見ると、面白そうに囃《はや》し立てた。誰一人歯向かうことが出来ぬ剛力無双の三蔵が、まるで親に叱られた子供のように逃げ回っていたからだ。その後に続き長身の控次郎が室内に入って来たのを見ても、彼らは警戒する素振りさえ見せなかった。

というのも、今の別宅には、新屋敷にいた大神を始めとする主だった連中も吸収されていたからだ。これ以上浪人達に悪事を働かせぬよう、生方は大神とその取り巻きを自らの目が届くところに置いていた。そのせいで、別宅の住人は百名を超える浪人者達で溢れ返っていた。したがって年寄りと長身の武士が二人紛れ込んだ所で、意に介する必要などないと、誰もが思っていた。

そんな中、控次郎の顔に見覚えのある大神だけは、何処で見かけたのだろうと首をひねっていた。あんな背の高い男を一体どこでと考えた時、突然、田宮道場の出来事が頭に浮かんだ。人を小馬鹿にしたあの師範代だ。

「お前達、何を見ているのだ。こ奴らは敵だ」

大声で仲間に呼びかけた。屋敷の中は忽ち騒然となった。

浪人達は一斉に抜刀し、控次郎の行く手を塞いだ。与兵衛は無視だ。こんな年寄りなど、三蔵がその気になりさえすれば、何時でも叩っ切れる筈だと、彼らは与兵衛を味噌っかす扱いにした。それゆえ、彼らは控次郎だけを倒せば良い、と考えたのだが、まさか目の前にいる男が、自分達のことを歯牙《しが》にもかけていないとは思いもしなかった。

「百合絵殿、どこに居られる。本多控次郎、お助けに参った」

ひと声吠えるや、斬りかかってきた浪人の腕を当たり前のように捉えると、相手の刀を奪いざま、奪った刀で相手の肩口を斬り裂いた。腕の差を見せつけられ、控次郎を取り囲んでいた一団が一斉に一歩後ろへと退く。すかさず、控次郎からの威嚇とも思える警告が彼らに向かって発せられた。

「欲に駆られた亡者ども、おめえらの悪行はすでに奉行所の知る所となっているんだ。まもなく、この屋敷は役人によって取り囲まれる。罪人の汚名を着せられる前に、女房子供のいる奴は、とっとと逃げ出すんだな」

浪人や御家人達に動揺が走った。彼らとて馬鹿ではない。追い込まれた者が苦し紛れに出任せを言うのならともかく、たった二人で乗り込んできた者が虚言を用いるとは思えなかったからだ。戦う気力が萎《な》えた者達は、互いに顔を見合わせ、互いの進退を窺うようになった。

「騙されるな。あ奴は我らの人数を割こうとしているのだ。見ておれ、このわしが一刀のもとに斬り捨ててやる」

腰の引けた浪人達に腹を立てた大神が浪人者達を一喝した後で、自らの闘志を奮い立たせるべく控次郎の前に進み出た。

「貴様との手合わせは二度目だな。田宮道場では油断したが、貴様の太刀筋はすでに読み切っている。今度はわしが貴様を倒す番だ」

大神は自信満々言い切った。薄笑いを浮かべた控次郎が冷ややかに返す。

「違う。おめえとの対決は三度目の筈だ」

「何っ」

思わず訊き返した大神に、控次郎は懐から狐の面を取り出して見せた。大神の誇りを完膚《かんぷ》なきまでに打ち砕く夜叉の面だ。

「俺の方こそ、おめえの鈍《なまくら》な太刀筋は、忘れようとしても忘れられなかったぜ。年寄りが搗《つ》く餅つきの杵《きね》にしたって、あれほどのんびりしちゃあいねえよ」

「おのれ、言わせておけばいい気になりおって。狐夜叉はすでに死んだのだ。わしを怒らせ、平常心を奪おうとする貴様の手口は見えておる」

流石に、大神も同じ過ちは犯さなかった。前回の敗戦を生かし、猛《たけ》る気持ちを懸命に抑えた。

得意の上段に構えた大神は、じりじりと間合いを詰めた。

逆上さえしなければ、こんな相手に後れを取るはずはない。こ奴の用いる姑息《こそく》な手段には、断じて乗らぬぞと、己に言い聞かせた。なのに、
控次郎の口から「こーん」という狐の鳴き声を浴びせられた途端、大神の堪忍袋は粉々に吹き飛んでしまった。

大神の評判をどん底にまで引きずりおろした、忘れようにも忘れられない屈辱の恥部。それを夜叉の鳴き声が思いださせたからだ。

「くたばれ」

渾身の力を振り絞り、一気に突いて出た大神。その剣が確実に控次郎の身体を貫くかに見えた瞬間、大神の刃に剣を添わせた控次郎がひねりを加え、突いてくる剣の向きをずらした。控次郎の剣が一閃した時、大神は突きの体勢そのままに畳に向かって突っ込んで行った。与兵衛直伝の「無理心中滝壺落とし」が鮮やかに決まった瞬間であった。

夥《おびただ》しい血が大神の腹部から流れ出て、畳一面に広がった。

「次は誰だい」

控次郎ののんびりとした呼びかけが、より一層の恐怖となって浪人達に襲い掛かった。そして血に塗れた剣を彼らに向かって投げ捨てた時、浪人達は我先にと館を逃げだして行った。

その光景を三蔵は与兵衛と並んで見ていた。二人は控次郎が大神と対峙した時から、追いかけっこを止めて勝負を見守っていたのだ。

「お師匠。あの男、なかなかやりますな」

「当たり前だ。わしが教えた」

「ならば、某《それがし》とは兄弟弟子ということになりますな」

「馬鹿者、お前などは弟子ではないわ。勾引かし一味に加担しおって」

「お師匠。先程から申している通り、某は勾引かしなどしておりません。某は生方喜八殿の人柄に惚れこみ、この屋敷に留まっていただけでござる」

「ならば、わしと立ち合うということか」

師の与兵衛に言われ、三蔵は慌てて両手を前に出すことで、自分には与兵衛と闘う意思がないことを示した。

「ほう、そうか。ではわしとともに、その生方とやらを倒すか」

すると三蔵は、困惑の表情を浮かべて言った。

「お許しください。生方殿を裏切ることも某には出来ませぬ」

「わかった。どちらにも与することが出来ぬと言うのなら、その場に坐したまま、わしが死ぬのを見届けるが良い」

三蔵が味方に付かぬと知った与兵衛は、死を覚悟の上で、控次郎のもとへと駆け寄った。


広間から伝わってくる物音は、奥座敷にいる百合絵の耳にも届いた。その場には利助と生方が同席していた。二人は半刻（約一時間）程前から、百合絵に屋敷へ帰るよう説得していたのだが、強情な百合絵は頑として言うことを聞かなかった。利助が広間の騒がしさに気付いたのはその矢先のことだった。

「生方様、何やら広間の方が騒がしいようですが」

訝し気に尋ねる利助に、生方はなにか異変が起これば三蔵が知らせてくるはずだとは思ったが、念の為、浪人者を呼び寄せて理由を訊いてきた。

「二人の者が屋敷に押し入りました。しかも、侵入してきた男の一人は大神を討ち果たしたとのこと。盟主、私はこれよりその者達を捕らえに行きます」

生方が利助に断って、奥座敷から出ようとした時だ。百合絵が自分を呼ぶ控次郎の声に気付いた。百合絵は思わず立ちあがり、今まさに部屋を出ようとする生方を呼び止めた。

「お待ち下さい、生方殿。あなた方が望むとおり、私はこの屋敷を出て行きます。ですから無益な殺生沙汰など必要ありません」

百合絵は、屋敷に帰ることを承知すれば、控次郎に危害が及ばないと思い、彼らの要求を呑むと言った。それを訊いた利助は、願いが聞き届けられたと知り安堵の表情を浮かべたが、生方は百合絵の変貌ぶりに疑念を抱いた。もしや侵入してきた者達に心当たりがあるのではと思い、二人の特徴を百合絵に尋ねた。

控次郎を救うことばかり考えていた百合絵に、生方が抱いた疑念を感じ取れる筈もなかった。

「背の高いご浪人だと思います。多分着流し姿でいらした筈です」

もう一人の人物が誰であるかはわからなかったが、百合絵は控次郎の特徴だけを伝えた。口には出さなかったが、この方だけには手出しをしないでください、という思いで百合絵は生方を見詰めた。

だが、暫し思案を巡らした後、生方が口にした言葉は、百合絵の期待を大きく裏切るものであった。

「貴方を帰すことが出来なくなりました」

生方は百合絵の言った背の高い浪人というのが、三蔵を追って来た長身の浪人と重なることに気付いたのだ。利助が理由を尋ねると、生方は目明しらしき人間が一緒についてきたことを理由に挙げていた。

「情けない。武士ともあろう者が二言《にごん》を用いるとは」

百合絵が侮蔑を込めて詰っても、生方は考えを変えなかった。

「私には貴方みたいに強情な女性が、容易《たやす》く前言を翻すとは思えぬのだ。盟主、ひとまずこの女性のことは浪人達に見張らせ、我らは広間に向かいましょう」

浪人者に百合絵を託すと、生方は利助を連れ出し、自分の考えを告げた。

「あの女性は与力の娘だと言いました。それゆえ手勢を率いて助けに来たならば、家の者が事実を奉行所に告げたことになります。ですが乗り込んできたのはたった二人です。つまり家の者は未だ奉行所には知らせていないということになるのです」

「生方様、ならばより好都合ではありませんか。家の者が、あの女性が勾引かされた事実を公にしていないことが明らかとなったのですから」

「私は浪人者を信用しておりません。仕官する為には他人の思惑など考えず、些細な手柄でも大仰《おおぎよう》に喧伝するのが彼らの常套手段です。ましてやたった二人で女を救い出した者が、女が勾引かされた事実を喋らぬとは到底思えぬのです。盟主、この場は私にお任せください。相手は二人、寡勢で屋敷に乗り込んで来た勇気は認めますが、大事の前の小事、あの者たちは私が始末いたします」

生方が決意のほどを示すと、利助も腹を決めた上でこう継ぎ足した。

「生方様がお決めになられたのなら、私もその決定に従います。ですが生方様、もしも町奉行所の手がこの屋敷に及ぶ事があれば、そのときは生方様の手で、私の命を絶ってくださいませ。私は町人でございますれば、自分の手で己の命を絶つことが出来ませせぬ。そのことだけは努々《ゆめゆめ》お忘れなきよう」

利助は言った。これから自分の身に約された運命を暗示するかのように。

長槍を引っ提げた生方が広間に向かった時には、二人の男はすでに闘いの場を庭へと移していた。多勢に囲まれることを嫌い、庭内を縦横無尽に動き回ったせいか、庭を取り巻く垣根が、彼らを取り巻く浪人達によってところどころ壊されていた。

生方は二人の動きを追った。長身の浪人者もさることながら、もう一人の老人の軽やかな動きには、生方をして瞠目させるものがあった。如何な剣客であろうとも、三十半ばを過ぎると筋力と共に足腰も衰えて行くものだが、この老人には老いを感じさせぬ気力が感じられた。

——見事だ。峰打ちで相手の戦闘能力を次々に奪っていく。一体、あの老人はどれだけの修羅場《しゅらば》を潜り抜けて来たと言うのだ

生方には、二人が刀の峰を返したまま戦う理由がわかっていた。刀は一人斬っただけで血脂《ちあぶら》が付き、それ自体の鋭敏さを損なう。そして何よりも返り血を浴びた柄は滑りやすく、それを避ける為、強く握りしめると、次第に指の感覚を失っていくからだ。

それに比べて、滑川が雇った浪人達はどうだ。

生方は二人の周りで、大した怪我を負っていない癖に、のたうち回っている浪人者や死んだ振りをしている連中を見詰めながら、これから先、こんな奴らと行動を共にしなければならない己の不運を嘆かずにはいられなかった。

しかも、倒れている者や戦闘不能になった者の数を数えると、百人はいた筈

が、今は半分にも満たない。そう感じた生方が怪しげな動きをし始めた浪人者に目をやると、なんと壊された垣根の隙間から、一人、また一人と逃げ出して行く姿が目に入った。生方はそれを蔑みの目で見送った。

――だから、浪人者は信用できぬと言ったのだ。形は武士でも、性根は野良犬のごとく卑しい

金の臭いにつられてやって来たにもかかわらず、己の身が危ういとなれば、一目散に逃げだす。こんな奴らを誰が引き止めるものかと、腹立たしさを堪えて見送る生方の目が、逃げ出して行く浪人達の流れに逆らい、じっと制止したままの不自然な人間の姿を捉《とら》えた。

生方がただ一人信頼を寄せる鎧三蔵が、正座をした状態で目を見開き、侵入者二人の闘いぶりを見守っていた。

初めはその理由に辿り着けなかった生方も、視野の中に老人が割り込んできた時、三蔵の不可解な行動の理由を知った。

老人の剣捌《さば》きは、あまりにも三蔵のそれと似ていた。しかも、その老人を三蔵は正座したまま見ていたからだ。

生方は老人が三蔵の師匠であると確信するや、裸足のまま庭に飛び降り、控次

郎に対峙していた浪人達を退けた。相手の技量がわかった以上、むやみに味方の数を減らすわけにはいかなかった。

自慢の長槍を二度三度としごいた生方は、穂先を控次郎の胸元に当てて身構えた。控次郎がそれに合わせ、正眼から気持ち剣先だけを立てた。

敵の一撃に素早く合わせ、尚且つそれを強く払いのけるには、これが精一杯の構えだ。相手との間合いのみで論じるならば、正眼が最も相手に近い位置にあるが、人は顔面を狙って牽制してくる槍の鋭い穂先に対して、絶対的な怯えがある。

上段や下段、そして八双といった構えでは、槍を強く払いのけるという利点はあっても、剣を自身の近くに置く分、敵に間合いを詰められる。その位置から槍の鋭い突きを躱すのは、物理的に不可能だ。

それを知ればこそ、控次郎は正眼から切っ先だけを気持ち上げ、槍の穂先から顔と胸を守る位置を取った。だが、それとても槍の俊敏、且つ直線的な動きの前ではほとんど無力に近い。それを控次郎は思い知らされることとなった。

悠然と構える生方に、控次郎も負けじと平静を装う。だが、優位は常に槍にある。その上、剣には槍の最初の攻撃を躱すという絶対条件が付加される。

何時突いてくるかもわからぬ生方の槍を前にして、瞬きさえ許されぬ状況下、控次郎はひたすら生方の仕掛けを待った。控次郎の切っ先がわずかに届かぬ所で、槍の穂先は鈍い光を放ち、蟷螂《とうろう》が獲物をしとめる時の制止状態にも似て、圧倒的に有利な状態を保ったまま動きを止めていた。

生方の利き腕がかすかに動いた。控次郎は、それを仕掛ける前の予備動作だと受け取った。だが、生方に仕掛ける様子はない。

控次郎はひたすら耐えた。眼の渇きを訴え、自然に閉じようとする瞼《まぶた》を、「くわっ」と目を見開くことで無理やり抑えつけた。

目を閉じたらやられる。敵が仕掛けてくる一瞬を逃さず、相手の槍を払いのけれることが出来なければ、勝機は永遠に訪れない。控次郎がわずかに切っ先を上げた。いつまでも突いてこない相手に、焦れた控次郎が誘いをかけたのだが、その分、相手は間合いを詰めてきた。果たしてこのわずかな距離で槍を払いのけることが出来るか、刹那、生方の槍が控次郎目がけ、稲妻のごとく突き出された。

控次郎が満を持して払いのける。が、わずかに遅れた。生方の槍は、合わせた控次郎の剣によって胸元を外れたが、それでも控次郎の左肩をぐさっと貫いた。

「くっ」

痛みを堪える間もなく、槍を引き抜かれた時の激痛が控次郎を襲う。

それを見た生方が、槍を水車のごとく振り回し、穂先に付いた血糊を振り払い、止《とど》めの突きを控次郎に繰り出そうとした時、

「控次郎様──」

自分を押し包む敵を放り出した与兵衛が、控次郎を守るべく生方に斬りかかった。同時に、隙だらけとなった与兵衛を、背後からの剣が斬り裂いた。

「与兵衛、俺に構うな」

左肩を血で染めた控次郎が叫んだ。

「ならば、世話を掛けさせますな」

怒鳴られても尚、憎まれ口をたたき、控次郎に駆け寄ろうとする与兵衛の右腰を、またしても敵の剣が薙《な》いだ。その時だ。

「くっくっ」

師の与兵衛が斬り刻まれて行く光景に耐え切れず、三蔵が苦悶の声を立てながら、膝に置いた指を自身の膝に食いこませた。その耳に与兵衛の悲痛な声が届いた。

「控次郎様、今参りますぞ」

最後の力を振り絞り、よろめく足を引きずりながら歩を進める与兵衛。その背後で、血に飢えた浪人者の剣が鈍い光を放った。与兵衛の身体を真っ二つに斬り裂いたと見えた瞬間、剣は与兵衛の頭上一寸（三センチ）足らずの所で、止まっていた。

閻魔のごとく目を吊り上げた三蔵が、すんでのところで刀を合わせ、浪人者の剣を受け止めたのだ。

「貴様ら、よくもお師匠を」

味方と思っていた人間の当然の裏切りに、理由もわからず浪人達が啞然《あぜん》とする中、三蔵の豪剣が男達に向かって唸りを上げた。

沙世は、乙松と共に館の中から湧きおこる声に耳を傾けていた。そして、その都度、控次郎の身に危害が及んだのではないかと身体を震わせていた。乙松が小さな身体を抱きしめ、「耐えるんだよ」と言い聞かせる言葉に、沙世は幾度となく抗《あらが》いたくなる気持ちを抑え、懸命に耐えていた。

だが、控次郎の窮地を告げる与兵衛の叫び声に、沙世は控次郎が斬られたのだと思い、矢も楯もたまらず、垣根の裂け目から屋敷の中へと駆け出して行った。

「お沙世ちゃん」

後を追う乙松に、我身の危険を顧みるつもりはさらさらなかった。命に代えても控次郎と沙世、そして百合絵を救うのだと、乙松は自分に言い聞かせ、沙世の後を追った。

そして、乙松のそんな思いは控次郎の弟七五三之介《しめのすけ》にも届いていた。辰蔵の知らせを聞いた高木からの報告で、控次郎が小名木村に向かったと知らされるや、七五三之介は勤めを放棄した。背後で呼び止める榊 丈一郎《さかきじよういちろう》に、

「お咎めは甘んじて受ける。丈一郎、私は兄上を助けに行く」

そう叫びながら、七五三之介は屋敷に向かって走り出した。後方で、

「わかった。お前は風邪をひいたのだ。意識が朦朧とするほどのひどい風邪だ」

病気を退出理由とした丈一郎の叫び声を背中で聞くと、七五三之介は奉行所から、片岡家までの道を一気に走り抜けた。

血相を変えて家に戻った七五三之介が、一言「着替えだ」と叫ぶだけで、佐奈絵は本多家伝来の無紋の古羽織を用意した。突然の帰宅に、只ならぬ事態を感じた玄七と文絵が顔を出したが、七五三之介は「お叱りは後程《のちほど》」と言い残すと、高木が手配しておいた猪牙舟《ちよきぶね》で小名木村へと向かった。

庭の植え込みに隠れ、沙世は傷だらけの控次郎を見守った。その横では傷ついた控次郎の身を案じる乙松が、目を真っ赤に泣き腫らした儘、沙世の身体をぎゅっと押さえつけていた。

控次郎のべったりと血に塗れた左肩が、すでに左腕が使えないことを乙松に告げた。にも拘わらず、右手一本で刀を握った控次郎が、倒れた老人のもとへ駆け寄って何かを言った。その声は乙松がいる植え込みまでは届かない。それゆえ乙松は、きっと老人の最期を看取った控次郎が別れの言葉を告げたのだと受け止めた。

まさか、傷だらけの老人に向かって、憎まれ口を利くなどとは思いもしない。

「いつまで寝ている気だい。今更年寄りっぽく振舞おうなんて思っているんじゃねえだろうな」

控次郎が囁《ささや》いた途端、与兵衛はむくむくと起き上がった。

「やれやれ、未だ年寄りをこき使う気ですか。これではこの世も地獄と変わりはないわい」

「俺と違って、後ろにも目がついているおめえのことだ。斬られる瞬間に急所を躱していることぐらい、先刻お見通しだぜ。だがな、生方を倒す役は、おめえには譲らねえぜ」

左腕をだらんと下げた控次郎が、右手一本で刀を握り締めた。そして三蔵と対峙している生方目指して歩み寄って行った。

控次郎が自分に向かって歩を進めているとも知らず、生方は三蔵に向かって語りかけた。

「お主と闘うとは、思ってもみなかったぞ。だが、師の窮地を見逃せぬお主の気持ちはわかる。ゆえに、敵に寝返ったお主を責めるつもりはない。鎧、正直に言うとな。わしは武芸者として、お主と立ち合いたいと、ずっと思っていたのだ」

「某も同じでござる。ですが、出来ることなら、腕に裂傷を負う前の貴殿と戦いたかった。それだけが心残りでござる」

「大きく出たな。ならば、見事我が槍を受け止めて見せよ」

三蔵に向けて言い放つや、生方は槍を引き付け、三蔵の胸元に狙いを定めた。

対する三蔵は、両足を前後に開き、刀を握る両拳が目の高さに来るよう体勢を低くすると、刃先を上にして身構えた。控次郎が正眼から切っ先だけを持ち上げたのを見て、より強く、より早く槍を払うことが出来る構えを取った。

生方の正面に身体を置かず、半身の状態となり、生方の槍に備えた。身体を低く構えたのは、生方が繰り出す槍の向きを限定することで、上へ跳ね上げる為だ。

生方が右へと動けば三蔵は左に動き、槍が突ける範囲を狭めた。

しかし、如何に三蔵が工夫を凝らそうとも、剣は槍に敵するべくもない。

生方が秘術の限りを尽くして繰り出す槍に、三蔵は忽ち防戦一方に追い込まれた。突くと見せては止め、止めたと見えた瞬間に槍を繰り出す。ついには生方が繰り出した槍を受け止めたものの、三蔵の身体は大きく崩れた。そこに生方必殺の槍が繰り出された。高股を突かれ、三蔵はもんどりうって倒れ込んだ。

「生方」

控次郎が叫んだのはその時だ。素早く生方の懐に飛び込むと、控次郎に向けて旋回された槍を、ものの見事に片手一本で断ち切った。

切断された槍を呆然と眺め、生方は呟いた。

「我が槍を断ち切るとは」

その生方に向かって、身体から大量の血を流しながらも、最後の力を振り絞った、控次郎が歩み寄り、再び勝負を挑もうとした。だが、生方と対峙する直前で控次郎は意識を失い、その場に倒れ込んだ。

生方は、それをしっかりと受け止めた。

その目には、たった二人で屋敷に乗り込み、幾多の敵を退けたばかりか、未だ敗れたことが無い自分の槍に打ち勝った勇士への称賛が色濃く表れていた。

だが、そんな生方の想いなど沙世にはわからない。わかったのは、控次郎が敵の手に落ちたということだ。

それまで耐えに耐えていた沙世が、この時ばかりは我を忘れ、控次郎に向かって走り出した。

「父上」

必死で呼びかける沙世、だが、途中で鎌を握った男に捕らえられた。沙世が控次郎の娘だと知った鎖鎌の遣い手十文字龍斎が、沙世を人質に取ることで自分の手柄にしようとしたのだ。

その窮地に乙松が龍斎に身体をぶつけ、沙世を引き離すとともに、沙世の身体に覆いかぶさった。猛り狂った龍斎が、鎌を振り上げ、乙松に襲い掛かった。

「きゃあー」

沙世の悲鳴が轟く中、龍斎の鎌が乙松の身体目がけて振り下ろされ、乙松の首筋から背中にかけて真っ赤な血が飛び散った。尚も乙松を沙世から引き離そうと、龍斎が乙松の身体に手をかけた時、垣根を蹴破って駆け付けた七五三之介が、抜き打ちざま龍斎を斬り捨てた。

乙松に駆け寄った七五三之介は、乙松の身体から流れ出る血の量に驚き、抱き起こすことも出来ず、唯々《ただただ》己を責めた。

「乙松さん、申し訳ありません。私がもう少し早く駆け付ければこんなことにはならなかったのに……許してください」

意識のない乙松に向かって、七五三之介は何度も詫びた。

無外流の遣い手山辺源之亟が、懐に隠し持った呼子《よぶこ》を吹き鳴らしたのはその時であった。屋敷中の垣根を一斉に打ち破り、木村慎輔を先頭に勘定方の一団が次々と屋敷に乗り込んで来た。自分の身代わりとなって傷を負った乙松に縋り、泣き叫ぶ沙世の身体をそっと引き離すと、慎輔は沙世に向かって言った。

「大丈夫ですよ。控次郎殿が手傷を負った時のことを考え、肥前守様は蘭方医を差し向けておられます。この程度の傷ならば控次郎殿はすぐに元通りになります」

慎輔は、控次郎が回復すると断言した。だが、乙松の傷については言葉を濁《にご》した。背中だけならまだしも、傷が首筋に達したとあっては、回復したとしても芸者を続けることはできまいと思ったからだ。

慎輔は勘定方が捕えた浪人者を、七五三之介と一緒に屋敷に乗り込んで来た高木に引き渡すと、謀者である山辺を連れて屋敷内に倒れている浪人達の検分に当たった。落縁に重なり合うようにして死んでいる二つの死体を見た慎輔が、山辺に身元を尋ねると、

「この二人が今回の勾引《かどわ》かしを首謀した者達です。こちらが札差の和泉屋利助、そしてもう一人は御徒組御家人の生方喜八です」

山辺はそう答えた。

控次郎と乙松は戸板に乗せられ、広間へと運ばれた。一刻でも早く手当てをしなくてはならないという蘭方医の指示に従ったものだが、三蔵に連れられて奥座敷から姿を現わした百合絵は、驚きのあまり声を失ってしまった。

その上、百合絵が見詰める先には、自分が居ることにも気付かず、一心不乱に控次郎と乙松の看護にあたる沙世の姿があった。百合絵は三蔵にその理由を尋ねた。すると、三蔵は百合絵を気遣うように、事の次第を告げた。

「本多控次郎殿は貴方を救い出す為、某の師匠と共に屋敷に乗り込み、獅子奮迅

の働きを見せました。生方殿の槍に突かれ、多量の血を流しはしましたが、さほど心配はいらぬと医者は申しております。そして、もう一人の女性ですが、こちらはその……、控次郎殿の娘御を庇《かば》って斬られたもので、医者はかなりの深手だと申しております」

三蔵から説明を受けると、百合絵は暫しその光景に見入っていたが、やがて七五三之介と共に、屋敷へ戻っていった。

沙世を守る為に、乙松が命を投げ出したと聞かされた時、百合絵は自分には遠く及ばぬ思慕の深さを思い知らされた。自分は控次郎と一緒になることばかりを願ってはいたが、この女性は自分の身を顧みず、控次郎の幸せを優先した。

「勝てない」

百合絵は自らに断を下した。

十二

乙松が意識を取り戻したのは、二日後のことであった。

自分の置かれた状況がわからず、部屋の中を見回した乙松が、自分を見つめる沙世に気付き、起き上がろうとしたところで、背中から首筋に掛けての痛みに耐え切れず、乙松は床に伏した。蘭方医は傷口が塞がるまでは動いてはいけないと、乙松に諭《さと》すと、その横で動き出そうとする控次郎をも諫《いさ》めた。

その様子を見ていた木村慎輔が呆《あき》れた様に言った。

「どうして、こんなにも人の言うことを聞かない人達ばっかりなんですかねえ。控次郎殿にしたって、養生次第では永久に左腕が使えなくなることもあるんですよ。お沙世ちゃん、私が言っても聞きゃあしないから、貴方からきつく叱ってください。あっ、与兵衛さん、駄目ですよ。まだ厠へは一人で行けませんよ」

肥前守から三人の看護を命じられ、二日の間看護に追われていた慎輔が、一番軽傷の与兵衛の後を追いながら言った。

それから十日ほどして、控次郎と乙松は、明神下にある控次郎の長屋へと移された。七五三之介から事の次第を聞いた万年堂の主長作がそう勧めたのだ。

長作は寝ている乙松の枕元で何度も詫びた。そして自分が誤解していたこと、乙松が乳飲み子であった沙世の為、控次郎に代わって乳貰いに駆けずり回ってくれたこと、そして百合絵が、これからは迎えに来れないことを沙世に伝えた。

一足先に起き上がれるようになった控次郎が田宮石雲のもとを訪れる為、沙世に乙松の看護を託して家を出ると、その隙を狙って乙松は布団から身を起こした。

この家から出て行くのは、今しかないと思ってのことだが、

「駄目です。未だ完全には傷口が塞がっていません」

沙世に引き留められた。

「先生には、後程お礼に伺いますよ」

と言っても沙世は聞かない。最後は目に涙を湛えたまま、乙松を諫めた。

乙松も、斯《か》くなる上は控次郎が戻って来たところで、面と向かって、家に帰ることを宣言するしかないと、腹を括った。

控次郎が帰ってくると、乙松はきちんと礼を述べた上で、家に帰ることを告げた。意地の強い乙松には、百合絵を差し置いて、自分がこの家に留まることなど、許せるものではなかったからだが、

「そんなことをさせて堪《たま》るかい。おれは姐《ねえ》さんを帰す気はねえぜ」

よもや控次郎が、ここまで自分を引き留めるとは思ってもみなかった。

「先生、あたしは自分の家に帰りたいと言っているんですよ。それをどうして止

めるんですか」

乙松が理由を尋ねると、

「駄目だ。姐さんを帰すわけにはいかねえ」

控次郎は帰さねえの一点張りだ。

「そんなことを言わないでくださいな。あたしだっていつまでも休んでいるわけにはいかないんですよ。お願いですから、家に帰してやってくださいな」

「駄目だ。おめえを帰すわけにゃあいかねえ。それに芸者も辞めるんだ」

「勝手なことを言わないでくださいよ。なんで先生にそこまで言われなくちゃあならないんですか」

乙松は口を尖らし、異を唱えた。すると、どちらも譲るつもりがない事に呆れたのか、沙世が家の外に出て行った。

「ほら、ごらんなさい。お沙世ちゃんが呆れて、出て行ってしまったじゃないですか」

「乙松、おめえどうしてもこの家にいることは嫌かい」

「そんなことを言っていやあしませんよ。あたしは自分の家に帰ると言っているんです」

「ならば、ここがおめえの家だと思ってくれねえか」

「何を馬鹿なことを言っているんですよ。あたしのような者が、何時までもこの家に居たら、また先生がお舅さんに叱られるだけじゃないですか。もう傷も治ったことだし、あたしを家に帰らせてくださいな」

「駄目だ。おめえは今日からこの家で暮らすんだ。俺や沙世と一緒に三人で暮らすんだ」

乙松は、控次郎が自分を帰さないと言った理由をようやく理解した。だが、江戸っ子の気質が乙松にそれを許さなかった。

「先生、もしかしてあたしの傷を見て言っているんじゃあないでしょうね。そりゃあ、芸者は無理かもしれないけど、あたしだってその気になれば、食べて行けるだけの仕事は見つけられますよ。それに、何よりもこの程度の傷で同情されるのは真平《まっぴら》なんです」

乙松は意地を張った。いくら沙世の命を救ったとはいえ、一緒に暮らせば、嫌でも控次郎は自分の傷痕を目にすることになる。お沙世にしてもそうだ。この傷を見る度に、きっと自分を責めるに違いない。そう思ったからこそ、乙松はこの家を出て行こうとしたのだ。だが、

「同情なんかじゃねえ。俺は姐さんの気風《きっぷ》に惚れたから、そう言っているんだ。乙松、ここにゃあ、お沙世もいる。お袖の位牌《いはい》だってあるんだ。俺は生半可な気持ちで言っているんじゃねえ。おめえと人生を共にしてえと願っているから言っているんだ。俺みてえに世話をかけっぱなしの人間が言えることじゃねえが、俺はおめえと沙世の三人で、助け合って生きてみてえと思っているんだ。俺は今日、道場に行って、石雲先生からお許しを頂いた。暫く江戸を離れ、房州洲崎で養生をするってな。だからおめえを連れて行きてえんだ。見知らぬ地で、家族三人で助け合って生きてえんだ。乙松、俺なんかじゃあ駄目かい」

控次郎の言葉を聞いても、乙松は何も言わなかった。外で聞いていた沙世が断られたと思い、家の中に戻って来た時、乙松の頬から涙が伝い落ちた。乙松は幾度となく鼻をしゃくりあげ、その後でようやく口を開いた。

「何だい。普段は憎まれ口ばかり利いている癖にさ。女を口説くのはからっきし下手なんだから」

乙松は控次郎顔負けの毒舌で応酬すると、視線を沙世に向けた。そしてその眼が喜びに溢れていることに気付くと、売れっ子芸者の片鱗を見せた。

「先生、あたしは芸者ですからね。一緒になるなんて言葉は通用しないんです。

ちゃんと、言ってくださいな。身請けしたいと」

「えっ、身請け。もしかして高いんじゃねえのかい」

「高かったらやめる気なんですか」

「いや、そんなことはねえさ。でもいくらだい」

控次郎が恐る恐る訊いた。

「柳橋じゃあ、あたしが一番高いでしょうねえ。多分百両は下らないと思いますよ」

「百両かあ、まあ何とかならねえこともねえがなあ」

いざとなったら与兵衛の金を使えば良い。厚かましくも控次郎はそう考えていた。だが、どうやら金は必要ないらしい。

「先生、あたしと一年暮らしてくれたら、二両ずつ減らして差し上げますよ。ですから、五十年は生きていてくださいな」

乙松が嬉しそうに言うと、沙世もほっと胸を撫《な》で下ろした。百合絵にはすまないと思いながらも、沙世は控次郎の選択を称《たた》えずにはいられなかった。

狐夜叉

一〇〇字書評

切り取り線

購買動機（新聞、雑誌名を記入するか、あるいは○をつけてください）	
□（　　　　）の広告を見て	
□（　　　　）の書評を見て	
□ 知人のすすめで	□ タイトルに惹かれて
□ カバーが良かったから	□ 内容が面白そうだから
□ 好きな作家だから	□ 好きな分野の本だから

・最近、最も感銘を受けた作品名をお書き下さい

・あなたのお好きな作家名をお書き下さい

・その他、ご要望がありましたらお書き下さい

住所	〒				
氏名		職業		年齢	
Eメール	※携帯には配信できません	新刊情報等のメール配信を 希望する・しない			

この本の感想を、編集部までお寄せいただけたらありがたく存じます。今後の企画の参考にさせていただきます。Eメールでも結構です。

いただいた「一〇〇字書評」は、新聞・雑誌等に紹介させていただくことがあります。その場合はお礼として特製図書カードを差し上げます。

前ページの原稿用紙に書評をお書きの上、切り取り、左記までお送り下さい。宛先の住所は不要です。

なお、ご記入いただいたお名前、ご住所等は、書評紹介の事前了解、謝礼のお届けのためだけに利用し、そのほかの目的のために利用することはありません。

〒一〇一－八七〇一
祥伝社文庫編集長　坂口芳和
電話　〇三（三二六五）二〇八〇

祥伝社ホームページの「ブックレビュー」からも、書き込めます。
http://www.shodensha.co.jp/bookreview/

祥伝社文庫

狐夜叉《きつねやしや》　浮《う》かれ鳶《とんび》の事件帖《じけんちよう》

平成30年9月20日　初版第1刷発行

著　者　原田孔平《はらだこうへい》
発行者　辻　浩明
発行所　祥伝社《しようでんしや》
東京都千代田区神田神保町3-3
〒101-8701
電話　03（3265）2081（販売部）
電話　03（3265）2080（編集部）
電話　03（3265）3622（業務部）
http://www.shodensha.co.jp/
印刷所　堀内印刷
製本所　積信堂
カバーフォーマットデザイン　中原達治

 ISBN978-4-396-34457-3 C0193

〈祥伝社文庫　今月の新刊〉